生活安全課0係《ゼロ》

ファイヤーボール

富樫倫太郎

祥伝社文庫

目次

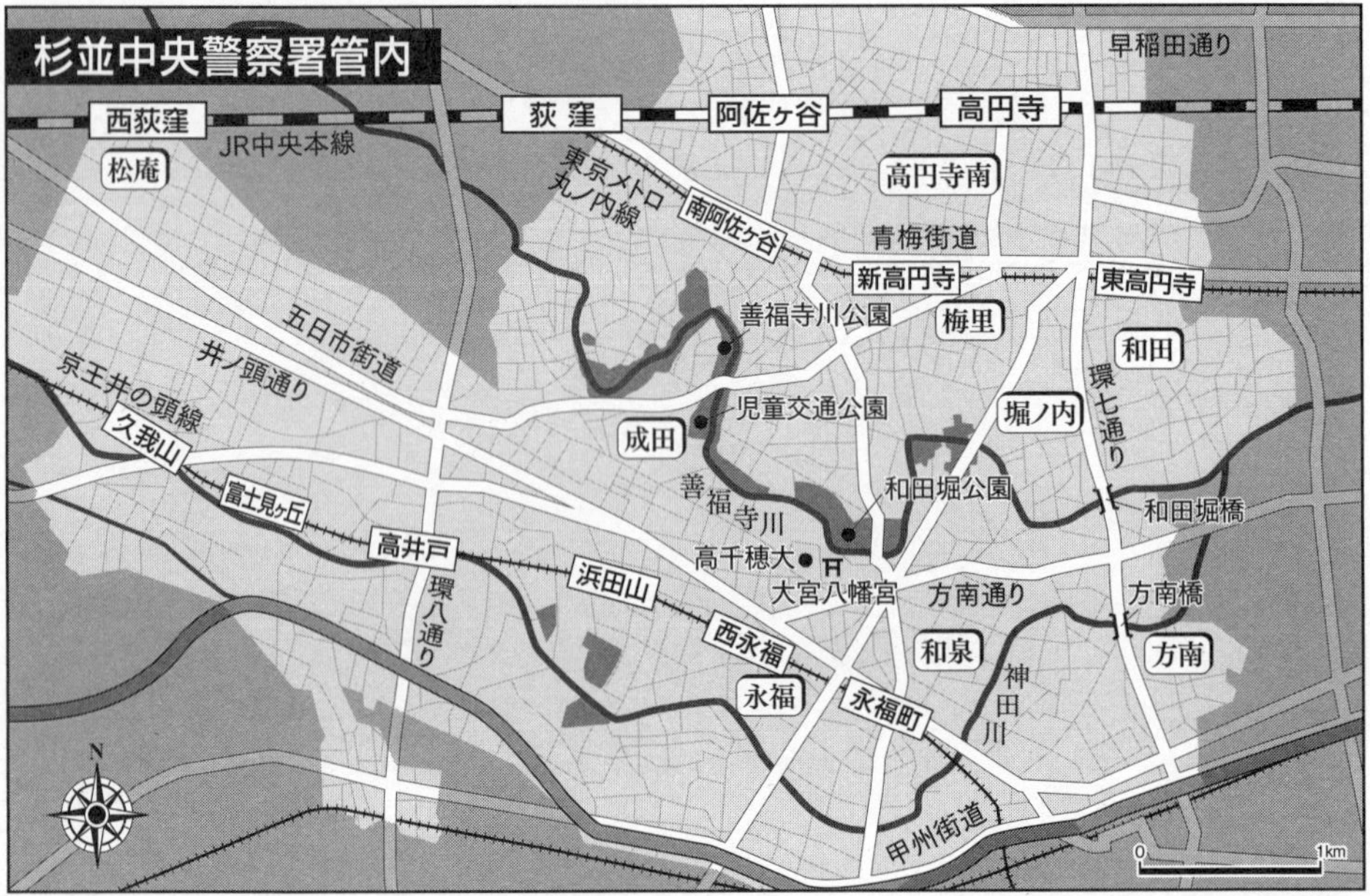

杉並中央警察署管内
西荻窪
荻 窪
阿佐ヶ谷
高円寺
早稲田通り
JR中央本線
松庵
東京メトロ丸ノ内線
南阿佐ヶ谷
高円寺南
青梅街道
新高円寺
東高円寺
梅里
善福寺川公園
五日市街道
井ノ頭通り
京王井の頭線
和田
児童交通公園
成田
堀ノ内
環七通り
久我山
富士見ヶ丘
善福寺川
和田堀公園
和田堀橋
高井戸
環八通り
高千穂大
大宮八幡宮
方南通り
方南橋
浜田山
西永福
和泉
方南
永福
永福町
神田川
甲州街道
N
0
1km

プロローグ

平成二一年五月一一日（月曜日）

中央合同庁舎第二号館の所在地は、千代田《ちよだ》区霞《かすみ》が関《せき》二丁目一―二、地上二一階、塔屋一階、地下四階の高層ビルである。このビルに、他のいくつかの中央省庁と共に警察庁も入居している。

一八階にある会議室A―1号室は六〇平方メートルの広さがあり、中規模の会議に使用されることが多いが、今は三人の男がいるだけだ。ロの字形に並べられたテーブルの最も下座に、見るからに居心地の悪そうな様子で若い男が猫背で坐《すわ》っている。年齢は二〇代半ば、身長一七〇センチ、体重五五キロ、体格に合わない、だぶっとしたスーツを着て、おかしな柄の安物らしきネクタイを締めている。しかも、締め方が悪いのか、無頓着《むとんちゃく》で何も気にしていないせいなのか、幅の広い部分が短く、幅の狭い方がやけに長い。ポリエステル製の黒靴だけがやけに真新しくぴかぴか黒光りしているのは、急に警察庁に呼び出されることになって大慌てで買った物だからに違いない。その証拠に踵《かかと》には靴擦《くつず》れができて、皮が剝《む》けている。もっとも、これは本人しか知らないことだ。

上座のテーブルの端の方に、びしっと高級スーツを着こなした男が姿勢正しく坐っている。胡桃沢大介《くるみざわだいすけ》、四〇歳だ。東大法学部を出たキャリア警察官で、警察庁刑事局所属のエリートだ。階級は警視正、役職は理事官、刑事局と長官官房の連絡役を務めるという重責を担《にな》っている。胡桃沢の前には薄い冊子が置かれている。胡桃沢の隣、このテーブルの中央にも同じ冊子が置かれている。その席にいた三人目の男は窓際に立ち、腕組みしながら、朝日に照らされる霞が関の風景をガラス越しに眺めている。警察庁刑事局局長、島本《しまもと》雅之《まさゆき》警視監だ。胡桃沢の直属の上司である。年齢は五四。

「そのレポート、もう誰かに見せたのかね？」

視線を外に向けたまま、島本が訊く。

「君に訊いてるんだよ、小早川《こばやかわ》君」

下座の若い男に胡桃沢が尖《とが》った声を浴びせる。

「え。ぼくですか？」

小早川冬彦《ふゆひこ》は慌てて背筋を伸ばした。

「これを誰かに見せたのか、と局長が訊いておられる」

胡桃沢が冊子を右手で持ち上げて振る。

「いいえ……」

直属の上司に提出しただけで、それ以外には誰にも見せていません、と首を振る。

「本当だね？」

島本が振り返る。微《かす》かに安堵《あんど》の色を浮かべている。

「はい、本当です」

「折り入って相談なんだがね、小早川君。このレポートの存在を忘れてくれないか」

「自分の作成したレポートを忘れるっていうのは無理な気がするっていうか……」

「現場勤務を希望してるらしいね」

「あ、はい。そうです。希望してます。ずっと無視されてますけど」

「科警研は性に合わないか？」

「そういうわけじゃないんですが、ぼくが……いや、わたしが警察に入ったのは、研究者になりたかったからではなく、現場勤務をしたかったからなんで」

「戻してあげてもいいよ、現場に」

「本当ですか？」

「だって、それが希望なんだろう」

「あの……。もしかして、これって取引なんですか？　レポートの存在を忘れる代わりに現場に戻してくれるっていうような」

「君がレポートの存在を忘れてくれたら、来年の異動で現場に戻す。約束しよう」

「ああ、来年かあ……」

冬彦ががっくりと肩を落として溜息《ためいき》をつく。無理もなかった。まだ五月なのである。来年の異動までは長い。うつむいたまま、冬彦は、だめだ、待てない、早く現場に戻って働きたいんだから、このままじゃ困る、いやだ、もう限界だ……もぐもぐと口の中でつぶやき続ける。と、いきなり、顔を上げ、

「そのレポートですが、実は、インターネットで公開することも考えてるんです」

「何だと?」

島本がぎょっとしたように顔を引き攣《つ》らせる。

「ブラフはよせ。そんなことができるはずがない。警察官には守秘義務がある。はったりだ」

胡桃沢が苦い顔で舌打ちする。

「その点は問題ありません。新聞やテレビで報道されている情報をもとに組み立てた推理に過ぎませんから。自分の立場を利用して手に入れた情報はひとつも入ってません」

冬彦が肩をすくめる。

「おい、脅《おど》す気か。それが刑事局長に対する態度だと……」

「いいから」

島本は胡桃沢を制すると、冬彦に歩み寄り、

「遠回しな言い方をやめて、はっきり訊こう。来年の異動を待たず、すぐに現場に戻せば、このレポートのことを忘れてくれるんだな?」

「えぇっと……」

冬彦がちらりと上目遣《づか》いに島本を見る。

「どれくらい待てばいいんでしょうか?」

「ふた月でどうだ。春の異動の直後だから、そう簡単じゃない。根回しが必要だ」

「間違いなく、ふた月で現場に戻してもらえるんですね?」

冬彦は顔を上げ、真っ直ぐに島本を見つめる。

「約束する」

島本は冬彦を見つめたまま、大きくうなずく。

島本が瞬《まばた》きする時間に変化がないことを確認して、

(この人は嘘をついてないな)

と納得した。人は嘘をつくと、最初の瞬きの時間が普通よりも長くなってしまうのだ。

冬彦は、口から出てくる言葉など端《はな》から信じていない。人間は言葉で他人を騙《だま》そうとする生き物だからだ。冬彦が注目するのは、島本の眼球の動きであり、態度であり、手の位置や爪先の向きだ。正直な人間と嘘をつく人間は、たとえ、口から同じ言葉を吐いたとしても、そういうところに違いが表れるのだ。

「わかりました。もうレポートのことは忘れましたから」

冬彦がにこっと笑う。

会議室から冬彦が出ていくと、すぐに胡桃沢が立ち上がった。

「いいんですか、あんな約束をして？　ふた月で異動だなんて無茶ですよ」

「無茶だろうが何だろうが、そのレポートを公表されるよりは、ずっとましだ。まあ、警察庁や警視庁に戻りたいとごねられると厄介《やっかい》だったが、小早川が希望しているのは所轄勤務だからな。それくらいなら、どうにでもできる」

「所轄勤務ですか。キャリアのくせに、自ら望んで島流しになるとは馬鹿な奴ですね」

「地方に出すわけにはいかんぞ。こっちの目の届くところでないと安心できん」

「都内の所轄に異動させるわけですか？」

「大きいところでないとだめだ。小さいところだと幹部にしなければならなくなる」

「そうは言っても、曲がりなりにも警部ですから、係長くらいにはしないと組織のバランスが取れなくなりますよ。普通なら課長ですから」

「こんな時期に、しかも、あんな奴をいきなり課長にできるはずがないだろう」

「確かに、係長でも無理でしょうね。そもそも、人の上に立てるような奴なら、警察庁から科警研に出向させられるはずもありませんから。研究職でおとなしくしていればいいものを、こんなレポートを書くとは……」

「暇すぎるのもよくないということなんだろう。所轄に行けば、暇もなくなるはずだ。とにかく、どうでもいいような部署に押し込め。君なら何とかできるだろう、胡桃沢君？」

会議室を出て、エレベーターホールに向かう冬彦の表情は硬《かた》かった。廊下を人が行き来していたので必死に生真面目な表情を取り繕《つくろ》ったのだ。長い廊下を曲がると人影が絶えた。前にも後ろにも誰もいない。それを確認してから、

「やったぞ！　現場に戻れる」

冬彦は笑顔で跳《と》び上がった。もっとも、ほんの少し跳《は》ねただけだ。昔から運動はまるでだめで、ジャンプ力などないのである。

「嬉しいなあ、まさか暇潰《ひまつぶ》しに拵《こしら》えたレポートのおかげで現場に戻れるなんて信じられないよ。これって、棚ぼただよなあ……」

今年の春先から警察の裏金問題がマスコミで大きく取り上げられるようになったのは、福島県警の警部補の告発がきっかけだった。科警研に勤務していると定時に帰宅できるので、冬彦は暇潰しに裏金問題を考察した。島本に話したように新聞やテレビで報道された事実だけをもとにして裏金の流れを推理し、なぜ、そういう問題が起こるのかを分析した。冬彦自身は、さして深刻にも考えず、言うなれば、ミステリー小説でも書いているつもりで、推論を積み重ねたに過ぎない。自分でもよくできたと思ったので、誰かに読んでもらおうと思ったが、そんなことを気楽に頼める友達もいないし、恋人もいないし、同居

している母親は鬱《うつ》病で、頭の痛くなるようなレポートを読める状態ではなかった。仕方なく上司に見せることにした。

「なかなか面白いじゃないか」

と笑ってくれれば、それで終わりになるはずだった。ところが、いきなり警察庁に呼び出され、レポートと引き替えに所轄への異動を提案された。まるで夢でも見ているような気分だった。スキップするような軽い足取りで、冬彦はエレベーターに向かう。

そのレポートが裏金問題に象徴される警察組織の構造的な問題点の核心を衝《つ》く優れた内容だったにもかかわらず、冬彦自身、レポートに包含《ほうがん》される重要性に気付かなかったのは、警察は正しいことをするものだ、という素朴《そぼく》な信頼を持っているせいだ。もし冬彦のレポートが正しければ、警察が組織ぐるみで悪事に手を染めていることになるが、そんなことはあり得ないと信じていたから、冬彦にとって、そのレポートはフィクションに過ぎなかった。

しかし、現実問題として警察の上層部は深刻に受け止めた。

五月一七日（日曜日）
崎山晋也《さきやましんや》は、足を止めて、腕時計を見た。五年前にフリーマーケットでイラン人から買った安物のダイバーズウォッチだ。一〇〇〇円で買ったが、故障することなく今でも動いている。

「まだ三〇分もあるのか……」

時刻は午後一一時三二分、あと少しで日付が変わって月曜日になる。もう日大《にちだい》グラウンドの手前まで来ているから、このまま一〇分も歩けば工場に着いてしまう。勤務は零時から翌朝八時までで、出勤時と退社時にタイムカードを押す。早めに着いたら、休憩室で勤務開始まで待てばよさそうなものだし、いつもは崎山もそうしているが、今夜は気が進まなかった。シフトマネージャーが木村勝男《きむらかつお》なのだ。

崎山が働いているのは、杉並《すぎなみ》区にある中堅コンビニチェーンのサンドイッチ製造工場だ。八時間ずつ、三つのローテーションを組み、二四時間体制で稼働している。朝八時から夕方四時までのAパターンはパートの主婦が中心、四時から零時までのBパターンは大学生のアルバイトが中心、零時から朝の八時までのCパターンは、年齢層も雑多で、何をしているのかわからない連中が集まっている。売れない役者やミュージシャンもいるし、会社をリストラされた中高年もいる。たまに若い女性もいるが、それは深夜勤務の高い時給につられるせいだ。

崎山は工場で働くようになった三年前から、ずっと、Cパターンのシフトにいる。Aパターンやパターンの求人募集には常に多くの応募があり、そのせいか、会社も強気で、使えないと判断されたり、正社員から嫌われたりすると、すぐに辞めさせられてしまう。

いくらでも代わりがいるからだ。その点、深夜勤務には応募者が少ないので、そう簡単に馘《くび》にされることもない。他のシフトで働いていたら、とっくにお払い箱にされていただろうと崎山も思う。

高校を出てから、お笑いタレントになることを夢見て山形から上京し、アルバイトで食いつなぎながら養成スクールに通ったものの、まったく芽が出ないまま時間だけが過ぎ、気が付いたら三三歳になっていた。どれくらいの数のアルバイトをしてきたか、自分でも覚えていないほどだ。手に職もなく、何の資格も持たず、高学歴でもないから、誰にでもできるような単純作業ばかりだった。仕事に飽きたり、他に割のいいバイトが見付かったり、職場の人間関係に嫌気がさしたりすると、すぐに辞めた。

この工場に三年もいるのは、世の中が不景気になってきて、バイトを替えるたびに時給が下がるようになってきたからだ。しかも、仕事を見付けるのにも苦労するようになってきた。今の仕事は時給八五〇円で、これは三年前から変わっていないが、むしろ、下がっていないことを喜ぶべきだろうと諦めている。

工場で働く従業員のほとんどはパートとアルバイトだが、それを管理するシフトマネージャーは正社員だ。深夜勤務のＣパターンには二人の正社員が交代で入って作業を監督する決まりになっているが、週末の深夜勤務は敬遠され、どうしても下っ端の正社員が押し付けられがちになる。一番の下っ端が木村勝男で、大学を出て二年目、まだ二五歳の若造である。普段でも嫌な奴なのに、深夜勤務に入ったときの木村は最悪だ。不機嫌さを隠そうともせず、立場の弱いアルバイトやパートにねちねちと難癖《なんくせ》を付けては怒鳴《どな》りつける。誰にでも怒鳴るわけではなく、相手を値踏みして八つ当たりする。すぐに切れそうな若者や、体格のいい強面《こわもて》の中年親父には、ごく普通に対応する。

このふた月ほど、崎山が標的にされている。目を付けられたきっかけが何だったのか、崎山自身にもわからない。おっさん呼ばわりされ、「ぐずぐずすんじゃねえよ」「とろいねえ、まったく」「あんたの顔を見てると、いらいらしてくるぜ」と矢継ぎ早に悪口雑言《あっこうぞうごん》を浴びせられる。トレイに載せたサンドイッチの運搬作業中に、うっかりトレイを床に落としたときには、「何をやってんだよ！　馬鹿野郎」と回し蹴《げ》りをされた。そんなときでも、崎山は、じっと耐えるしかなかった。辞めるのは簡単だが、次の仕事を見付けるのが容易でないとわかっているからだ。崎山にできるのは、なるべく木村と接触しないことだった。木村に会うのを少しでも先延ばしにしたいから、出勤時間ぎりぎりまで工場に行きたくなかったのだ。

「あんな奴、死ねばいいのに」

崎山は、川縁《かわべり》の手すりにもたれかかった。眼下を神田《かんだ》川が静かに流れている。暗い水面に視線を落としながら、ウインドブレーカーのポケットから何かを取り出す。それを顔の前にぶら下げる。ティッシュペーパーを丸め、首の部分を輪ゴムで留めて作ったてるてる

坊主だ。小銭入れから画鋲《がびょう》をひとつ取り出すと、

「木村、いい気になるんじゃねえぞ。呪ってやるからな。死ね。クソ野郎」

てるてる坊主の顔に画鋲を突き刺す。木村がCパターンのシフトに入るときには、自分の心を奮《ふる》い立たせるために、こうやって木村に呪いをかける。いつの日か呪いが成就《じょうじゅ》して、木村が死ぬかもしれないという期待を込めて、最後に、てるてる坊主を神田川に流すのだ。死ね、死ね、死ね、地獄に堕《お》ちろ、と罵《ののし》りながら何度も画鋲を刺していると、背後から人の笑い声が聞こえた。崎山はびくっと体を震わせて硬直し、慌てて、てるてる坊主をポケットに突っ込む。

「……」

恐る恐る肩越しに振り返ると、若い男女のカップルが笑いながら通り過ぎていくところだった。二人とも大学生くらいだろう。酔っ払っているのか、男の方は呂律《ろれつ》の回らない口調で下手なギャグを飛ばし、女の方は下品な笑い声を上げている。男は女の肩に左腕を回し、右手にタバコを持っている。

と、いきなり、男がタバコを道端に放り投げると、女を抱き寄せた。一分くらい、二人のシルエットが重なり合っていた。やがて、また二人は歩き出した。女は男の肩に頭を寄せてしなだれている。その男がちらりと崎山を振り返った。口許《くちもと》に笑みを浮かべているように見えた。おれに見せつけるために、わざと立ち止まってキスしたのか……崎山は無性

に腹が立った。

「どいつもこいつも人を馬鹿にしやがって。なめんじゃねえぞ、てめえら」

手すりを離れ、崎山が歩き出す。目の端に何か明るいものが映った。何だろうと顔を向けると、火が燃えている。

「え」

小走りに近付くと、遺棄《いき》されたゴミに火がついている。そのあたりには、スーパーの買い物袋に入ったゴミがいくつも無造作に捨てられており、恐らくは、カラスか野良犬が食い破ったせいで袋の中のゴミが散乱している。さっきの男が投げ捨てたタバコの火がたまたま紙のゴミに引火したらしかった。

「あーあー、バカの尻拭《しりぬぐ》いかよ……」

火を消そうとして、ふと、崎山は手を止めた。周囲に視線を走らせる。人影はない。さっきのカップルの姿ももう見えない。崎山は紙のゴミを寄せ集めた。炎が一気に大きくなる。ポケットから、てるてる坊主を取り出すと、

「今夜は火炙《ひあぶ》りだぞ、木村」

ひょいと火の中に放り込む。てるてる坊主は躍《おど》るように揺れながら、たちまち燃え上がる。木村が身悶《みもだ》えしているような気がして、崎山は恍惚《こうこつ》として見とれた。他のゴミにも燃え移って、炎が更《さら》に大きくなる。目の前で次第に大きくなっていく炎に崎山は目を奪われ

た。

「火事だ！」

という声がどこかから聞こえた。反射的に崎山は、その声と反対方向に走り出した。そのまま、息が切れるまで走り続けた。和泉《いずみ》小学校の近くまで走って、ようやく足を止めた。追ってくる者はいなかった。両手を膝《ひざ》に当てて呼吸を整えながら、

「いいじゃん。これ、すごく、いいじゃん」

崎山は満面の笑みを浮かべた。心が浮き立ち、何とも言えず、愉快だ。今夜は遅刻することになるし、そのことで木村に怒鳴られるとわかっているが、そんなことは少しも気にならなかった。こんなに楽しい気持ちになったのは、何年振りなのか思い出せないくらいだった。

第一部　何でも相談室

一

七月二一日（火曜日）

部屋の広さは一二畳ほどである。窓もなく、事務机が六つ並び、ドアの近くに古ぼけたソファセットがあるだけの殺風景な部屋だ。

その部屋には三人いる。椅子《いす》にふんぞり返り、タバコを吸いながら朝刊を広げているのは寺田高虎《てらだたかとら》だ。四〇歳の巡査長である。生活安全課保安係に一〇年、その前は刑事課にいた。身長一七七センチ、体重七〇キロ。髪はぼさぼさで、無精髭《ぶしょうひげ》がだらしなく伸びている。ワイシャツはよれよれで、カラーが黄ばんでいるから、少なくとも三日くらいは着続けているに違いない。紺色の地味なネクタイを締めているが、縫合糸《ほうごう》のほつれが目立つほどにくたびれている。灰色のスーツは着た切り雀《すずめ》なのか、上着の肘《ひじ》のあたりや、ズボンの膝のあたりは、生地がすり減って、てかてか光っている。プレスもされていないから、皺《しわ》が寄ってくしゃくしゃだ。そんな高虎の見苦しい姿を見れば、いい歳をして独り身なのか、既婚者ならば、よほど妻がだらしないか、そうでなければ、妻に逃げられたのだろうと想像するはずだ。もっとも、高虎は、他人の視線を気にするような繊細な神経を持ち合わせていないから、身なりにはまるで無頓着《むとんちやく》である。

「ふうん、キラークィーン逃亡中、いまだに手掛かりなしだってよ。近藤房子《こんどうふさこ》って女、すげえなあ、人を何人も殺してよ、しかも、ベテラン刑事まで手にかけたってのに、捜査網をかいくぐって逃げてるんだからなあ。やっぱり、刑事になったからには、一度くらい、こんなでかいヤマを担当してみてえもんだ。なあ、樋村《ひむら》ちゃんよ」

高虎は、隣の席に坐っている樋村勇作《ゆうさく》の背中をばしっと強く叩《たた》く。昇進試験の参考書を、ページに顔を埋《うず》めるようにして読み耽《ふけ》っていた樋村はごつんと額《ひたい》を机にぶつけた。

「乱暴だなあ、何をするんですか、寺田さん」

額をさすりながら、樋村が高虎を睨《にら》む。

樋村勇作は二四歳の巡査で、身長一七二センチ、体重九五キロ。色白のデブだ。これまでは地域課に所属して、交番勤務だった。

「そう怒るなって」

高虎が、ふーっとタバコの煙を樋村の顔に吹きかける。

「うわっ、やめて下さいよ。体に悪いじゃないですか」

樋村が嫌悪感も露《あら》わに両手を振り回し、煙を散らそうとする。

「窓もないような、狭苦しい部屋なんですから、せめて、禁煙にしましょうよ。廊下に出れば、喫煙コーナーだってあるわけだし」

「業務命令なら従うさ。だけど、おまえの頼みは聞けねえな。係長に頼んだらどうだ」

高虎が、ふんっ、と鼻で笑ったとき、三浦靖子《みうらやすこ》がいきなり、もーっ、と叫びながら机を両手で思い切り叩いた。

「何だよ、おまえも樋村の味方か？」

「違う。あと一五分で朝礼なのに、あとの三人が来ないのよ。初日なのに、どうなってるわけ？　最初から、やる気がないってこと？」

鼈甲眼鏡《べっこうめがね》の奥の細い目を更に細めて、苛々《いらいら》した様子で壁時計を見上げる。おかっぱ頭の靖子は、三八歳の事務方の主任だ。この部署の総務・会計など庶務全般を一人で担当することになる。身長は一五八センチ、体重四〇キロそこそこで、小柄で華奢《きゃしゃ》だが、やたらに声が大きい。何か気に入らないことがあると、髪をかきむしりながら机を叩いたり、ゴミ箱を蹴飛ばしたりする。仕事はできるが毒舌で、自分が正しいと思えば、上司にも食ってかかる気の強さもある。杉並中央警察署に勤務する男性警察官たちは、そんな靖子を「鉄の女」と呼んで怖れている。いや、煙《けむ》たがっている。「永遠の処女」と陰口を叩く者もいるが、その真偽は不明である。

「亀山《かめやま》係長なら、もう出勤してるだろう。さっき廊下で見かけたぜ」

高虎が言うと、

「また籠《こ》もってんのよ」

靖子が顔を顰《しか》める。

「だるまに嫌味でも言われたのか？」

「そんなの年中じゃない。プレッシャーよ、プレッシャー」

「何のプレッシャーだよ？」

「季節外れの異動を命じられた上、東大出のキャリアを部下にしろっていうんだから、あの気の弱い係長が平気でいられるはずがないじゃない。自分が警部補なのに、赴任《ふにん》してくるキャリアは警部だもん。それでなくても胃が弱いのに、もう三日くらい下痢が止まらないんだってよ」

「確かに、左遷《させん》なんでしょうね。係長が落ち込むのも無理ないですよ」

参考書から顔を上げて、樋村が、うんうん、とうなずく。

「何だ、左遷って？」

「羨《うらや》ましいなあ、寺田さんの心臓の強さ。というか、鈍感力っていうやつですか。この部屋を見るだけでわかるじゃないですか。生活安全課の下に『何でも相談室』を作ったのはいいけど、急な話で部屋もなくて、仕方ないから健康管理室を使うことにしたわけじゃないですか。こんなのありなんですか？」

樋村が部屋の中をぐるりと見回す。壁には視力検査表が貼られたままだし、片隅には身長・体重計が置かれている。いくつもの段ボールが積み上げられているのは、健康管理室にあった備品を、とりあえず、放り込んであるのだ。

「それなら、おまえも左遷か？」

「ぼくは違います。自分から希望したんです。暇そうな部署だから、のんびり勉強できると思って。他に希望者もいなかったので、すんなり、異動できました」

樋村がにたっと笑う。

「その言い方、何だか感じ悪いなあ。でもよ、キャリアが左遷ってことはないだろう？おまえの理屈、間違ってるよ」

「寺田さんは情報に疎《うと》いなあ」

参考書を閉じながら、樋村が溜息をつく。

「キャリアといっても、警視庁や警察庁から送り込まれてくるわけじゃないんですよ。もし、そうだったら、少なくとも、この部署の責任者くらいにはなるでしょうからね。でも、この人は科警研からの異動なんです。科警研にいたのなら研究職でしょうから、現場慣れさせるために、敢《あ》えて、亀山係長の下につけることにしたんじゃないですか。暇な部署だし、難しい事件もないでしょうから、失敗することもないでしょうし。そうでなければ、警部が警部補の下に配属されるなんて考えられませんからね」

「おまえ、何で、そんなことを知ってんの？」

高虎が怪訝《けげん》な顔になる。

「ぼく、友達が多いんで、みんなが教えてくれるんですよ。何も知らない寺田さんの方がどうかしてますよ。人脈ないんですか。ていうか、友達がいないんですか？」

「なるほどねえ、そんな事情があったのか……」

タバコの煙をふーっと吐きながら、高虎が納得したようにうなずく。

「係長もでんと構えてればいいのになあ。キャリアだとか警部とかいっても、ろくに現場も経験してない若造じゃねえか。きっと、仕事なんか何もできない、頭でっかちの役立たずだぜ。びしっと洒落《しやれ》たスーツを着て、髪を七三に分けてよ、銀縁の眼鏡なんかかけて、スカしてんじゃねえの。仕事ができなくても、見かけにはこだわるタイプな」

「とびきり頭がよければ、見かけなんかどうでもいいのよ。巡査部長にもなれない万年巡査長にはわからないでしょうけどね」

靖子が口を挟《はさ》む。

「おまえまで、おれに嫌味か？」

ちっ、と高虎が舌打ちする。

「あんたに嫌味なんか言うほど暇じゃないわ。それに嫌味じゃなくて、本当のことだもん。ああ、どうなってんのよ。係長が戻らないうちに、キャリアが現れたら、まずいじゃない。もう一人も来ないしさあ……」

そのとき、ドアが開いて、背の高い女性が入ってきた。その顔を見て、

「お、安智《あんち》じゃねえか」

高虎が目を丸くした。

「えーっ、寺田さんもいるんですか。それに三浦さんに樋村。そうかあ、やっぱり、島流しっていうのは本当だったんだ……」

安智理沙子《りさこ》が大きな溜息をつく。身長一六八センチ、すらりと手足の伸びたモデル体型の巡査部長だ。年齢は二五。趣味は格闘術。これまでは刑事課にいた。

「何だよ、島流しって？」

「みんな、そう言ってますよ。0係《ゼロ》は、上から睨まれたり、使えないって烙印《らくいん》を押された連中を島流しにするために作られたんだって」

「ははは、おまえ、間違ってるぞ。ここは生活安全課附の『何でも相談室』だ。その0係っての、どこか他にあるんじゃねえの」

「ゼロをいくつ掛け合わせても、やっぱり、ゼロのままじゃないですか。何の役にも立たない寄せ集めだから、0係なんですよ。もう賭けが始まってますよ」

「何の賭けだ？」

「寺田さんが谷本《たにもと》副署長と大喧嘩《おおげんか》して辞表を出すのに何日かかるかっていう賭けです。三

日のオッズが低かったですね。一〇日以上だと一〇〇倍を超えてます。万馬券ですよね」

「馬鹿な奴らだ。おまわりが賭け事なんかしやがって」

高虎が苦い顔をする。そこに、

「すいません……」

ドアが開き、くたびれたジーンズに汚れたスニーカー、白いTシャツに薄手のウインドブレーカーを着て、黒っぽいリュックサックを背負った猫背の若者が顔を覗《のぞ》かせた。寝癖を直していない髪は頭頂部分で逆立っており、前髪が無造作に目のあたりにまで垂《た》れている。土日の秋葉原《あきはばら》に行くと、よく見かけるタイプである。

「ええっと、あの……」

態度も妙におどおどしていて、もたついている。

「何かご用ですか?」

理沙子が訊く。

「ト、ト、トイレ、どこですか?」

「トイレなら、この廊下の奥ですよ。真っ直ぐ進んで、左に曲がって下さい」

「どうもありがとうございます」

礼を言って、若者がドアを閉める。

「何だ、あれ?」

高虎が小首を傾《かし》げる。

「相談者第一号かもしれませんよ。ここは、『何でも相談室』なんですから」

二

その若者はトイレに入った。人の姿はなかったが、三つ並んだ個室の一番右端から、あっ、ああっ、という重苦しい溜息が洩《も》れている。若者は左端の個室に入った。リュックサックをドアに掛け、便座に腰を下ろす。ジーンズを下げなかったのは、用を足すためにトイレに来たのではないからだ。ここにいると落ち着く。若者は深呼吸しながら、手の甲で額の汗を拭《ぬぐ》った。心臓の鼓動《こどう》が速いのがわかる。緊張しているのだ。

（落ち着け。大丈夫だ。今度は、心配ない。今度こそ、うまくやれる。同じ失敗を繰り返すほど、おまえは愚《おろ》かじゃないはずだ）

最後に大きく深呼吸して、若者は個室を出た。手洗い場に中年男がいた。どうやら個室で溜息をついていた男らしい。鏡を見ながら、熱心に髪をいじっている。髪がかなり薄く、頭頂部は禿《は》げているといってもいいほどだ。側面部分に残っている頭髪を丁寧に撫《な》でつけて、少しでも頭頂部の毛髪量を多く見せようと苦労しているようだ。若者が個室から出てくると、ぎくりとしたように震え、若者を見ると、にこっと薄ら笑いを浮かべた。思わず、若者も笑い返す。若者が手を洗っていると、中年男はトイレを出た。若者もすぐにトイレを出る。中年男が何となく不安そうに振り返る。また目が合う。中年男は、にーっと笑うと、急いで「何でも相談室」に入る。

三

「係長、遅いじゃないですか」

三浦靖子が口を尖らせる。

「でもさ、まだ三分あるし」

「ちゃんと時間を計算してトイレに籠もってんだよ。ねえ、亀山係長？」

高虎が言うと、

「ま、まあね」

亀山良夫《よしお》は、うふふふっ、と自信なさげな薄ら笑いを口許に浮かべた。身長一六五センチ、体重五二キロ、年齢は四五、階級は警部補。中肉中背の中間管理職である。

「まだ……？」

亀山は素早く室内を見回し、

「来てませんよ。どうなってるんですかね、いったい？」

靖子が腕組みして憤慨《ふんがい》する。

「すいません」

ドアが開き、さっきの若者が顔を出す。

「まだ何か用ですか？　何か相談があるのなら、受付は九時からですから、もう少し待っていてもらえませんか」

理沙子は、その若者を相談者と決めつけている。

「小早川です。今日からここに配属になった小早川冬彦なんですけど……」

「え。小早川警部？」

靖子が目を丸くする。

「はい。その小早川です」

冬彦がにこっと笑いながら会釈《えしやく》する。

「……」

亀山が顔を引き攣らせている。

四

八時半から朝礼が始まる。

何か重大な話があるときには五階の講堂に署員が集められるが、普段は、それぞれの部署でスピーカーから流れる署長の訓示を聞くだけだ。杉並中央警察署の署長・白川幸雄《しらかわゆきお》は無駄な長話をしない男で、訓示はいつも五分くらいで切り上げられる。その後は、それぞれの部署で朝礼が続けられる。全体で一五分くらいで朝礼が終わり、各自が仕事の準備を始め、九時から業務開始という流れになる。

三浦靖子が、朝礼までに全員が揃うことを気にしたのは、副署長の谷本敬三《けいぞう》が、形にこだわって細かいことをチェックするタイプだと知っているからだ。陰で、「だるま」とあだ名されている肥満体型の谷本は、暇さえあれば署内をこまめに巡回して、署員の行動をチェックしているのだ。その谷本にくっついて歩き回っているのが生活安全課の課長・杉内義久《すぎうちよしひさ》で、署員たちは谷本の腰巾着《こしぎんちゃく》である彼のことを「コバンザメ」と呼んでいる。

白川署長の訓示が終わると、「何でも相談室」では、メンバーたちの自己紹介が行われた。青天の霹靂《へきれき》のように唐突に設置が決まり、季節外れの異動でメンバーが集められ、今日が業務初日なのだ。とはいえ、冬彦以外の五人は、元々、この警察署にいたわけだから、互いに顔見知りだし、改まって自己紹介するほどのこともない。当然ながら、皆の関心は冬彦に集まることになる。だが、冬彦は、

「これから、お世話になります。小早川冬彦と申します。どうぞ、よろしくお願いします」

と挨拶《あいさつ》しただけだった。

「よろしくお願いします」

亀山がにこやかに拍手するが、他の四人は好奇心剝《む》き出しの顔で冬彦を見つめている。

「小早川警部、質問してよろしいですか？」

樋村が訊く。

「はい、どうぞ」

「警部殿は科警研にいらしたんですよね？」

「ええ、『犯罪行動科学部捜査支援研究室』で犯罪学を心理学的な側面から研究していました」

「その前は警察庁におられたんですか？」

「そうです。千葉県警で現場勤務を経験して警察庁に戻りました」

「わたしなんかにはわからないことですが、警察庁から科警研に出向するというのは、かなり異例なんじゃないですか？」

「うーん、そうですかね……」

「警部殿の他に警察庁から出向してきて研究職に就いた人っていましたか？」

「さあ、いたかなあ……」

「それじゃ、どうして警部殿だけが……」

「樋村、しゃべりすぎ。うるさいよ」

理沙子が樋村の頬をぎゅっとねじり上げると、

「わたしからも質問、いいですか?」

「どうぞ」

「七月の下旬になって異動なんて、普通じゃないと思うんですよ。しかも、こんな『何でも相談室』なんて変な部署まで設置されて……。これって、警部のために作られた部署なんですか?」

「え? ぼくのためにですか」

「気に障《さわ》ったら謝ります。わたし、何でも口に出しちゃう方なんで。キャリアのお坊ちゃまくんに無難に現場経験させるために大急ぎで作られた部署……そんな噂《うわさ》があるんです」

「ぼくは辞令を受け取って、ここに配属されただけなんです。ここが新設部署だっていうことも知らなかったし……」

「わたしのような下っ端なんかに本当のことは言えないっていうことですか?」

「そうじゃないです」

冬彦が首を振る。

「それに巡査部長であるにもかかわらず自分を下っ端と卑下するのはおかしいと思います。その若さで巡査部長なら、ノンキャリアとしては出世が早い方でしょうからね」

「おれも質問いいかね？」

高虎が手を挙げる。

「ええ、どうぞ」

「その格好、どういうことなんですかね？」

「刑事は外歩きが多いから動きやすい格好がいいと思ったんですけど。駄目ですか？」

「係長、いいんですか？」

高虎が亀山係長に話を振る。

「ま、まあ、科警研から異動してきたばかりだし、徐々に所轄の空気に馴染《なじ》んでもらえればいいんじゃないかなあ」

うふふふっ、と亀山係長が薄ら笑いを浮かべる。

「係長がそう言うなら、いいんですけどね」

高虎が肩をすくめる。ドアが開き、

「グッモーニーン！」

「同じく、グッモーニーン！」

二人の若い刑事が顔を出した。それを見て、

「ああ、バカが二人現れた」

理沙子がうんざりした顔になる。

「そのクールで突き放した感じがいいよね、アンジー」

眼鏡をかけた、にやけた男がウインクする。生活安全課保安係、藤崎慎司《ふじさきしんじ》巡査部長、二六歳。

「ねえ、わたしのこと、アンジーって呼ぶのやめてよ。いつも言ってるじゃない。こっちは少しも嬉しくないんだから、それって、嫌がらせ、セクハラ」

理沙子がむっとする。

「だって、似てるもんなあ、アンジェリーナ・ジョリーにさ」

藤崎の背後から顔を出したのは、刑事課所属の中島敦夫《なかじまあつお》巡査部長だ。年齢も藤崎と同じ二六歳である。理沙子は二五歳だが、この三人は警察官に採用された年次も、巡査部長に昇進した時期も同じという同期である。

「捜査中にモデルにならないかってスカウトされた伝説の持ち主だもんなあ」

「何か用?」

「今夜、飲みに行かない? 異動のお祝い」

「結構よ。この異動、喜んでないし」

理沙子が、ふんっ、とそっぽを向く。

「がさ入れなんじゃねえのか? こんなところで油を売っててていいのかよ」

高虎が訊く。

「楽しくないっすよ」

藤崎が大袈裟《おおげさ》に溜息をつく。

「不法就労の外国人ホステスのアパートにがさ入れですけど、狭い部屋で何人も暮らしてて、ろくに掃除もしてないから汚いんですよ。天井からゴキブリが降って来るんですよ。ま、経営者に対する、ただの嫌がらせですから。調子に乗って警察なめんなよ、不法就労には目を瞑《つむ》っても売春は許さねえぞって脅しに行くわけで。ここだけの話、例のカジノ問題が進展していないんで、上もぴりぴりしてるんですよ。で、がさ入れで、こっちも頑張《がんば》ってるぞってアピールするわけです。カジノと不法就労には何の関係もないんですけどね。ポーズですよ、ポーズ。中島、代わってくれよ。おれ、嫌だよ、がさ入れなんか」

「おれにはおれの仕事があるんだ」

「いいよなあ、事情聴取なんて。相手の方から来てくれるんだもんなあ。おれも刑事課に異動願を出そうかなあ……」

藤崎が溜息をついたところに、

「こいつら、また寺田さんのところで漫才してるのか。そんなに寺田さんが好きなら、ここに転属させてもらえよ」

左右の腕で藤崎と中島の首を引き寄せ、ヘッドロックをかけたのは、この二人の先輩で、刑事課の巡査部長・古河祐介《ふるかわゆうすけ》主任だ。年齢は三〇歳。

痛いっすよ、古河さん、と二人が悲鳴を上げる。

「お、だるまとコバンザメがこっちに来るぜ」

二人を放すと、古河は、高虎と理沙子に目で挨拶して部屋から出て行った。

「乱暴だよなあ……。やば、本当に来た」

藤崎が首をさすりながら顔を顰める。

副署長の谷本敬三と、生活安全課の課長・杉内義久がやって来るのを目にして、藤崎と中島も大慌てで反対方向に逃げるように走っていく。

「亀山君、もう朝礼は終わったのか？」

谷本が訊く。

「は、はい。終わりました」

弾けるように立ち上がると、亀山係長は直立不動で答えた。

「君が小早川警部か？」

「そうですが……」

冬彦は机の上を整理しながら答えた。

「まだ署長に挨拶してないだろう？」

「後から時間ができたら行くつもりですけど」

「馬鹿者！」

横から杉内が口を挟《はさ》む。

「真先に署長に挨拶するのが常識だろう。署長の次は副署長、そして、生活安全課の課長、つまり、わたしだ。そもそも、上司に話しかけられて坐っているという法があるか。立ちなさい」

「すいませんでした。でも、手を動かしながらでも、お話の内容はきちんと伺《うかが》ってました。この方が効率的かと思いまして……」

「口答えするな！」

「なるべく正確に状況説明をしようとしただけで、別に口答えしたわけじゃありません」

なぜ、自分が怒鳴られなければならないのか理解できないという顔で小首を傾げる。

「何だと……」

杉内がカッとする。それを谷本が手で制し、

「現場勤務に不慣れだという話だから、自分の立場がわかっていないのだろう。まあ、ぼちぼち教育していけばいい」

と言うと高虎に目を向け、

「寺田君、タバコばかり吸ってないで、少しは仕事をしたらどうだね」

「仕事って、何をすればいいんですかね？」

平然とタバコを吸いながら、高虎が聞き返す。

「対応の遅れている案件が溜まっているはずだ。どんどん処理したまえ。そのための『何でも相談室』なんだ。うちの署では市民からの苦情や相談事をたらい回しにはしない。どんな小さな訴えであろうとも、即座に誠実に対応するんだ。それでこそ市民のための警察と言える」

「あの……」

恐る恐るという感じで亀山係長が口を開く。

「今日が初日ですし、まだペアも決めてませんので、もう少し打ち合わせをしてからと思いまして……」

「ペアだと？　たった六人の部署で、事務方の三浦君と責任者の君を除けば、外歩きできるのは四人だけじゃないか。よし、君たち二人が組め」

谷本が理沙子と樋村を指さす。

「すると、残りは小早川君と寺田君ということになりますね」

杉内がうなずく。

「なかなか、いいコンビじゃないか。寺田君は巡査長に過ぎないとはいえ、現場の経験だけは豊富だからな。受験勉強では身につけることのできない得がたい経験だよ。相手が警部だからといって遠慮することはない。厳しく指導してあげたまえ。小早川君、いいだろうね？」

「はい。結構です」

冬彦は椅子から腰を上げると、両手を真っ直ぐに伸ばして姿勢を正し、

「よろしくご指導のほど、お願いします」

と、高虎に頭を下げた。

五

谷本にせっつかれて、高虎と冬彦は、そそくさと部屋を出た。署に寄せられた相談や苦情に対処するために、まず、どこに行けばいいのか、それは後から三浦靖子が連絡してくれることになっている。誰がどんな案件を担当するかも決まらないまま、谷本と杉内に部屋から追い出されてしまったのだ。

エレベーターホールに向かって廊下を歩いて行くと、反対側から二人連れの男性刑事がやって来た。一人は、警視庁警務部監察官室に所属する監察官・大河内昌平《おおこうちしようへい》警視、四六歳で、もう一人は大河内の部下で、監察調査官の石嶺三郎《いしみねさぶろう》警部補、三四歳だ。

二人は先週初めから、署内に個室を与えられて、内部調査を進めている。

高虎は知らん顔をして通り過ぎようとするが、

「寺田君」

と、大河内が呼び止めた。

「ちょうどよかったよ。君に会いたかったんだ。話をしたいんだが、時間を取ってくれないかな。なに、大して手間は取らせないから」

「それは業務命令ですかね？」

「頼んでるだけだよ」

「それじゃ、任意ってことですか」

ふんっ、と高虎は鼻を鳴らすと、

「お断りですね。上司に命令されれば別ですが」

「何も後ろめたいことがなければ、すぐに済む話だろう、寺田巡査長。協力してくれてもいいじゃないか」

石嶺が横から口を挟む。強引で押しが強い。しかも、目つきが悪い。

「……」

高虎は眉間に小皺を寄せて石嶺を睨んだ。石嶺の物言いに不快を感じたのであろう。表情を歪《ゆが》ませたまま歩き始めるが、ふと、横を見ると冬彦がいない。振り返ると、冬彦が廊下の真ん中で大河内と石嶺に自己紹介をしている。馬鹿野郎が、と舌打ちすると、高虎は後戻りして、冬彦の腕をつかみ、引きずるように連れて行く。

エレベーターに乗り込むと、一階のボタンを押しながら、

「あいつらには近付くな」

高虎が言う。

「なぜですか？」

「監察官室にいるのは、仲間のことを探って点数稼ぎする連中だからだよ」

「苦い経験があるようですね」

「余計なお世話だ」

毒づいてから、不意に高虎は冬彦を見て、

「ひょっとして、おれがタメ口を利くのが気に入りませんかね、警部殿？」

「いいえ、少しも気にしてません。警察組織は厳格なピラミッド社会ですから階級を強く意識するのは当然ですが、同時に、古いしきたりに縛《しば》られた、言うなれば、義理人情が幅《はば》を利かせるヤクザの世界に似た村社会でもあります。わたしのような新人は下手に階級をひけらかすと何かと角が立ちますから。大先輩である寺田さんを立てる方が業務が円滑《えんかつ》に進むと思います。谷本副署長がおっしゃったように、わたしが未熟で現場経験も少ないのは事実ですし、杉並中央署の内部事情についても、この署が管轄する地域についても疎《うと》いですから」

「べらべらと、よくしゃべる奴だなあ。要は、タメ口、オッケーってことだな？」

「はい、どうぞ」

冬彦がうなずいたとき、エレベーターが開いた。おっ、と高虎が声を発したのは、正面に派手な服装をした中年男が立っていたからだ。縦縞《たてじま》のダブルのスーツに真っ赤なネクタイを締め、髪をポマードでオールバックにしている。鼻の下に髭《ひげ》を蓄《たくわ》え、丸いサングラスをかけている。どう見ても堅気ではない。その男は高虎に気付くと、

「寺田さんじゃありませんか。ご無沙汰しております」

と軽く会釈した。

「ふうん、中島が事情聴取するってのは、あんたのことだったのか」

「何も悪いことをしてないのに、朝っぱらから呼びつけるんですから、警察も随分なことをしますよね。徹夜明けで、へとへとだっていうのに。若い刑事さんは礼儀ってものをご存じない」

「悪いことをしなけりゃ警察に呼ばれたりしないんだよ」

「それじゃ食っていけませんって」

失礼します、と男はエレベーターに乗り込んだ。扉が閉まると、

「誰なんですか？」

「中曾根達郎《なかそねたつろう》といって、駅の近くで、バーやクラブを何軒か経営してる。それは表向きの顔で、裏では、こっそり違法カジノを開帳して儲《もう》けてやがる。しかし、なかなか尻尾《しっぽ》を出しやがらねえ。刑事課が事情聴取ってことは、何か別件で叩こうってことかもしれねえ

な。カジノの担当は生活安全課だから」

「そう言えば、さっき藤崎さんがカジノ問題が進展していないから、上がぴりぴりしてると話してましたよね」

「さすがキャリアだ。物覚えがいいなあ」

「カジノ問題って、どういうことなんですか？」

「いいんだよ、おれたちには関係ないんだから。さあ、行くぞ」

高虎が玄関に向かって歩き出すが、急に足を止めて、

「いけねえ、先に署長室に行くんだった。まだ挨拶してないんだろう？」

「はい」

「それもまたあり得ないよなあ。普通は、異動してくる何日か前に挨拶に来るもんだぜ、地方から赴任《ふにん》してきたってわけでもないんだからよ」

頭のいい奴のやることはわからねえ……ぶつぶつ言いながら、高虎が一階の奥にある署長室に向かう。

六

冬彦と高虎が署長室に入ったとき、杉並中央警察署の署長・白川幸雄は、窓際に置いて

ある盆栽《ぼんさい》をいじっていた。

「署長、うちに異動してきた警部殿をお連れしましたよ」

「ああ……」

白川署長は、肩越しにちらりと冬彦の顔を見ると、すぐにまた盆栽に顔を戻した。

「小早川君だったね」

「ご挨拶が遅れて申し訳ありませんでした」

冬彦は、しかつめらしく姿勢を正して挨拶するが、白川署長は顔も向けない。別に腹を立てているという感じではなく、単に無関心なだけのようだ。

「ま、頑張りなさい。よく寺田君を見習うといい。彼は、いい刑事だから」

それきり白川署長は冬彦のことなど忘れてしまった様子である。高虎は慣れているのか、冬彦を促《うなが》して署長室を出た。

「気を悪くさせてしまったようですね」

「いや、何も考えてないだけだろう。お地蔵さんだからな」

「は？　お地蔵さんですか」

「実務は、だるまが仕切ってるから、お地蔵さんでいいんだよ」

「だるまって……」

「副署長だよ。面と向かって言うんじゃねえぞ。本人だって気分が悪いだろうからな」

「そう言われると、谷本副署長の見かけは、だるまによく似てますから、その比喩《ひゆ》は、かなり正鵠《せいこく》を射ていると思いますね。白川署長のことはよく知らないので、お地蔵さんというあだ名が適切かどうか、まだ判断できませんが」

「……」

「どうかしましたか？」

ロビーの真ん中で、突然、高虎が立ち止まったので、冬彦が怪訝な顔をする。高虎は黙りこくったまま動こうとしない。冬彦は視線の先を辿《たど》った。女性警官に案内されて、四〇がらみの女性が受付の奥にある小部屋に入っていく。住民が相談事に訪れたとき、そこで詳《くわ》しい話を聞いてから担当する部署を紹介するという仕組みになっているのだ。

「お知り合いですか？」

「どこかで会ったような気がするんだが……」

高虎が小首を傾げる。何となく見覚えはあるものの、それが誰なのか思い出すことができないということろらしい。

七

「はあ……では、そういうことで、何かあれば逐一、報告いたしますので……」

電話を切ると、谷本副署長は、ふーっと大きく息を吐いて、椅子の背にもたれた。

「如何《いかが》でした？」

杉内課長が訊く。

「どうということもないさ。まだ初日だからね」

「しかし、おかしな若造ですね。変梃《へんてこ》な格好をして、ろくに挨拶もできない……。ひょっとして、わたしたちを煙に巻くためにわざとふざけてるんでしょうか？」

「さあ、わからんねえ」

谷本が首をひねる。

「しかし、警察庁上層部が直々に依頼してくるくらいなんだから、ただ者じゃないんだろう。見かけに騙《だま》されてはいかんね」

「できるだけ当たり障りのない暇な仕事をさせろ、但《ただ》し、現場勤務でなければならない……確かに、おかしな命令ですよねえ。しかし、それをうまく利用して生活安全課に急遽《きゅうきょ》、新たな部署として0係を設置し、各課の鼻つまみを押し込んでしまうとは、さすが副署長です。これぞ一石二鳥、お見事です」

「何だね、0係とは？」

「ご存じありませんか。ゼロはいくつ掛け合わせてもゼロ、すなわち、何の役にも立ちません。だから、あそこは0係」

「ほう、うまいことを言うねえ。君が考えたのか」

「誰が言い始めたのか、署内で噂になってますよ」

「なるほど、0係ねえ」

「この件で警察庁の幹部ともコネができて、いよいよ、本庁への異動が秒読みですね」

「さあ、どうかねえ」

満更《まんざら》でもない様子で、谷本が笑顔になる。

「そのときは、どうか、わたしのこともお忘れなきように」

「任せておけ」

谷本と杉内が愉快そうに声を合わせて笑う。


警察庁刑事局の自室で胡桃沢大介理事官は谷本副署長からの電話を受けた。小早川冬彦が定時に出勤したことを確認すると、すぐに電話を切った。

「ふんっ、小早川め、おかしな格好で出勤したか。どんな格好をしようと構わない。レポートの存在を忘れて、おとなしくしてろ。いずれ、あのレポートに存在価値がなくなったら、どこか僻地《へきち》に飛ばしてやる」

胡桃沢大介は椅子から立ち上がった。電話の内容を島本局長に報告するためだ。

八

駐車場に入ると、

「ほら、運転はできるよな」

高虎が車のキーを冬彦に放り投げる。

「免許は持ってるんですが、ペーパーなんです」

「ちょうどいいじゃないか。練習になるぞ。都内を走り回れば、すぐにうまくなる」

「そういうものですか……」

冬彦は、カローラのロックを解除して運転席に乗り込む。高虎が助手席に腰を下ろしたとき、携帯が鳴り出した。三浦靖子からだ。

「何だと、立ち小便だ？　覗《のぞ》きの可能性もあるって……はあ？　何かの冗談なのか？　ああ、確かに、うちは『何でも相談室』だから、どんな馬鹿馬鹿しい苦情だろうと、ないがしろにできないってことはわかるけど、しかし、立ち小便とは……とても捜査とは言えねえだろう。で、そこの住所、ふむふむ、通報者が古賀《こが》さん、と……。ああ、わかったよ」

電話を切ると、高虎は溜息をつきながら、

「成田《なりた》西三丁目に行くぞ。小学校を目指していけばわかりやすいだろう。おい、何をしてるんだ？」

　冬彦がダッシュボードからカローラの運転マニュアルを取り出して、ページをめくっているのを見て、高虎が怪訝な顔になる。

「一応、確認しなければと思いまして」

「何の確認だよ？」

「計器類とか、操作方法とか……」

「飛行機を操縦しろっていう話じゃねえんだ。カローラだぜ。日本中、どこにでもある平凡な車なんだよ。エンジンをかけて、サイドブレーキを外して、ギアをドライブに入れてアクセルを踏めば動くんだ。もたもたすんじゃねえ」

「は、はい……」

　冬彦は、ごくりと生唾を飲み込むと、真剣な表情でエンジンをかけ、サイドブレーキを外し、ギアを入れてアクセルを踏んだ。それでカローラは静かに発進するはずだった。

　だが、そうはならず、いきなり、カローラはバックに急発進し、駐車場を仕切っている鉄製の柵にがつんとぶつかった。コンクリートに固定された頑丈《がんじょう》な柵でなければ、踏み倒して、後方に駐車している車に衝突したはずだ。

「おいおい、おまえ、いったい、何を……」

「……」

見るからに動揺した様子で、冬彦が大慌てでギアを操作する。次の瞬間、カローラは跳ねるように前方に飛び出した。ガタガタと異様な音を発しながら、車体が大きく揺れる。

「と、止めろ！　ぶつかる。止めろ、止めろ！」

顔を引き攣《つ》らせて叫びながら、高虎は天井のアシストグリップにつかまる。正面にはコンクリートのブロック塀がある。まだシートベルトもしていないから、この勢いで塀にぶつかれば、ただでは済まないだろう。

不意にカローラが止まった。冬彦が止めたわけではない。エンストしたのだ。

高虎は、はあはあと荒い息遣いで、

「どけ。おれが運転する」

絞《しぼ》り出すように言った。

「お願いします」

額に浮かんだ玉の汗を手の甲で拭《ぬぐ》いながら、冬彦がホッとしたようにうなずく。

九

「最初は、酔っ払いが用を足してるだけだと思ってたんです。もちろん、それだって許されることじゃありませんよね。人の家の前で用を足すなんて立派な犯罪じゃないですか。

大して重い罪じゃないかもしれませんけど……」

古賀道子《みちこ》という五〇年配の主婦は、玄関先で一気にまくし立てた。

「その件で何度も通報なさってますね、ええっと……」

高虎がちらりと冬彦を見ると、

「このひと月で四回です」

素早く冬彦が答える。高虎が車を運転することになったので、冬彦が改めて三浦靖子に電話をして、通報内容を再確認し、メモを取ったのだ。手帳を広げてメモを見ながら、

「最初の三回は立ち小便に関する苦情で、四回目は覗きを訴える内容になっています……」

古賀道子が警察に通報したのは、

六月二七日（土曜日）
七月一日（水曜日）
七月七日（火曜日）
七月一八日（土曜日）

という四回で、最初の三回は、家の前に立っている電信柱に酔っ払いが立ち小便して困

るという内容だったが、四回目の通報は、電信柱の陰に不審者がいて、家の中を覗いているようだ、というものに変わっている。

その不審者を家人が目撃した時間帯は、四回とも深夜一二時から午前一時までの間で、黒っぽい背広にネクタイ姿のサラリーマン風の中年男だという。四回とも、中年男を目撃した翌朝に古賀道子は一一〇番通報している。

「通報内容が変わったのは、なぜですか？」

高虎が訊く。

「通報したのは四回ですけど、うちが気が付いてから四回という意味で、初めて、あの酔っ払いに気が付いたのは先月の末ですから、もっと前からやってたと思います。夜中の一二時過ぎにリビングのカーテンなんか滅多に開けませんからね。たまたま気が付いたんですよ……」

古賀家は鎌倉《かまくら》街道に面した、二階建ての古びた木造一軒家だ。敷地は五〇坪ほどで、建坪は、その半分しかないので、周辺の住宅に比べると、割と庭が広く見える。道路沿いに鉄柵の門扉《もんぴ》があり、門扉の横が車庫、車庫の脇に電信柱が立っている。車庫の横に庭があり、電信柱の正面が居間だから、一〇メートルほど離れてはいるものの、夜中にカーテンを開けて外を見れば、電信柱の前に立つ人影に気付くはずだ。庭は植え込みで囲まれているものの、一メートル少々の高さしかないので、家を覗くことは十分に可能である。

「酔っ払いが用を足してると思ったので、そんなことが癖《くせ》になると困りますから、次の日にすぐ通報したんですよ。交番のおまわりさんが訪ねて来て、こっちの話を聞いてくれましたけど、それで終わりっていうか何もしてくれなくて、しばらくして、また同じような時間に、その男を目撃したんです。気持ちが悪いからその都度、通報しました。うちには来年大学受験する娘がいて、余計なことに気を遣《つか》わせたくないから黙ってたんですけど、先週末、娘が二階の部屋から、たまたま、その男を見たんですよ。わたしは、てっきり用を足してると思い込んでましたけど、娘が言うには、そうじゃない。電信柱の陰に隠れて、家の様子を窺《うかが》っているようだった、ちょっと猫背になって、電信柱に手をついて、じっと身動きもしなかったって……。用を足すっていう感じじゃないでしょう？　怪しくないですか。最初は用を足すだけだったのが、いつの間にか覗きをするようになったのかもしれませんしねえ。家の前でおしっこされるのも嫌ですけど、覗かれるのは、もっと嫌です。冗談じゃありませんよ。年頃の娘だっているわけだし……」

説明しているうちに気持ちが高ぶってきたのか、古賀道子は興奮気味に話し続ける。

「何度も通報してますが、その男に注意してはいないんですか？」

高虎が訊く。

「注意って、うちがですか？」

「別に奥さんじゃなくても、ご主人でも。うちの前で変なことをされては困りますとか」

「刑事さん、何を言ってるんですか。こんな物騒《ぶっそう》な時代に、相手がどんな人間かもわからないのに下手に注意なんかしたら逆恨みされるかもしれないじゃありませんか。逆ギレされて暴力を振るわれたら、どうするんですか？　悪い人を捕まえるのは警察の仕事じゃないですか」

「ま、確かに、そうかもしれませんね。現場ですが、そこの電信柱ですよね？」

「ええ、そうです」

「リビングで、その男を見たのと同じ場所に立ってもらえますか。最初はカーテンも閉めて下さい。わたしたちは電信柱のところにいますから、男を目撃したときと同じようにカーテンを開けて下さい」

「わかりました」

古賀道子が家の中に入っていくと、

「よくしゃべるおばさんだなあ……」

高虎が小さな溜息をつきながら電信柱の前に移動する。冬彦は熱心にメモを取りながら高虎についていく。

「酔っ払いが立ち小便をするから何とかしてくれなんて、そんな通報、まともに相手にしてもらえないから、覗きだなんて大袈裟《おおげさ》なことを言い出したんじゃないのかなあ」

高虎が電信柱を掌《てのひら》でばしばしと叩いていると、リビングのカーテンが閉められ、やがて、ほんの少しだけ細めに引かれた。

「なるほどね。あんな風に家の中からこっちの様子を窺ってたわけか」

「リビングには明かりがついていたでしょうし、人影がシルエットになって浮かびますよね。奥さんが外を見ていることは、すぐに気付かれたんじゃないでしょうか」

「だから、覗きなんかじゃないいんだよ。カーテンを閉め切ってるリビングをどうやって覗くんだ？　家の中を覗き見するのなら、庭に入り込んで、窓際から覗かないと何も見えないはずだ。それにしたって、カーテンに隙間があればっていう話だ。ま、そうなれば、住居侵入罪も加わる分だけ罪が重くなる。こっちも、やる気が出る」

「若い女性が同居しているという話でしたよ」

「高校生の娘を覗こうとしたってのか？　だけど、部屋は二階だろう。ここからじゃ、部屋の中は見えないぜ」

　高虎が古賀家の二階を見上げる。リビングの上にベランダがあり、その奥に大きなガラス窓がある。そこが娘の部屋に違いない、と高虎は思った。夜ならば、カーテンが閉められているだろうし、仮にカーテンが開いていたとしても、この電信柱の場所からでは角度がきついので部屋の中を覗くことは不可能だ。かろうじて天井が見えるだけである。

「やっぱり、酔っ払いの立ち小便だな。軽犯罪には違いないが、逮捕するような罪でもねえなあ。その場で注意するか、せいぜい、交番に連れて行って説教するくらいのもんだ。

それにしたって、その現場を押さえないと、どうしようもないしな。手間ばかりかかって、面白みのない事件だ。いや、事件とも言えないか。ま、交番の巡査に見回り強化を依頼するくらいが関の山だな。おい、エリート、何をしてるんだ?」

高虎が訊く。冬彦が電信柱のそばにしゃがみ込んで、何かを調べているのだ。

「おかしいなあ……」

「何が?」

「臭いませんね」

「小便のことか?」

「排出される尿の九八%は水分で、残りの二%は、タンパク質の代謝によって生じる尿素です。尿素が細菌に分解されるとアンモニアが発生して、これが悪臭の原因になるわけです。先週末から雨も降っていませんし、雨水に流されたということもありませんから、多少なりともアンモニアが残っているはずです。それに染みも見当たりませんね。尿に含まれているウロビリンとリボフラビンが黄色ですから、普通の尿は黄色なんです。習慣的に同じ場所で立ち小便していたとすれば、臭いだけでなく、染みも残っているはずなんですが、それがまったく見当たらないのは不自然だなあ……」

「東大出のキャリアで、科警研の研究職だったんだもんなあ。さすがに理屈っぽいぜ。わけのわからないことをごちゃごちゃ並べて、こっちには、ちんぷんかんぷんだが、要は、小便をした跡がないと言いたいわけだ。そう言えばいいんだよ。小難しい理屈なんかいらないんだよ」

「頭がいいことを寺田さんに自慢したかったわけじゃありません。東大を出て、I種試験に合格してるからって、高卒の寺田さんを見下してはいません。できるだけ正確に状況分析をしたかっただけで、学歴の差を誇示してはいません」

そう言うと、また冬彦は熱心にメモを取り始めた。

「面倒臭《くせ》え奴とコンビを組まされちまったなあ。これなら樋村の方がましだったかもしれないな。使えない奴だが、あいつも高卒だし、大して頭はよくないから……」

高虎が髪をかきむしって、ぼやいているところに、古賀道子が家から出てきた。

「刑事さん、何かわかりましたか？」

「そんな急には何も……」

高虎が弁解しようとすると、

「すいません、奥さん」

冬彦が高虎を押しのけるようにして、古賀道子の前に身を乗り出す。

「サラリーマン風の中年男だという話でしたが、どっちから来て、どっちの方に行ったかわかりますか？」

「三年坂《さんねんざか》を上ってきたんだと思いますよ。九時を過ぎるとすぎ丸君も走ってませんから、みんな、駅から歩いてくるんです。二丁目や三丁目に帰る人たちは、大抵、尾崎橋《おさき》からバス通りへの近道として三年坂を通りますからね……」

そこで古賀道子は、あっ、と声を発し、その男は二丁目か三丁目に家があるに違いないから、この近辺を虱潰《しらみつぶ》しに捜せば見付かるはずだと言い始め、その思いつきに興奮した様子で鼻息が荒くなる。

「はあ、虱潰しにねえ……」

高虎は、浮かない顔で小さくうなずく。たかが立ち小便の犯人を見付けるために、住宅街を虱潰しに捜せるか、相手は殺人犯じゃねえんだぞ……そう怒鳴りたいのを必死に我慢した。

「すいません。すぎ丸君というのは……?」

冬彦がメモを取りながら質問する。

「区が走らせてる小型の路線バスだよ。狭い道路が多いから、普通のバスだと通れないところが多いんだ。このあたりだと、けやき路線ですかね?」

高虎が古賀道子を見る。

「ええ、そうです。JRの阿佐ケ谷《あさがや》駅から井《い》の頭線《かしら》の浜田山《はまだやま》駅まで走ってます」

「ふうん、コミュニティバスですか。ぼく、地元じゃないんで知りませんでした。おかげで勉強になりました。でも、九時にすぎ丸君の運行がなくなると、その後、阿佐ケ谷からこのあたりまで歩くのは、結構、大変じゃないですかね？」

「自転車や原付バイクを使う人もいますしねえ。でも、あの男は歩きですから、きっと、南阿佐ケ谷から歩いてくるんですよ」

「丸《まる》ノ内《うち》線の南阿佐ケ谷ですか。うちの署のすぐ横じゃないか……」

ふむふむ、と冬彦は古賀道子が何か話すと、その都度、素早くボールペンを走らせてメモを取る。手帳を閉じると、

「寺田さん、駅まで戻りましょう」

「は？」

「駅からここまで歩いてみるんです。その男がサラリーマンだとすれば、南阿佐ケ谷から、ここまで歩いている可能性が高いと思います。帰宅途中に、ここで足を止めるんでしょう」

「ちょっと待てよ……」

高虎が顔を顰《しか》めたとき、

「見直したわ。『何でも相談室』なんていっても、どうせ看板倒れで、何の役にも立たないと思ってたけど、全然違う。素晴らしいわ。自治会の集まりでも、みんなに話しておきます。警察は頼りになるって」

「は、はあ、自治会でねえ……」

「駅からここまでの道筋を確認してから、奥さんが話をした巡査のいる交番に出向いて、報告書に目を通します。何かわかったら、お知らせしますので」

「児童館の先にある交番ですからね。五日市《いつかいち》街道と鎌倉街道が交差するところにある交番。そこの、おまわりさんが来てくれたんです」

「承知しています」

「あのおまわりさんが刑事さんたちのように熱心だったらよかったのに」

古賀道子は、高虎と冬彦に、にこっと微笑んだ。

一〇

一時間後、高虎の運転するカローラは交番に向かっていた。高虎は不機嫌そうに黙り込んでおり、冬彦は、そんな高虎の様子に気が付かないのか、それとも端から無視しているのか、また熱心にメモを取りながら、時折、ぶつぶつと独り言を口走っている。

古賀家を後にした高虎と冬彦は尾崎橋の近くに車を停め、ちょうど通りかかったすぎ丸君に乗って杉並区役所まで戻り、南阿佐ケ谷駅から尾崎橋まで歩いたのである。直線距離にすれば一キロもないので、さほど急がなくても二〇分少々で尾崎橋に戻ることができた。もちろん、高虎は嫌がったのだが、冬彦が梃子《てこ》でも動かないという頑固さで、「お願いします、お願いします」と念仏のように繰り返すので高虎も根負けした。なぜ、たかが立ち小便騒動にこれほど手間暇をかけなければならないのか……そんな自分が情けなくもあるし、こんな仕事を割り振った「何でも相談室」にも腹が立つし、何よりも、コンビを組むことになった小早川冬彦という得体の知れないキャリア警察官に苛立たしさを感じる。それが高虎の不機嫌な沈黙の理由であった。

「謎めいてますよねえ……。被疑者が南阿佐ケ谷駅から徒歩で帰宅しているとして、尾崎橋を渡り、三年坂を上ってバス通りに出ているのだとしたら、自宅は成田西三丁目、もしくは二丁目近辺と考えるのが妥当でしょう。三年坂から、さほど時間はかからないはずだから、古賀さんの家の前で立ち小便する必要はないし、実際、立ち小便の跡はなかった。かといって、古賀さんが言うように覗きだとも思えない。なぜなら、リビングはカーテンに遮《さえぎ》られているし、二階を見上げても、たとえカーテンが引かれていなくても天井しか見えないからです。うーん、謎めいた事件だなあ。そう思いませんか、寺田さん？」

「思わねえ」

高虎が首を振る。

「被疑者だとか、事件だとか、そういう言い方をするのはやめろ」

「だって、事件ですよ。たとえ、立ち小便だとしても軽犯罪法に触れるわけですから」

「うちが『何でも相談室』だからって、立ち小便の相手ばかりしてたら仕事にならねえんだよ。手柄を立てたいのはわかるが、大袈裟に騒ぎ立てるのはやめた方がいいぞ」

「ぼくも被疑者が立ち小便をしているとは思いません。そうではなく、何か他に理由があって、古賀さんの家の前に佇《たたず》んでいるのではないか、と……」

「わかった、わかった。ほら、着いたぜ」

交番の横には、車を二台停められる駐車スペースがある。パトカーが一台停まっているだけだったので、その横に高虎はカローラを入れた。

ご苦労さん、と声をかけながら高虎と冬彦が交番に入る。入ってすぐのスペースを見張り所といい、そこに机と椅子がひとつずつ置いてある。見張り所の奥が待機室で、台所や冷蔵庫、ロッカー、机と椅子などが置いてある。二階建てで、二階は仮眠を取るための休憩室になっている。

見張り所の机に向かって事務処理をしていた中年の巡査が顔を上げ、

「おっ、寺田ちゃん」

と声を発した。

「真面目に仕事をしてるんだな、内海《うつみ》さん」

「当たり前だ。交番にいると人目がある」

「役満大将の台詞《せりふ》とは思えないねえ。制服を着てるときは別人だ」

高虎と地域課所属の巡査長・内海明《あきら》は麻雀《マージャン》仲間で、年齢も近いので親しい間柄である。

「どうだい新しい職場は？　『何でも相談室』だっけ」

「それを訊くなって」

　高虎が顔を顰める。

「そっちの若いのは新人さんかい？」

「現場には不慣れだが新人ってわけじゃない。季節外れの異動で科警研から来たキャリアさんだ。これでも警部さんだぜ」

「へ、警部？」

　内海がきょとんとする。

「小早川です。よろしくお願いします」

「こちらこそ、よろしくお願いします。警部殿」

　内海は、律儀《りちぎ》に立ち上がると、背筋を伸ばして敬礼する。

「いいんだよ、そんな堅苦しいことをしなくても。一応、おれが教育係だしな。そんなことより……」

　古賀道子から「何でも相談室」に通報があり、古賀家で話を聞いてきたところだ、と高虎は内海に説明し、現場に赴《おもむ》いたときの報告書を見せてほしいと頼んだ。

「すごいな、そっちにまで通報したのか」

「何としても捕まえろ、この近辺の家を虱潰しに捜せって、えらい剣幕だったぜ」

「そんなに騒ぐほどのことでもないと思うんだけどな。念のために巡回を増やしたりしてるが、人手も足りないし、雑務も多くて、なかなか手が回らない。ちょっと待ってくれ」

内海が報告書を取りに、待機室に入る。開けっ放しになったドアの方を見て、高虎が、あれ、という顔をした。待機室の中央で、うなだれた老婆がパイプ椅子に坐っている。

「なあ、あれ、買い物か?」

報告書を手にして戻ってきた内海に、高虎が人差し指を丸める仕草をした。それを見た冬彦は、すかさず、

「あっ、『買い物』って万引きの隠語ですよね。常習者なら、『買い物師』。どんな業界にも独特の隠語がありますけど、警察関係の隠語は種類も多いし、独特ですよね。隠語辞典にもたくさん載ってます。ここは交番だから『ハコ』、ぼくたちは私服警官なので『凸ピン《デコ》』、制服を着ている内海さんは『アヒル』、ぼくの階級は警部なので『おしどり』、新入りなので『あんこ』……」

「黙れ!」

高虎は冬彦の口を手で塞《ふさ》ごうとする。

「違う、違う。買い物じゃない。迷子だよ」

内海が首を振る。

「迷子?」

高虎が怪訝な顔になる。

「認知症ですか。しかも、症状が重そうだ」

冬彦がつぶやくと、何でそんなことがわかるんだよ、と高虎が訊く。

「だって、交番備え置きのスリッパを履いてますよ。裸足《はだし》だったんじゃないですか？」

「うん、そうなんだ……」

内海が話したのは、次のような事情だ。

裸足で保護されたのは、沢田邦枝《さわだくにえ》という七六歳の老婆で、迷子の常習者だという。

自宅は永福《えいふく》四丁目で、そこから一・五キロほど離れた成田西二丁目の児童交通公園を裸足でうろうろしているのを、公園管理事務所の職員が見付けて通報する……この二年ほど、月に一度か二度は同じことがあるので内海も慣れっこになっている。すでに家族に連絡も取り、迎《むか》えが来るのを待っているところなのだという。

「お茶でも飲むか？」

「結構だ、と言いたいところだが、ま、番茶を一杯飲ませてもらおうか」

高虎がうなずくと、内海が待機室に入っていく。

「おい、報告書を読むんじゃないのか？」

「はい、すぐに読みます」

冬彦は、報告書を読みながら、またメモを取り始めた。

「頭がいいんだから、メモなんか取らないで覚えればいいじゃないか」

「ぼくは、メモを取りながら考えてるんです。目で字を追うだけでなく、一緒に手も動かすと脳細胞が刺激されるんですよ」

「脳細胞ねえ。いちいち、言うことが普通じゃないぜ」

内海が持ってきてくれたお茶を飲みながら、

「あのばあさん、施設には入ってないのか？」

高虎が訊く。

「特養も、入所希望者が多くて、空きが出るまで何年も待たないと駄目らしい」

「重い認知症でも駄目なのか？」

「今時、その程度のことは珍しくもないらしい。他人事《ひとごと》じゃないよ。うちの母親も、沢田さんと同年配だから」

内海が同情の眼差しを沢田邦枝に向ける。邦枝は居眠りでもしているかのように、うつむいたまま、ぴくりとも動かない。

「絶対的なキャパが不足してるんです。平均寿命の伸び率と老齢人口の増加率の予測を厚労省が誤ったことが原因ですね。すいません、内海さん……」

冬彦は、報告書の内容について内海に質問を始める。古賀家近辺における犯罪発生状況などについても質問を重ねる。内海は、待機室と見張り所を往復し、あちこちから資料を引っ張り出しながら質問に答える。いくら経験の浅い若手とはいえ、相手は警部なのだ。高虎のように傍若無人《ぼうじやくぶじん》に振る舞えるほど内海は神経が太くない。

　手持ち無沙汰の様子で高虎がお茶を飲んでいると、携帯が鳴った。三浦靖子からだ。用件を聞き取ると、すぐに携帯を切った。

「まだ時間がかかるか？」

「もう大体、終わりました」

　冬彦が答える。

「それじゃ、次の現場に行こうぜ。和泉三丁目で、ぼやだってよ。立ち小便からぼやまで、『何でも相談室』は忙しいよ。本当に、何でもありだぜ」

「ふうん、『あかいぬ』ですか」

「違うな。それは火事の隠語だ。ぼやだよ、ぼや。火事とぼやは違うだろう」

「あれ……和泉三丁目って、あのおばあさんの家の近くじゃないですか」

　冬彦がポケットから杉並区の折りたたみ地図を取り出して確認する。

「そんなものを持ち歩いてるのか？」

「早く土地鑑を身に付けたいですから。土地鑑がないと『地取り』もできませんからね」

「聞き込みをするような事件を扱うことなんか期待するだけ無駄だぜ。それに隠語は、もうやめろよ。イラッとするから」

「短気ですね、寺田さん」

ふふっ、と笑うと、ついでに沢田さんを送ってあげましょうよ、と言い出した。

「は？　タクシーじゃねえんだよ」

「でも、ついでじゃないですか。次の現場の近くなんだし。ご家族がすぐに迎えに来るのなら別ですが……」

「いやあ、そうしてもらえると助かる。連絡は取ってあるんだけど、あそこの奥さん、スーパーでパートしてて、すぐには抜けられないらしいんだ。向こうも慣れてるっていうか、そんなに慌ててないっていうか、交番で保護されてるのなら心配ないって考えてるみたいでさ。でも、こっちは、いつまでも預かってるわけにもいかないし。正直、送ってもらえると助かるなあ」

「役満大将の頼みなら仕方ないな」

高虎が小さな溜息をつく。

「すぐに奥さんに連絡してみるから」

内海が邦枝の嫁・沢田真知子《まちこ》に電話をかけたとき、真知子はパート先のスーパーから自宅に戻る途中だった。たまたま、そちら方面に向かう警察車両があるので、よかったら自宅まで邦枝さんを送ってもいいのですが、という申し出に真知子はふたつ返事で飛びついた。

二

「きつくありませんか」

沢田邦枝をカローラの後部座席に乗せると、冬彦はシートベルトを締めてやった。

「……」

冬彦の言葉を理解しているのかいないのか、邦枝は何も返事をせず、ぼんやりと外を眺《なが》めている。何かを眺めているというのではなく、ただ視線が窓の外に向けられているという感じだ。裸足で保護されたので、今も交番のスリッパを履いたままだ。冬彦は邦枝の足許を見つめ、それから視線をゆっくり胸元まで上げていき、最後に邦枝の顔を見つめた。

「行くぞ、早く乗れよ」

高虎がエンジンをかける。はい、と返事をすると、冬彦はドアを閉め、カローラの後方を回って、邦枝の隣の席に乗り込む。後部座席に邦枝一人で乗せるのは心配なので、自宅に送り届けるまで隣で見守るつもりなのだ。何か言いたそうに高虎が口を開きかけるが、結局、何も言わずにカローラを発進させた。

「寒くないですか？　この車、ちょっとクーラーがきつめなんですけど」

「……」

「喉とか渇《かわ》いてませんか？　交番にいるときに訊けばよかったですね」

「……」

「いつも児童交通公園に行くんですか？」

「……」

「うちを出るときから裸足だったんですか？」

「……」

「ご家族が心配してるんじゃないですか？　ええっと、ご家族は、息子さん夫婦、それにお孫さんでしたよね」

何を質問しても邦枝は黙りこくっている。冬彦を見ようともせず、じっと外に顔を向けている。冬彦の方はと言えば、質問するたびに手帳に何かメモしている。

「車の中で取り調べをすることはないだろうよ」

高虎が呆《あき》れたように言う。

「そんなつもりはないんですが」

「何もわからないんだよ。かわいそうになあ。こんな状態なのに一人でふらふら家を出て迷子になっちまうんだから。いろいろ事情があるんだろうから、他人様の家のことをとやかく言えないけどな」

「あ、児童交通公園だ」

冬彦が口にしたとき、邦枝がびくっと体を震わせ、冬彦の方に顔を向けた。冬彦を見たのではなく、窓の向こうの景色を見ようとしたのだ。それまで能面のように無表情だった邦枝の表情に微《かす》かに変化が生じた。

しかし、その変化はすぐに消えてしまい、邦枝はさっきと同じように右側の窓から視線を外に向ける。冬彦は、ちらちらと横目で邦枝を眺めつつ、何やら手帳にメモした。

「また何か考え事の最中ですかね、警部殿？」

高虎が皮肉めいた言い方をする。

「何のことですか？」

「メモをしながら考え事をするんじゃないの？」

「単に備忘録としてメモすることもありますから。ケースバイケースですよ」

「あ、そう」

それきり高虎は黙り込んだ。冬彦も邦枝を質問攻めにするのを控えたので車の中は急に静かになった。やがて、カローラは成田西一丁目に入り、高千穂《たかちほ》大学、大宮八幡宮《おおみやはちまんぐう》の横を通り、方南《ほうなん》通りを渡って永福四丁目に入った。

「もうすぐ着きますよ」

声をかけながら、冬彦は邦枝の反応を観察した。心なしか邦枝は体を丸め、両手を胸の前で強く組み合わせた。それを見ると、冬彦は納得したように大きくうなずいて、またメモを取った。

「ここかね」

舗装道路に面した、こぢんまりとした木造二階建ての一軒家の前で高虎が車を停める。すぐに家から四〇代半ばくらいの年格好の中年女が出てきた。痩せぎすで、目つきがきつい。これが嫁の真知子に違いなかった。高虎は車を降りると、

「沢田さんですか。杉並中央署の寺田と申します」

「ああ、はいはい、どうも、お世話をおかけしました。ありがとうございました」

真知子は、まったく心の籠《こ》もっていない言葉を並べ立てると、邦枝の手を引っ張って車から降ろし、そのまま引きずるように玄関に向かい、邦枝を玄関に押し込んでドアをバタンと閉める。

「タクシー代わりに送ってやったところで、大して感謝もされないってことだよな」

高虎がぼやきながら運転席に乗り込み、なあ、キャリアさんよ、と冬彦に同意を求めるが、冬彦は車の中にいない。あれ、どこにいったんだ、という顔で周囲を見回すと、冬彦は沢田家の玄関前に突っ立っている。

(すごいなあ……)

真知子の怒鳴り声がドア越しに冬彦の耳にもがんがん響いてくるのだ。たかがパートだなんて甘く考えないで下さいよ、長年、真面目に働いてきたおかげで、ようやくチーフを

任されるくらいになったんだから、時給が五〇円上がったことが嬉しいんじゃなくて、信頼されて責任を持たされることにやり甲斐《がい》があるんですよ、それなのに、突然、早退なんかしたら若い子たちに示しがつかないし、店長には嫌味を言われるし、評価だって下がるんです、お義母《かあ》さんがふらふら出歩くだけで、みんなに迷惑がかかるってことなんです、どうして、うちでおとなしくしてくれないんですか、そんなに、わたしが憎いんですか

……邦枝の声は聞こえず、真知子の声だけが切れ目なしに聞こえる。

なかなか、ドアを開けるタイミングがないので、仕方なく、大きく息を吸い込むと、

「すいませーん」

明るい声を作り、冬彦はドアを開けた。腰に手を当て、靴脱ぎ場に仁王立ちになっていた真知子がぎょっとしたように振り返る。邦枝は廊下の端にしょんぼりと肩を落として立っている。

「何ですか？」

真知子が冬彦を睨む。

「いや、あの、スリッパなんですけど……」

「は？」

おばあさんに貸したのは交番のスリッパなので返してもらわないと困るんです、と冬彦が言うと、真知子はスリッパをつかみ上げ、黙って冬彦の手に押しつけた。

「他に何か？」

「いいえ、何も」

冬彦は押し出されるように玄関の外に出た。鼻先でドアが閉められる直前、訴えかけるような弱々しい眼差しを冬彦に向ける邦枝の姿を見た。

クラクションが軽く鳴らされる。早く戻ってこい、と高虎が手招きしている。冬彦が助手席に乗り込むと、高虎はカローラを発進させた。

一二

高虎の運転するカローラは永福四丁目から和泉三丁目に向かう。ぼやの現場は熊野《くまの》神社の近くだ。大した距離ではないが、曲がりくねった狭い道路ばかりでスピードを出すことができず、意外に時間がかかる。

「虐待《ぎゃくたい》かもしれませんね」

唐突に冬彦が口を開く。

「は？」

思わず顔を横に向け、ハンドル操作を誤りそうになる。慌てて顔を前方に向け直す。

「関係部署に通報するべきだと思います。手続きを寺田さんにお願いしてもいいですか？」

「おいおい、ちょっと待てよ。先走るな。ただの迷子だろうが。しかも、幼児っていうわけじゃない。立派な大人なんだぞ」

「重い認知症を患《わずら》っているとすれば、記憶が曖昧になったり、判断力が低下するのは当然です。だから、裸足で外に出たり、道に迷ったりするわけですからね。そうだとすれば、自分が虐待されていることすら認識できていない可能性があります」

「見たところ、痣《あざ》もなかったし、怪我もしてなかったみたいだぞ」

「肉体的な暴力だけが虐待じゃありません。あの奥さんがおばあさんを見たときの冷たい目やきつい視線、苛立った様子、それに対する、おばあさんの落ち着きのない目の動き……たぶん、本能的な恐怖を感じたのだと思います。家から逃げ出そうとして迷子になったのかもしれません」

「確かに、あのおばはん、玄関で大声で怒鳴ってたな。車にいるおれの耳にまで聞こえたよ。目の前で怒鳴られたら、おれだって、びびるわ。けどなあ、家族に恐怖心を持っているから虐待って決めつけるのはおかしいだろう。うちの亀山係長だって有名な恐妻家で、胃が弱いのもそのせいだっていう噂だが、だからって、係長が虐待されてます、助けてあげて下さい、なんて通報できるか？　本人が助けを求めてくれれば無視できないが、何の証拠もないのに勝手に通報したりすれば、家庭に波風を立てることになって、結局、本人も困るんじゃないのかな」

「あのおばあさんが本当に認知症かどうかだって、こうなってみると断言できない気がするんです。もしかすると、認知症を装《よそお》って、自分を守ろうとしているだけかもしれません。判断材料が少なすぎるので推測に過ぎないんですが……」

「何で、認知症じゃないかもしれないなんて思うんだよ?」

「車の中でいろいろ質問したんですけど、その反応が微妙というか、怪しいんですよ」

「怪しい?」

「クーラーのこととか、喉の渇きのこととか、そういう質問には無反応でした。まるっきり無視してました。無視というか、こっちの言葉を理解していないというか、ぼくの言葉が右から左に流れていくだけみたいな感じでした。ところが、家族のことを訊いたとき、返事はしてくれませんでしたが、両手を膝の上で強く握り締めたんですよ。ぎゅっ、て。表情に変化はありませんでしたが、心の中では動揺したんですよ。それが手の動きに表れたんだと思います……」

車内でいろいろな質問をしたのは、何らかの答えを期待してのことではなく、質問に対する本能的な反応を観察したかったからで、人は言葉を用いれば、いくらでも嘘をついたり、本心をごまかしたりできるが、咄嗟《とっさ》の仕草や瞬間的な表情の変化まではコントロールできないので、そういう部分に注目すると、本人が隠そうとしていることも何となくわかる、と冬彦は言う。

「ばあさんが動揺ねえ……」

「児童交通公園の脇を通ったときも、公園の方を眺めて、ほんのわずかですが、表情に変化がありました。無意識のうちに反応したんですよ。たぶん、おばあさんにとって何か深い意味のある場所で、だから、いつもそこで迷子になるんじゃないかと思うんです」

「違うね」

　高虎が首を振りながら、ぴしゃりと言う。

「裸足のばあさんのことなんか、みんな、薄気味悪がって見て見ぬ振りをするのさ。公園の管理人だけは親切だから警察に通報してくれるんだろうよ。だから、児童交通公園で保護されるんだ。自宅から公園まで、ばあさんが一人でふらふら歩くには結構な距離だぜ。その間、誰の目にも留まらないってことがあるか？　みんな、無視してるんだよ」

「なるほど、そういう考え方もあるのか……」

　ふむふむ、周囲の人間の無関心までは計算に入れなかった、勉強になるなあ、現場経験の豊富な寺田さんならではの独特な分析なんだろうな、とうなずきながら、冬彦がメモを取る。

「でも、ぼくの質問に対する反応、奥さんに会ったときの反応、そして、おばあさんを怒鳴っていた奥さんの態度……そういうことを総合的に判断すると、やはり、虐待の可能性が強いと思うんですよね」

「家族から虐待されてるから認知症を装って自分を守ってるっていうわけか。おれの目には、ばあさんが芝居しているようには見えなかったけどなあ。警部殿は人間嘘発見器なんですかねえ」

高虎が投げやりに言うと、冬彦が、ぷっと笑い、慌てて口許を手で押さえた。それを見て、高虎がむっとして、

「何がおかしいんです？」

声が低くなったのは、怒りを押し殺しているからだ。

「寺田さんはわかりやすい人ですよね。何か気に入らないことがあると、すぐに茶化したような言い方をするじゃないですか。本当は、怒鳴りつけたいけど、ぼくの方が階級が上だから、ぐっと堪《こら》える。しかし、何も言わずに黙っているのも癪《しゃく》に障るから冗談めかして皮肉めいた言い方をする。でも、表現が直接的すぎて皮肉になってないんですね。それは、ある意味で寺田さんの正直さを示していると言っていいと思います。それに腹を立てると、すぐに顔に出てしまうし、急に言葉遣いが丁寧になったりしますよね」

「おれの相棒は占い師なのか？　何を言っても煙に巻かれちまう感じがする。おれがバカだと言ってるわけだよね？」

「それは受け止め方の違いですが、少なくとも、ぼくにそのつもりはありません。頭の良

し悪しで、人間としての優劣が決まるわけではありませんから」

「あ、そう。要は、自分は頭がいいってことを言いたいわけか」

「そうじゃなくて……」

「はい、着きましたよ。ここが現場だ。先客がいるらしいや」

　和泉三丁目、熊野神社の近くにある田中淳三《たなかじゅんぞう》の自宅前には、鑑識のワゴン車と消防署の赤い車が停まっていた。二台の警察バイクも道路脇に停めてあり、その前方には、冬彦たちが乗っているのと同じタイプのカローラも停まっている。

「ぼやにしては、随分と物々しいですね」

「確かに、鑑識まで出てくるとは大袈裟だな……」

　カローラを徐行させながら、高虎がうなずく。

「お、古河がいる」

　ガレージの前で鑑識の職員と話している背の高い男を見て高虎が言う。古河祐介は身長が一八二センチあるのだ。

「古河さんって、刑事課でしたよね？」

「ああ、そうだ」

「刑事課が捜査に来るのは普通じゃありませんよね」

「あいつらが出てきたってことは、放火を疑ってるってことになるな」

「しかも、ただの放火じゃないですよね？」

「ああ、死人が出たか、そうでなければ、連続放火ってことだろう」

高虎がうなずく。

一三

高虎と冬彦が近付いていくと、中島敦夫が顔を上げた。

「あれ、寺田さん、それに小早川警部。どうしたんですか？」

その言葉を聞いて、鑑識の主任・青山進《あおやますすむ》と話していた古河祐介が振り返った。

「どうしたも何も、ぼやの現場に行って話を聞いて来いって指示されたんだよ。こんな物々しい様子じゃ、おれたちなんかお呼びじゃなさそうだけどな」

高虎が肩をすくめる。

「最初は、ぼやの通報だったので、生活安全課に回ったんでしょう。でも、すぐにうちが担当することに切り替えられたんですけどね。連絡不行き届きってやつですか」

中島が小首を傾げる。

「ちょっとしたぼやなら、普通は、交番の巡査が出向いて、現場を確認して、通報者から話を聞いて、あとは報告書を作れば一丁上がりだ。要は、『何でも相談室』ってのは、移動交番みたいなものだと思われてるってことなんだな。何でも屋で、軽く扱われてるから、おれたちに指示を出したことすら忘れられてるんだろうよ。ところで、おまえらが出張ってきたってことは赤猫《あかねこ》か？　饅頭《まんじゅう》があるっていう感じでもないもんな」

高虎が言うと、

「赤猫は連続放火魔、饅頭は死体の隠語ですよね。つまり、この現場の様子から察するに殺人事件ではなく、連続放火事件で、その捜査に刑事課が出てきた……そういうことですよね？」

冬彦が納得したように大きくうなずく。

「あのねえ、そんなでかい声で解説したら、隠語を使う意味がねえだろうって」

高虎が嫌な顔をする。

「あ、それもそうですね。念のために確認した方がいいかと思って。これからは気を付けます。ところで、それは、犯人の遺留品ですか？」

青山主任が手に持っている密閉式の透明なビニール袋を冬彦が指差す。

「うん、これね……」

古河がビニール袋を青山主任から受け取り、高虎と冬彦の目の前にぶら下げる。

「てるてる坊主みたいだな。顔は描いてないようだが……」

ビニール袋の中には、ティッシュペーパーを丸めて、茶色っぽい紐《ひも》で縛ったものが入っている。ピンポン球より一回りくらい大きい。高虎の言うように、てるてる坊主に見えないこともないが、それにしては、かなり不格好《ぶかっこう》である。顔に当たる丸い部分が大きく、裾の部分が短いのでバランスが悪いせいだ。首の部分を縛っている紐もやけに長い。顔の部分が黒く見えるのは焦《こ》げ跡であろう。

「ファイヤーボールですね」

てるてる坊主を凝視しながら、冬彦がつぶやく。

「ふんっ、英語か。それくらい、おれにもわかる。火の玉ってことだろう。何かの隠語か？」

高虎が訊く。

「いいえ、ストレートに、そのままの意味です。寺田さんの言うように、これは火の玉です。放火の小道具ですよ。犯人の手作りなんでしょうね。ティッシュが湿ってるように見えますが、それは水ですか、それとも……」

冬彦が古河を見る。

「灯油らしいよ」

そうですよね、青山さん、と古河が訊く。

「署に持ち帰って分析しないと何とも言えませんが、匂いからして、灯油だと思います」

青山主任が生真面目な表情でうなずく。

「ティッシュに灯油を湿らせて火をつけたってのか？　あっという間に燃えて、跡形もなくなるんじゃないのかね」

　高虎が訊く。

「ティッシュを丸めただけなら、いくら素早く消火したところで、こんなにきれいに原形を留めているはずがない。ティッシュは半分以上、燃えちゃってますから。ティッシュの中に何か入ってるんじゃないかな……。確かめましたか？」

　冬彦が青山主任に顔を向ける。

「細かい木片らしきものが入っているようです。しかし、それらしく見えるだけで、きちんと分析しないと何とも言えません。灯油とは違いますから」

「ふむふむ、なるほど、細かい木片をティッシュで何重にもくるんで、灯油で湿らせて火をつけるのか。この紐、麻ですよね？」

「恐らく」

「紐も湿ってるようですが、これも灯油ですか？」

「きちんと調べないと……」

「いやいや、いいんですよ。大体のところで。ぼくも科警研にいたので、鑑識のやり方はわかってるつもりです。こういう場合、最初の直感が正しいことが多いんですよね。ティッシュが濡れているのは、すぐに燃え上がるように灯油を湿らせてあるせいだろうし、テイッシュの中にくるまれているのは木片に違いない。で、麻紐が濡れているのは？」

「水……そんな気がします」

　青山主任が答える。

「やっぱりね。ぼくも、そう思います。犯人は、ファイヤーボールに火をつけた後、この紐をつかんで対象物に向かって放り投げた。紐に燃え移って自分が火傷《やけど》しないように紐を水で濡らしたんでしょう。紐が長いのも、そのせいですね。ところで、可燃物は何だったんですか？」

「小早川警部……」

　古河が戸惑《とまど》ったような表情で冬彦の発言を制する。

「何でしょう？」

「いい加減に黙ってくれと言いたいんだよ。キャリアさんは鈍《にぶ》いねえ。おれたちはお呼びじゃないから、うるさく質問ばかりして捜査の邪魔をしないでくれってことなんですよ」

　高虎が冬彦に言う。

「あ、そうだったんですか。すいません」

「いや、いいんですよ。あまり熱心なので、ちょっと面食らっただけですから。ガレージに置いてあったオートバイのカバーが少し焦げただけで、実害は、ほとんどないんです。ご家族から話も伺いましたし、署に戻ろうかとしてたところなんですよ。ただ青山さんたちは、もう少し仕事があるみたいなんで……。よかったら、どこかで昼飯でも食いませんか？　ここで立ち話もなんですから」

古河が言うと、
中島も誘う。

「いいですねえ。一緒に飯、食いましょうよ」

「そう言えば、朝からばたばたしてて、飯を食うのも忘れてたな」

そうしますかね、警部殿も腹が減ったでしょう……高虎が冬彦に顔を向ける。

と、いきなり、冬彦が走り出す。火災原因調査にやって来た二人の消防署員が車に乗り込もうとするところに、すいません、と声をかける。

「わたし、杉並中央署の小早川と申します……」

と挨拶し、その二人と名刺を交換した。短い会話を交わすと、消防署員たちは車に乗り込んで走り去った。名刺をポケットにしまい、手帳に何かメモを取りながら、冬彦は高虎たちのところに戻ってきた。

「警部殿が普通じゃないことは、だんだんとわかってきてるんですけどね。ま、一応、訊きますが、何をしてたんですか？」

高虎が訊く。

「火災という事象に対するスタンスが警察と消防では、まるで違ってますから、警察が見落としてることを消防がつかんでいる可能性もあるわけです。しかも、犬猿の仲とまでは言いませんが、互いの意思疎通が十分に図られているとはいえない関係なのが警察と消防ですから、有益な情報を共有できないことも往々にして起こりうるわけです。それを防ぐには、こちらから消防に接近して、情報をもらうのが手っ取り早い……そう考えて、とりあえず、顔繋《つな》ぎの挨拶だけでもしておこうと考えたんです。この件に関して言えば、オートバイのカバーが焦げただけで、しかも、火災原因も放火だと判明しているわけですから、火災原因調査も短時間で終了し、こちらが得られる情報も大してなさそうですが、これが一連の放火のひとつだとすれば……」

「ちょっと待て。頼むから黙ってくれ。いや、黙って下さい！」

冬彦の話がいつまでも終わりそうにないことに痺《しび》れを切らして、高虎が強引に話を止める。顔は充血し、心なしか呼吸が荒くなっている。冬彦の分析に頼らなくても、高虎がひどく苛立っており、怒りの爆発を必死に抑えようとしていることは誰にでもわかる。

「どうしたんですか、寺田さん、そんなに興奮して？」

「おれたちは、生活安全課の『何でも相談室』に所属してるってことは、わかってるよな？　住民から苦情が出れば、どこにでも飛んでいく。どんな馬鹿馬鹿しい苦情であろうと、真剣に対応する。それが仕事だから、文句を言うつもりはない。我慢してやる。けどね。警察の仕事には縄張りってもんがある。縄張りと言っても変な意味じゃない。ちゃんと担当が決まってるって意味だ。放火は刑事課の担当なんだよ。ましてや連続放火の可能性があるのなら、生活安全課なんかお呼びじゃないんだ。何にでも一生懸命になればいいってもんじゃねえんだ。自分の仕事も満足にこなせない半人前が他人の縄張りにずかずか土足で踏み込んで、したり顔で嘴《くちばし》を突っ込むのを見ると、どうにも我慢できねえんだ」

高虎が拳《こぶし》をぷるぷると震わせて力説する。

ところが……。

「古河さん、やはり、これは連続放火事件なんですか？　今までに同じ特徴のあるファイヤーボールを使った放火事件が起こってるんですか」

冬彦は、高虎の言葉を右から左に聞き流して古河に質問する。手帳を開いて、メモを取る用意までしている。

「て、てめえ……」

高虎の顔がどす黒く変色する。もはや怒りが爆発する寸前だ。

「寺田さん、深呼吸しましょう。落ち着いて下さいよ。飯に行きましょう。腹が減ってなくても一緒に来て下さい。こんなところで警部殿を殴ったりしたら、今度こそ馘が飛びますよ」

中島が慌てて二人の間に割って入る。

一四

古河が案内したのは、方南二丁目、東運寺《とううん》の近くにある蕎麦屋《そば》だった。木造二階建ての、かなりの歴史を感じさせる店構えだ。昼の忙しさが一段落したところなのか、店内に客の姿はまばらだった。古河は顔馴染みらしく、

「おばちゃん、二階、いいかい？」

姉《あね》さん被《かぶ》りをした六〇がらみの女将に声をかけた。

「ええ、どうぞ。すぐにお茶をお持ちしますから」

古河、高虎、冬彦、それに中島の四人がぎしぎしと軋《きし》む階段を上がっていく。八畳の座敷に入り、席に着くと、女将がお茶を運んできた。

「警部殿、ここの天ざるは、いけますよ」

古河が勧めると、

「それでお願いします」

「寺田さんも同じでいいですか？」

「ああ、結構だ」

高虎がうなずく。まだ不機嫌そうな顔だが、いくらか落ち着きを取り戻したらしい。古

河が天ざるを四つ頼むと、女将が階下に下りていく。

「古河さん、詳しい話を聞かせてもらえますか？」

冬彦がテーブルに肘をついて身を乗り出す。手帳を開き、すぐにメモできるように右手にペンも握っている。

「あのねえ……」

高虎が溜息をつく。また顔が充血してくる。

「まあまあ、寺田さん、そう興奮しなくてもいいでしょう。飯を食ったり、酒を飲んだりしながら、事件を話題にするのはよくあることじゃないですか。ここにいるのは身内だけだし。もちろん、そのために座敷に上げてもらったわけですが……。警部殿は科警研におられたわけですし、放火についても詳しいようですから、こっちとしても意見を聞かせてもらいたい。現実に、まだ放火犯は自由に歩き回ってるわけですから、逮捕のヒントが得られればありがたいんです」

古河が言うと、

「そう言うのなら、おれは黙ってるよ。だけど、どうなっても知らないぞ。おれは朝から警部殿と一緒だから、おまえたちより、ほんのちょっとばかり、この人のことがわかってるんだ」

高虎が横目で冬彦を睨む。

「で、古河さん……」

「警部殿、蕎麦が来たようです」

中島が言う。階段の軋む音が聞こえる。部外者のいるところで事件の話をするわけにいかないので冬彦も口をつぐむ。テーブルに天ざるが並び、女将が部屋を出て行くと、高虎は蕎麦を食べ始める。古河も箸《はし》を手に取るが、冬彦が手帳を手にして見つめていることに気が付いて、

「おい、警部殿に説明して差し上げろ」

と、中島の脇腹を肘でついた。

「はい……」

慌てて蕎麦を飲み込むと、中島も手帳を取り出し、そのメモを確認しながら、昨夜の放火事件について説明を始めた。次のような内容である。

昨晩、午後一一時二〇分頃、和泉三丁目、田中淳三宅で長男・拓郎《たくろう》（二〇歳）がガレージにウェストポーチを忘れたことを思い出し、それを取りに玄関を出た。田中家の構造はちょっと変わっていて、ガレージ脇の階段を昇ったところに玄関がある。つまり、普通の住宅の一階部分がガレージになっていて、二階部分に玄関やリビングがある。

ガレージにはシャッターがない。チェーンを張ってあるだけで、その気になれば誰でもガレージの中に入ることができるが、これまで、いたずらされたことはない。ガレージに

は車を二台駐車できるスペースがあるが、現在は一台しか所有しておらず、その代わり、拓郎が四〇〇ccのオートバイを置いている。拓郎が玄関を出て、階段を下りかかったとき、ガレージが不意に明るくなったので、急いで階段を駆け下りた。室内灯は設置してあるが普段は消してある。ガレージ内に人の気配を感じたので、誰かいるのか、と声をかけると、中から人が走り出してきた。泥棒が入ったと思った拓郎は、追いかけるつもりで走りかけたが、オートバイのカバーから火の手が上がるのを見て、追跡を諦めた。たまたま粗大ゴミに出す予定の古いカーペットをガレージに置いてあったので、そのカーペットを広げて炎を覆《おお》ったところ、幸いにも、すぐに火が消えた。

「えーっ、ざっと、そんなところです」

中島が手帳を閉じて、また箸を手に取る。

「犯人の特徴はわからないんですか？」

「炎に気を取られて、犯人のことは、ほんの一瞬しか見てないらしいんです」

中島が海老《えび》天を齧《かじ》りながら首を振る。

「小太りの男だという話だったよな。身長一七〇くらい。ジーパンに、白っぽいウインドブレーカー」

古河が言う。

「一瞬にしては、よく見てるじゃねえか」

高虎が、ずるずるずるっと音を立てて蕎麦を食べながら感心する。

「警部殿、食べて下さい。うまいですよ」

古河が促すと、

「いただきます」

冬彦も、ようやく箸を手に取る。

「放火であることが確かだとしても、結果的には未遂に過ぎず、カバーが焦げた程度で、それ以外に物的被害も人的被害もないとすれば、普通、刑事課は出てきませんよね。言葉は悪いですが、形だけの現場検証で幕を引くはずです。ファイヤーボールが残っていたから、連続放火を疑ったということですか？」

「そういうことですね」

古河がうなずく。

「つまり、以前にもファイヤーボールを使った放火が認知されていることになりますね？」

「今回は、たまたま家人が犯人を目撃したので放火だと断定できますが、実際には、放火なのかどうか判断できない場合も少なくありません」

「不審火ですね」

冬彦がうなずく。

「このところ、環七《かんなな》通り沿いで不審火が多いんです。ＪＲの高円寺《こうえんじ》駅から甲州《こうしゅう》街道までの地域なんですが、この三ヶ月で三〇件近く報告されています。ぼや程度だと通報されないこともあるので、実際は、もっと多いかもしれません。人的被害が出ていないこともあって、それほど大きく報道もされてません」

「で、ファイヤーボールは？」

「完全な形で見付かったのは初めてなんですよ」

なあ、と古河が中島の顔を見る。

「通報を受けて最寄りの交番から巡査が駆けつけたときには、家人も巡査もファイヤーボールに気が付いてなかったんですよ。ですから、『連続』放火ではなく単なる放火によるぼやという報告になったわけです。ぼやだけなら、巡査が報告書を作成して終わりですが、放火ですし、家人が犯人を目撃していることもあって、寺田さんたちにも現場に向かうように指示が出たのだと思います。消防署からも人が来て現場検証したんですが、そのときに息子がガレージを片付けて、消火に使用したカーペットの中にファイヤーボールが挟まっているのを見付けたわけです。消防署からも連続放火の疑いがあると知らせがあって、それで、わたしたちの出番ということになったわけです」

「すると、現場にいた消防署の人たちは、二度目の訪問ということになるわけですね」

冬彦がうなずきながらメモを取る。

「熱心ですねえ、警部殿。食べないなら、おれが食べましょうか……」

高虎が冬彦の海老天に箸を伸ばそうとする。

「結構です。食べますから」

冬彦も箸を手に取ると、猛然と食べ始める。天麩羅《てんぷら》や蕎麦を口いっぱいに頬張りながら、

「続きをお願いします」

と、中島に促した。

「ええっとですね。まだ断定されたわけではないんですが、今のところ、同一犯による放火の疑いがある事件が三つあります……」

中島が手帳で確認しながら説明する。

次のような内容である。

六月一四日（日曜日）午後一〇時過ぎ。

堀《ほり》ノ内《うち》二丁目、駐車場近くのゴミステーションから出火。出されていたゴミがほぼ全焼し、かなりの勢いで燃えたが、近くに民家がなかったこともあって人的被害はなし。

普通であれば、刑事課が出向く事件ではないが、近くにある妙法《みようほう》寺の住職から強硬な申し入れがあったことを考慮し、急遽、鑑識と共に現場検証を行ったところ、濡れた麻紐

の一部が見付かった。火災発生現場と寺が五〇メートルも離れているにもかかわらず、住職が調査を要請したのは、その寺に重要文化財に指定された仏像があり、火災に関して非常に敏感になっていたからである。この時点では、麻紐が放火に使用されたとは考えられておらず、現場から採取された数多くの証拠品のひとつに過ぎなかった。

六月二八日（日曜日）午後九時三〇分頃。

高円寺南二丁目、ゴミステーションから出火。

寺がいくつも並ぶ閑静な場所である。

人的被害はなし。

二週間前に、堀ノ内にある寺の近くで火災が発生したばかりだったので、直《ただ》ちに刑事課と鑑識が出向いて現場検証を行い、灯油の染み込んだ複数の小さな木片と、濡れた麻紐の一部を回収した。木片はゴミステーションから一〇メートルほど離れた場所に落ちていたが、これはゴミとして捨てられていた殺虫剤のスプレー缶が高熱にさらされて破裂したときに吹き飛ばされたものと推定されている。

濡れた麻紐と放火の関係が疑われたのは、この現場で同じ種類の麻紐が回収されたせいである。一四日の現場で回収されたのと同一の麻紐と考えられるが、これといって特徴のある商品ではなく、ホームセンターはもちろんのこと、コンビニでも売られている一般的な商品である。

木片の素材は、SPF、すなわち、スプルース・パイン・ファーであり、軽くて加工しやすい木材として知られている。値段が安いこともあり、どこのホームセンターにでも置いてある。この木材を何らかの道具、例えば、カンナを使って薄く削《けず》り、その上で、カッターなどを使って細かく切ったのではないか、と推定される。

木片や麻紐からは指紋やDNAなど、犯人の特定に繋がる証拠は採取されなかった。

七月一一日（土曜日）午後九時頃。

和泉四丁目、苫篠賢治《とましのけんじ》所有、鉄筋コンクリート二階建ての二世帯住宅、ガレージより出火。ガレージの奥に積んであったタイヤ六本、翌日のフリーマーケット出店用に用意してあった、衣類や雑貨類を詰めた段ボール四箱、自転車一台が燃えた。ガレージには二台分の駐車スペースがあり、出火時には一台駐車してあったが、火災に気が付いた家人がガレージから公道に移動させたので、車の後部はひどい損傷を受けたものの、ガソリンタンクが爆発する最悪の事態は避けられた。翌朝の現場検証の際、濡れた麻紐の一部と木片が回収された。どちらも、六月一四日及び六月二八日に回収されたものと同一の素材である。指紋やDNAは採取されていない。

「ふむふむ……」

蕎麦をつるつると飲み込みながら、冬彦が熱心にメモを取る。

「へらへらして、ふざけてばかりいるくせに、仕事はちゃんとやってるんだな、中島」

高虎が感心したように言う。

「当たり前じゃないですか」

中島が嫌な顔をする。

「ま、古河がきちんと指示してるってことなんだろうよ」

「これまでに、どういう捜査をなさってきたんですか？」

冬彦が訊く。

「麻紐と木片の流通ルートを洗いましたけど、空振りですね。あまりにも広く出回りすぎているので手掛かりにならないんです」

中島が首を振る。

「犯行は環七通り沿いで起きているわけだから、その近辺のホームセンターに絞り込んで購入者を洗い出せばいいんじゃねえの？」

高虎もいくらか興味を持ったようだ。

「やりましたよ。空振りです」

「駄目か」

「不審火そのものは、その近辺だけで月に一〇件くらいは起きてるんですよ。他の地区より多いことは確かですが、突出しているほどでもないんです。世田谷《せたがや》や中野《なかの》でも不審火は起きてますしね。木片と麻紐を利用した不審火が杉並だけで起きているかどうか今のところわかりません」

「世田谷や中野には照会したのか？」

　高虎が訊く。

「ええ、もちろん。そういう事件はない、という回答です。だから杉並だけで起きているとは言えませんからね。渋谷《しぶや》や新宿《しんじゅく》では起きているかもしれないし、実は、世田谷や中野でも起きているのに、たまたま証拠品が見付かっていないだけかもしれませんし」

「ちゃんと考えてるんだなあ。本物の刑事みたいじゃないか」

「本物の刑事ですよ」

　中島が顔を顰める。

「これまでの三件にしても、木片と麻紐という共通の手掛かりはありましたが、どちらもありふれた商品なので、連続放火だと断定するのは早計だという意見が課内でも多かったんです。昨日の放火ですべてが変わりましたよ。ファイヤーボールのおかげで」

　古河が言う。

「苦篠家に関しては怨恨《えんこん》の線でも調べを進めているところです。といっても、ご家族から話を伺った程度ですが……。ゆうべの田中家に関しても、怨恨の線から捜査を進めて、苫篠家と何らかの接点がないか、そのあたりも調べるつもりです」

中島が言う。

「七月一一日とゆうべの放火、和泉四丁目と三丁目ですよね……」

冬彦がリュックから杉並区の地図を引っ張り出して、テーブルに広げる。

「この二件は、環七通り沿いというより、神田川沿いといった方がいいようですね」

中島が説明してくれた三ヶ所の放火現場、それに、ゆうべの放火現場、都合四つの現場にボールペンで印を付ける。次に、リュックから物差しを取り出し、高円寺南の現場と和泉三丁目の現場を直線で結ぶ。

「何をしてるんです、警部殿？」

高虎が不思議そうな顔をする。

「ちょっと待って下さい。先に、これだけ、やっちゃいますから」

冬彦は、リュックからコンパスを取り出すと、ふたつの現場を結んだ直線を直径とする円を描いた。

「この四件が同一の放火犯の仕業だと仮定した場合、この円の中で起こった不審火は、その放火犯によって為《な》された可能性がありますね。今後、新たな放火現場を特定することによって円の大きさが変わる可能性もありますが、現時点では、この円内に犯人の住居、もしくは職場が存在する可能性が非常に高いと思われます」

「何で、そんなことがわかるんですかね？」

高虎が訊く。

「放火犯の特定に関しては地理的プロファイリングの有効性が実証されています。他の犯罪に比べて、犯人の特徴を絞り込みやすいんですよ。地理的プロファイリングの中でも『円仮説』は最も基本的な手法で、犯行地点をすべて地図に記入し、最も離れたふたつの点を直径とする円を描くと、その中にすべての犯行地点、犯人の住居もしくは職場が入るんです。一般的に放火犯は五つのタイプに分類されます。『対社会型』に分類される放火犯の場合、放火の原因は、何らかの不満を発散したり、火災を発生させることで人々が騒ぐのを眺めて快感を得ることを目的とすることがほとんどですね。その種の犯人には高確率で『円仮説』があてはまります」

冬彦が説明する。

「もっともらしく聞こえますけどね、この円、かなりでかいでしょう。杉並の三分の一くらいは入りそうだ。そこに住んでる人間を虱潰しに捜すのは現実的じゃないんじゃないですかねえ」

高虎が口許に薄ら笑いを浮かべる。

「寺田さんがぼくを疎ましく、小面憎《こづらにく》いと腹を立てており、隙《すき》あらば、鼻っ柱をへし折って、吠《ほ》え面かかせてやりたいと考えていることは、あまりにも見え透いています。でも、ご心配なく。ぼくは少しも悪い感情を抱いてませんから。寺田さんよりもずっと年下で経験もない若造が、階級だけはずっと上で、しかも、高学歴だとくれば、これといって正当な理由がなくても不愉快さを感じることは理解できます。僻《ひが》みや妬《ねた》みというのは、人としての素朴な感情ですから」

冬彦は、高虎に向かって、にこっと笑う。

「寺田さんの鼻を明かそうというつもりは微塵《みじん》もありませんが、せっかくですから、犯人像をもう少し絞り込んでみましょうか。まず、円の面積ですが、環七通りの東側は除外していいと思います。この四件の放火が西側で起こっているのは偶然ではなく、恐らく、犯人の住居か職場、もしくは、その両方が西側にあるんですよ。残念ながら、今現在の情報では、これ以上、狭めることはできませんが、少なくとも、面積は半分くらいに狭まりましたよ」

「おい」

古河が中島の膝を手で軽く叩き、メモだよ、メモ、と言う。中島が慌てて手帳を開き、冬彦の言葉をメモに取り始める。

「連続放火犯に関しては、かなり正確な統計的データがあるので、それをもとに、今回の犯人をプロファイルしてみましょうか。連続放火犯の九割は男性で、女性は一割に過ぎず、しかも、女性の場合、手口に特徴がありますから、今回の犯人は男性と考えていいでしょう。年齢は、三〇代前半ですかね。放火犯の半数は三〇歳未満ですが、連続放火犯の場合、年齢がいくらか上がる傾向がありますから。独身で、恐らく、一人暮らしだと思います。配偶者のいる連続放火犯は一割未満ですし、三〇歳未満の連続放火犯は親と同居している割合が高いんですが、三〇歳以上の連続放火犯は一人暮らしが多いんです。犯歴がある可能性もありますが、これは半々くらいなので何とも言えません。もし犯歴があれば、窃盗《せっとう》犯だと思います。人間関係を円滑《えんかつ》に維持することが苦手で、職場では協調性がないので友人もおらず、休憩時間も一人で過ごすことが多い。上司からは低い評価をされているでしょう。転職が多く、しかも、転職するたびに収入が減って、経済的には苦しい生活を強いられていると思います。マンションではなく、家賃の安い老朽《ろうきゅう》化したアパート暮らしでしょう……今まで述べたのは統計学的なデータから想像される犯人像ですが、この犯人にはデータから外れる興味深い特徴があります。ひとつは犯行時間です。放火が発生する時間帯は、午前零時から午前三時の間が最も高く、ほぼ四割の放火が該当します。午前零時から午前六時まで広げると過半数が当てはまるんです。ところが、この四件は、その時間帯から外れています。これは、ちょっと不思議ですね。午後九時から午前零時くらいというのは、家人が起きている可能性が高いし、会社帰りの通行者も多いでしょうから、放火犯の心理としては、できるだけ避けたい時間帯のはずなんです。にもかかわらず、その時間帯ばかりに放火をしているのは、その時間帯でなければ放火できない何らかの事情があると考えていいと思います。家庭の事情なのか、それとも、仕事の事情なのか……。このことは犯行が土曜と日曜、それに祝日の夜だけに起こっていることとも何か関係があるかもしれません。もっと気になるのは灯油を使っている点です。灯油などの燃焼加速剤は、保険金目当ての放火には頻繁《ひんぱん》に用いられますが、不特定の相手や物を対象とする放火では滅多に使われません。そもそも燃焼加速剤を用いた放火は、認知された放火件数の一割未満に過ぎず、数としては多くないんです。しかも、この犯人は灯油だけでなく、木片まで使っている。複数の燃焼加速剤を使うなんて、実に興味深いですね……」

ようやく冬彦が口を閉じる。中島は必死にメモを取り続け、古河と高虎は唖然《あぜん》とした顔で、両目を大きく広げて冬彦を凝視している。

「驚いたな……」

古河が首を振る。

「さすが科警研から異動してきた警部殿ですね。今まで、うちにはいなかったタイプの刑事だ」

「科警研で放火犯のプロファイリングのやり方を身に付けたわけじゃないんです。犯罪心理学は、趣味として学生時代から研究してたんですよ。ああ、嬉しいなあ。いつか世の中に役に立つと信じてたけど、ようやく、その日が来るなんて」

「世の中の役にねえ……」

高虎は、ふーっと溜息をつくと、

「そろそろ行きますか。長い雑談だったけど、放火は刑事課に任せて、おれたちは自分の仕事に戻らないとね。立ち小便の苦情を処理したり、迷子のばあさんを家まで送り届けたり……。とりあえず、署に戻りますかね」

一五

古河たちと蕎麦屋の駐車場で別れると、高虎は環七通りを青梅《おうめ》街道に向かってカローラを走らせた。署に戻るのだ。冬彦は助手席で杉並区の地図を眺めながら、

「寺田さん、ついでですから杉並消防署にも行ってみませんか」

「ついでねえ……」

高虎は浮かない顔だ。

「いったい、何のついでなんですか?」

「署の近くですし、青梅街道沿いに行けば、すぐですから、そう面倒なことは……」

「道順の話じゃないでしょうが。何度も言ってるように放火の担当は刑事課なんですよ。うちは生活安全課でしょうが。しかも、普通なら扱わないような雑件ばかり押しつけられ

る『何でも相談室』なんだ。雑用係なんだから放火事件に首を突っ込む必要なんかないんだ。頭がいいんだから、それがわからないはずがないよね。わかってて無視してるんだ。つまり、おれを嘗《な》めてるってことだよね、警部殿は」

　高虎がじろりと横目で睨む。

「そんなことありませんよ。寺田さんを嘗めてるつもりなんかありません。大先輩として敬意を払っているつもりです」

「どこが敬意だ……」

「刑事課の領分に土足で踏み込もうなどという大それた考えはありませんが、たまたま、連続放火犯のプロファイリングは得意だし、とはいえ、実地に応用した経験はないので、自分の実力を試すいいチャンスかもしれないと思ったのは事実です。それに古河さんも、『警部殿は科警研におられたわけですし、放火についても詳しいようですから、こっちとしても意見を聞かせてもらいたいんですよ。現実に、まだ放火犯は自由に歩き回ってるわけですから、逮捕のヒントが得られればありがたいんです』と言ってくれましたからね」

「社交辞令なんだよ、お世辞なんだよ。どうして真に受けるのかねえ。東大を出たキャリアってのは世間知らずばかりなのか？　ちやほやされるのに慣れ過ぎて、お世辞と本音の区別もつかないほど鈍いのかよ」

　高虎が顔を顰めながら、独り言にしては大きすぎる声でつぶやく。

「……」

「気に障りましたか？　すいませんね。おれは社交辞令もお世辞も苦手で、思ったことを何でも口にしちまうんでね」

突然、冬彦が黙り込んだので、高虎は、ようやく、この鈍感なキャリアも腹を立てたのか、しめしめ。係長にでも副署長にでも苦情を申し立てるがいいぜ、それでコンビを解消してもらえるのなら、こっちはありがたいんだよ……そんな期待をした。

「なるほど、そうだったのか……」

「何がですか？」

「そうかあ、社交辞令だったんだ。全然気が付きませんでしたよ。だって、中島さんも熱心にメモを取ってたし」

「古河に言われたから、そうしただけさ。自分から積極的に何かをしようなんて前向きなことを考える奴じゃないからね。母子家庭で苦労して育ったせいか、根は真面目だし、悪い奴じゃないことは確かだけど、刑事として優秀かどうかは別問題ですからねえ。古河が面倒見てるから何とかやっていられるようなもんで、きつい上司だったら、とっくに刑事課から放り出されていたでしょうよ」

「ふうん、古河主任は面倒見がいいんですか」

「そうは見えませんか？」

「人当たりもいいし、余裕を持って仕事をこなす自信家という印象でした。その上、部下の面倒見もいいのなら言うことなしだと思って」

「上からも下からも受けのいい男ですよ。かといって、嫌味なわけでもない」

「仕事もできそうですよね」

「いずれ本庁に引っ張られるんじゃないかっていう噂もあるくらいだから仕事はできるね。だるまが目をかけてるくらいだから本物だ。だるまは使えない奴には洟《はな》も引っ掛けやしねえ」

「ふうん、谷本副署長のお気に入りなんだ……」

「何か？」

「それだけじゃなさそうな気がしますね。少なくとも、寺田さんや中島さんのようにわかりやすい人間でないことだけは確かだと思いますよ。古河さんは奥が深そうだ」

「はいはい。どうせ、おれは単細胞ですから」

「で、消防署なんですが……」

「もう署に着きましたよ。消防署で油を売る前に報告書の作成が先でしょうが」

一六

あーっ、疲れた、疲れた、いきなり現場を掛け持ちさせるんだから、こき使い過ぎだよなあ、しかも、ひとつは無駄足だったしなあ……高虎がわざとらしくぼやきながら、自分の席にどっかりと腰を下ろす。

「お疲れ様。大変だったね」

亀山係長が気弱な笑みを高虎に向ける。それから、

「どうだったかな、小早川君？」

と声をかけようとしたら目の前に冬彦がいた。亀山係長が思わず身を引く。冬彦は、ぐいっと前のめりに体を乗り出して、沢田邦枝が迷子になって保護された一件を簡潔に説明し、家族による虐待の疑いがあるので直ちに関係部署に保護を要請するべきです、と進言した。

「ちょっと……ちょっと待って下さいよ」

亀山係長の額には玉の汗が浮かんでいる。それをティッシュで拭いながら、

「いきなり口頭で説明されても何とも言えないから、とりあえず、報告書にまとめてもらえないかな。その上で通報の是非を判断してはどうかと……」

「駄目です」

冬彦は、ぴしゃりと言う。

「虐待は生命を危険にさらしかねない重大な問題です。一刻の猶予《ゆうよ》もありません。『高齢者虐待の防止、高齢者の養護者に対する支援等に関する法律』が平成一八年四月一日に施行されています。高齢者が虐待されている事実を知った者には市町村に通報する努力義務があるんです」

「あ、あ、あの、寺田君、これは、いったい、どういう……」

亀山係長が助けを求めるように高虎に声をかけるが、高虎はタバコを吸いながら、知らん顔で新聞に顔を埋めている。

「通報していただけますね？」

「え、いや、すぐには何とも……」

「沢田さんの身に何かあったら係長の責任になりますよ。いいんですか？」

冬彦は梃子でも動かないという構えだ。

「わかった」

亀山係長ががくっと肩を落とす。

「通報するにしても細かい情報が必要だから、急いで報告書を提出して下さい」

「はい、直ちに」

冬彦は自分の机に戻ると、パソコンを起動させて報告書の作成に取りかかる。こういう事務処理ならば誰にも負けないくらい得意だから、流れるような速さで報告書が仕上がっていく。

「あ、そうだ、係長」

高虎が新聞から顔を上げる。

「警部殿が駐車場で事故りました。仕切りの柵にカローラのケツをぶつけてバンパーがへこみました。あのままだと外れるかもしれないんで修理に出すことになりますね。ボディの塗装もかなり剝げてたなあ……」

「事故か……」

亀山係長が溜息をつく。

「警務課に提出する始末書も、その報告書と一緒に作って下さいよ、警部殿」

高虎が言うと、

「やりまーす」

パソコンの画面から目を逸らさず、キーボードを打つ手も止めずに冬彦が明るく返事をする。

「あれ、係長、いねえぞ。たった今、ここにいたよな?」

高虎が部屋の中を見回す。

「出て行ったわよ。それでなくても顔色悪いのに、幽霊みたいに真っ青だったわよ。次から次へと、プレッシャーをかけないでよ。あの様子だと三〇分は籠もるね」

三浦靖子が高虎と冬彦を順繰《じゅんぐ》りに睨む。

「ふんっ、また便所かよ。便所っていえば……。何だか臭くねえか？　生ゴミが腐ったような嫌な臭いがする……」

高虎がくんくんと鼻を動かす。と、いきなり、

「この野郎、樋村だな。すかし屁をしやがって。しらばっくれてるんじゃねえよ！」

「ぼくは、おならなんかしてません」

樋村が赤くなる。

「だって、臭いぞ」

「仕事のせいですよ。ちゃんと働いたから、こうなったんです」

「どんな仕事だよ？」

「それは、その……」

「樋村君を馬鹿にしちゃ駄目。どぶに落ちた子猫を助けてあげたんだよ。汚水まみれになりながらね。な、偉いぞ、若者」

三浦靖子が感心したような言い方をする。

「子猫を助けて給料もらってていいのかねえ」

「それだけじゃないですよ。安智さんと二人で迷子を保護したり、DV被害の相談を受けたり……いろいろあったんですよ」

「何だ、DVって？」

樋村の机の上にある報告書を、高虎がつまみ上げる。

「生活安全課が正式に対応するのは、具体的な被害も曖昧で、緊急の危険性もなさそうなので難しそうだったんですけど、相談者がひどく怯えていたので、うちが話を聞いたんです。『何でも相談室』ですからね」

「で、何かするのか、うちが？」

「無理ですよ。今の段階では事件性が稀薄《きはく》で動きようがありません。顔に大きな痣があるとか、どこか骨折させられたとか、それなら話は別ですけどね」

「娘を殺すと脅迫された、と書いてあるぜ」

「血の繋がりのない義理の父親が連れ合いの娘を殺すと脅かせば問題ですが、実の親子ですからね。別れるくらいなら、おまえたちを殺して自分も死ぬ……興奮して口走ったんじゃないですか。脅迫と決めつけるのは無理じゃないですかね。録音でもあれば別ですけど、相談者がそう言ってるだけですから」

「でも、この母娘、その父親から逃げてるわけだろう。深刻なんじゃねえの？」

「パート先で誰かに見張られている気がする、夜中にアパートの外に誰かいるような気がする、買い物に行くと誰かに後をつけられている気がする……それが本当なのか、ただの気のせいなのか判断できないんですよ。実際、相談者も、夫の姿を見たわけではないと言ってましたし。何かあったら、すぐに来るように話しておきました」

「何かあったら、と。警察の決まり文句だよな。何かあってからじゃ遅いんだって」

「どうしたんですか、寺田さん？　やけに真剣ですね」

樋村が不思議そうな顔で高虎を見る。

「他人事じゃないもんね」

三浦靖子が口を挟むと、

「うるせえんだよ」

報告書を樋村の机に放り出し、高虎は不機嫌そうな顔でタバコを口にくわえた。

そこに、

「寺田さん、タバコ、やめて下さい。しばらく禁煙でお願いします」

安智理沙子が五歳くらいの女の子の手を引いて部屋に入ってきた。

高虎はタバコを箱に戻しながら、

「どうしたんだ、その子？」

「迷子なんですよ。南阿佐ケ谷の駅前で保護したんですけど、名前を教えてくれないし、身元がわかるような持ち物もないんです」

「それらしい届け出はありません。杉並だけじゃなく、この周辺一帯で」

理沙子が首を振る。

「首から鍵をぶら下げてるじゃないか。家の鍵じゃないのか」

「住所が書いてあるわけじゃないんですよ」

「そのポーチは？」

高虎は、女の子が肩から斜めにかけている青い水玉模様のポーチを指差した。

「メモ帳にサインペン、折り紙、小さなぬいぐるみ、お財布もあって、小銭が入ってました。でも、どれにも名前が書いてないんです」

「子供の世話、おまえの得意分野じゃないよな」

「正直、苦手ですね。樋村に任せたいところですけど、あいつ、臭いから」

「わ、ひどいなあ、安智さん、ぼくだって、好きでどぶ川に入ったわけじゃありませんよ。安智さんがやれって言うから……」

樋村が口を尖らせる。

「それには感謝してるけど、だからって、悪臭が消えるわけじゃないしさ。やっぱり、臭いし」

「おれに任せろ」

「捜索願は？」

高虎が女の子の前にしゃがみ込む。

「なあ、お嬢ちゃん、おじさんに名前を教えてくれないかな。そうすれば、すぐにパパやママに会えるぞ」

親しみを示すつもりなのか、歯を剝き出して、にやっと笑うが、かえって人相が悪くなる。

「こわい……」

女の子は後退《あとずさ》り、今にも泣きそうな顔になる。

「寺田さん、離れて下さい。子供を怯えさせてどうするんですか」

理沙子が高虎を睨む。

「子供にも嫌われちまったか……。そうだ、警部殿、何とかして下さいよ。プロファイリングが得意なんだから、この子のことだって何でもわかるんじゃないですか。やれるものなら、やってみろ、どうせ何もできやしないだろう……そんな顔で高虎が嫌味っぽく笑う。

「あーっ、何だかお腹が空いてきたなあ。おやつが食べたい。だけど、財布をどこかに忘れちゃったなあ。誰かお金を貸してくれないかなあ……」

冬彦は椅子をくるりと回転させて女の子に向き合うと、

「ねえ、十円玉を持ってない？」

「……」

女の子は、ポーチの中の財布から十円玉を取り出すと、そっと冬彦に差し出す。

「どうもありがとう」

冬彦は礼を言って十円玉を受け取る。

「でもなあ、十円じゃ、ちょっと足りないかな。おまじないをかけてみよう……」

十円玉を右の掌に握り、ちちんぷいぷい、とおまじないを口にしながら左手でぽんぽんと叩く。右手を開くと、そこには五百円玉が載っている。さっきの十円玉は消えた。

「あれ、おかしいよ」

女の子が目を丸くして冬彦の右手を覗き込む。

「おかげで、おやつをたくさん買えるよ」

冬彦は、リュックの中に五百円玉を入れ、ゆさゆさと振る。それからリュックに手を入れ、お煎餅《せんべい》、チョコレート、グミ、ポテトチップス、ポップコーン……次々とお菓子類を取り出して、女の子に渡す。最後に十円玉を取り出して、

「はい、どうぞ」

女の子に返した。

「一緒に食べようか」

「うん。食べる」

「トランプもする？」

「する」

女の子が目を輝かせる。冬彦はリュックからトランプを取り出しながら、

「ぼくね、小早川冬彦っていうんだ。友達になるのなら、きちんと名乗らないとね」

「わたし、麻田《あさだ》さやか」

「ふうん、さやかちゃんか……」

冬彦がちらりと理沙子を見る。理沙子は慌てて部屋から出て行く。「麻田さやか」という名前が本当ならば、自宅を探すのは、そう難しくないはずだ。

高虎、樋村、三浦靖子の三人は、ぽかんとした顔で冬彦を見つめている。やがて、

「あのさ……」

三浦靖子が口を開いた。

「小早川警部って、ドラえもんなの？」

一七

麻田さやかは五歳、西荻窪《にしおぎくぼ》に住む幼稚園児だ。理沙子が自宅に連絡すると、母親の知佳《ちか》子《こ》が車で迎えに来た。知佳子は、見るからに疲れた様子で、落ち着きがなかった。さやか

を引き渡す前に理沙子が事情を聞いたが、あまりにも顔色が悪いので、質問の途中で何度も「大丈夫ですか?」と気を遣ったほどだ。幼い娘が迷子になれば顔色も悪くなるだろう、よほど心配したのだな……最初は理沙子も、そう思ったが、話を聞くうちに、そうでないことに気が付いた。

さやかが迷子になるのは、これが初めてではなかった。そもそも、本当に迷子なのかどうかも怪しかった。今日は、頭が痛いと言って幼稚園を休み、部屋で寝かせておいたら、いつの間にか姿が見えなくなっていたのだという。そういうことは、これまでにもあって、暗くなる頃に自分で帰ってくることもあったし、交番から連絡が来ることもあった。その交番にしても、保護されるのは吉祥寺《きちじょうじ》だったり、荻窪だったり、中野だったりした。そのうちに、さやかは自分の名前が書いてある物を持ち歩かないようになった。知佳子が名札を付けると引きちぎってしまうし、ポーチなどに直接、名前を書くと、その部分をハサミで切り取ってしまう。意図的に自分が何者かわからないようにしているわけで、名前がわからず、自分が黙っていれば、そう簡単に身元も判明せず、すぐに親に連絡されることもないと学習したわけである。JRと丸ノ内線を乗り継いで南阿佐ケ谷駅にやって来たことについては、

「JR沿線の交番のおまわりさんには顔を覚えられたので、他の電車に乗ったのだと思います」

と、知佳子は答えた。

さやかはパソコンを使うのが得意で、地図を眺めるのも好きだから、路線情報にアクセスして電車の乗り継ぎも簡単に調べられるという話だった。

「でも、お金はどうするんですか？　今日は小銭を少し持っていたようですけど、いつも持っているわけじゃありませんよね？」

という理沙子の質問には、大人の後ろにくっついて改札を通ることもあるし、駅員のいる窓口の前を通ることもある、背が低いので駅員からは死角になって見えないのだ、と知佳子は答えた。捜索願を出さなかったのも、これまでに何度も同じことがあって、大抵は夕方になれば戻ってくるし、そうでなければ警察の方から連絡が来るからだと知佳子は説明した。

「なぜ、さやかちゃんは、こんなことをするんでしょうか、幼稚園を休んだりしてまで？」

「本人が口にしたわけではないんですが、たぶん、わたしや夫を困らせたいんじゃないかと思うんです」

「なぜ、ご両親を困らせたいんですか？」

「よくわかりません」

「ご主人は何とおっしゃってるんですか？」

「わたしの躾《しつけ》が甘いからだって……。主人は、さやかを怒ったりしません。むしろ、大したものだと感心してます」

「はあ、感心を……」

知佳子の話を聞いて、何となくおかしい、どことなく奇妙だとは思ったものの、別に嘘をついている様子もなく、話の内容に矛盾があるわけでもなく、何がおかしくて、何が奇妙なのか、自分でもうまく説明できないので、理沙子は、さやかを引き渡すことにした。

駐車場まで麻田母子を見送ったのは、知佳子の具合が悪そうだったからだ。小綺麗《こぎれい》で上品な格好をしているし、アウディのニューモデルに乗っているくらいだから、それなりに裕福な暮らしをしているのだろうと推測したが、だからといって、そんなに幸せでもなさそうだな、と理沙子は思った。アウディを見送って「何でも相談室」に戻ると、

「帰ったか、あの親子?」

高虎が訊く。

「ええ。でも、大丈夫なんですかね、あのお母さん。車の運転、止めればよかったかな」

理沙子が小首を傾げる。

「さやかちゃん、また来ますよ」

パソコンのキーを叩きながら、冬彦が言う。机の上には、食べ残しのポテトチップスやチョコレートが載っている。

「虐待から逃げてるとでも言いたいわけですかね」

ふんっ、と高虎が馬鹿にしたように鼻で笑う。沢田邦枝が虐待されていると冬彦が決めつけたことをからかっているのだ。

「それは、ありませんね」

ポテトチップスを食べながら、冬彦が首を振る。

「お母さんを見ても、別に怯えた様子もなかったし、むしろ、喜んでいるようでしたからね。もっとも、自分が悪いことをしているという自覚はあるみたいですね。お母さんに会ったとき、ほんの一瞬ですが、表情が硬くなって、うつむいてましたから。罪悪感の表れだと思います」

「いたずらで片付けていいのかしら？　迷子になるのは……迷子じゃないですよね、パソコンで電車の乗り換え経路まで確認して出かけたわけですから。家出？　それも変か……。とにかく、五歳にして常習犯だなんて、ちょっと驚きですね」

「ただの悪ふざけとも思えませんね。お母さんの顔を見れば、何かしら家庭に問題があることは察せられます。さやかちゃんがこういうことをする理由があるんですよ」

「いっそ、家庭訪問でもしますかね」

また高虎が馬鹿にしたように笑う。

「それほどの緊急性があるとも思えませんね。どうせ、さやかちゃんはまた来ますから。

ちょっとずつ本人から話を聞きましょう」

高虎の嫌味をスルーして、冬彦が生真面目に言う。

「何で、また来るってわかるんですか？」

樋村が訊く。

「だって、あんなに楽しそうにしてたじゃないか。楽しければ何度だって来るよ。ディズニーランドのリピーターが多いのと同じ理屈」

「それ、まずいでしょう。どうして家出をそそのかすようなことをしたんですか？」

理沙子が冬彦を睨む。

「どっちみち、あの子は家でじっとしてませんよ。あの家族が抱えている問題が解決するまで何度でも同じことをするはずです。どうせ家出するのなら、変なところに行って危ない目に遭うより、ここに来る方が安心じゃないですか。今まで事件や事故に巻き込まれなかったのは、ただのラッキーですよ」

パソコンで作成した書類をプリントアウトしながら、冬彦が答える。

「子供にとっては楽しいよね。ドラえもんのポケットから、お菓子が山のように出てくるし、手品も見せてもらえるし、トランプで遊んでもらえるんだからさ、しかも、ただ」

三浦靖子が感心したようにうなずくと、

「とうとう『何でも相談室』の仕事に『託児所』もプラスされるわけか」

高虎が嫌味っぽく笑う。

「係長」

冬彦が亀山係長の机に歩み寄る。

「まず、始末書です……」

駐車場で事故を起こしたことに関して警務課に提出する始末書、自宅前で酔っ払いが立ち小便をしている、もしくは自宅を覗いているかもしれないという古賀道子からの訴えに関する報告書、認知症の疑いのある沢田邦枝がしばしば迷子になって保護されているが、その原因は家人からの虐待を避けるための可能性があるという報告書並びに関係部署への通報依頼書……それらを次々に亀山係長の机の上に置き、最後に、これは報告書とは別ですが、と前置きして、

「和泉三丁目で発生した放火事件に関する個人的な考察と、犯人像のプロファイリングもまとめておきました。内容については、すでに刑事課の古河主任にも話してあります」

「何なのよ、放火事件って？　寺田さんたち、そんな面白そうな事件にまで首を突っ込んでるんですか？　ひどいじゃないですか、わたしも仲間に入れて下さいよ」

理沙子が肩を怒らせて詰め寄ろうとする。

「そんなはずがないだろう。放火は刑事課の領分だぜ。古河や中島と昼飯を一緒に食ったんで、そのときに、ちょいとばかり古河が警部殿をヨイショしただけだよ。東大出のキャ

リアさまは初だから、すっかりその気になっちまったというわけでねえ」

へへへっと、高虎が笑う。

「寺田くん、何てことを言うんだ。失礼だよ、無礼だよ。そんなことを言うもんじゃない！」

亀山係長が口から泡を吹きそうな勢いで高虎をたしなめる。

「いいんですよ、係長。何でも正直に話してくれるので、ぼくは寺田さんに感謝してるんです。自分の立場を客観的に把握《はあく》するのに役立ちますから」

「あ……そ、そうですか。それならいいんだけどね、うふふふっ……」

亀山係長がホッとしたように薄ら笑いを浮かべる。


それから間もなく終業のチャイムが鳴った。

「係長、飲みに行くんですか？　新しい部署の結団式、それに小早川警部の歓迎会」

理沙子が亀山係長に訊く。

「ばたばたと設置が決まったんで、まだ交際費の予算割り当てが決まってなくてね。三浦さん、警務課から連絡あったかな？」

「ありませんね。忘れてるんじゃないですか。明日にでも催促しておきます」

机の上を片付けながら、三浦靖子が答える。

「とりあえず、割り勘にしておけばいいじゃないですか。小早川警部以外の五人で」

「そ、そうだね。確かに、そうだよね」

亀山係長の額にじわっと玉の汗が浮かんでくる。

「わかってないね、安智。係長は急に飲みに行ったりできない人なのよ。少なくとも三日くらい前に予定を立てておかないと。ね、係長？」

三浦靖子が訊くと、

「ま、まあね」

亀山係長が口許を引き攣らせる。

「なぜですか？」

「奥さんの許可が必要なのよ」

「そう言えば、さっき、ご自宅から電話がありましたよね」

「あれは買い物の指示よ。帰りに、スーパーで買い物をして帰るの」

「へえ、係長って、そんなことまでするんですか」

「正確に言えば、させられてるのよ」

「係長のことに詳しいんですね」

「そりゃあ、そうよ。係長の奥さん、同期だもん。親友。旧姓・篠田《しのだ》。今は亀山美佐江《みさえ》」

「三浦主任の親友か、きつそうだなあ……」

「おいおい、どうするんだよ？　飲みに行くのか、行かねえのか」

高虎が口を挟む。

「小早川君、いろいろ事情があって準備不足だから、歓迎会、先延ばしでいいかしら？」

三浦靖子が訊くと、

「気にしないで下さい。時季外れに異動してきたのに、皆さんに気を遣わせては申し訳ありませんし、係長のご家庭に波風を立てたくもありません。それに、ぼくは酒が飲めませんから」

机の上に広げた杉並区の地図を眺めながら、冬彦が答える。

「じゃあ、今日は何もなしだな。さて、帰るか」

高虎が腰を上げ、椅子の背から背広の上着を取る。

「定時に帰るなんて新鮮だわ。警察にも、こういう世界があるのね。この点だけは、ここに異動になってよかったと思うな」

理沙子が嬉しそうに言う。

「この時間じゃ、すぐに面子《メンツ》が集まらないだろうなあ……」

高虎がつぶやきながら、ちらりと樋村を見る。

「どうだ、少し遊んでいくか？」

「冗談じゃありませんよ」

昇進試験の参考書類を鞄《かばん》に押し込むと、ぼくは勉強時間を確保するために異動を希望したんですから、変な遊びを覚えて時間を無駄にするつもりはないんです、と逃げるように帰っていく。

「それじゃ、安智よ……」

「わたしがむさ苦しいおっさんたちと麻雀をする人間に見えますか？」

せっかく早上がりできるんだから、新宿か渋谷に出て、ショッピングでもしますよ、お先に失礼します、と理沙子は颯爽《さっそう》と部屋を出て行く。

「念のために訊くけど、警部殿は麻雀なんかやりませんよね？」

高虎が冬彦に訊く。

「やり方は知っていますが、今日はやりません。他にやりたいことがあるので」

「へえ、何です、やりたいことって？」

「今日一日の行動を自分なりに振り返りながら、問題解決の糸口を探るつもりです」

「だって、もう報告書を出したんでしょうが」

「報告書は、客観的な事実をできるだけ正確に書き並べたものに過ぎません。主観的な考察や推理は意図的に排除してあります。報告書に基づいて推論を組み立ててみたいと思ってるんです。よかったら、寺田さんも一緒にどうですか？」

「結構毛だらけです。さてと、仕方がないから、交通課でも覗いてみるか……」

上着を肩にかけ、高虎が部屋を出て行く。

「そ、それじゃ、お先に……」

買い物リストを片手に、亀山係長も席を立つ。

「初日から、あんまり張り切らない方がいいよ、若者。青春は短いんだからさ」

三浦靖子が冬彦の肩をぽんぽんと叩く。

亀山係長と三浦靖子が帰ると、あとには冬彦一人が残された。

「やっぱり、現場はいいよなあ。やり甲斐があるよ……」

ポテトチップスを食べながら、冬彦が手帳を開く。今日一日分のメモがびっしりと書き込まれている。

一八

立ち止まると、崎山晋也は、ふーっと大きな溜息をついた。アパートを出てから、何度も同じことを繰り返している。

本当ならば、立ち止まっている余裕などない。遅刻したくなければ、遅刻を理由に木村勝男の罵声《ばせい》を浴びたくなければ、のろのろ歩いて立ち止まったりせず、工場まで全速力で走るべきだった。あと一〇分で午前零時、すなわち、勤務開始時間になるのに、ようやく番屋《ばんや》橋を過ぎたところである。こんなペースで歩いているのでは間違いなく遅刻だ。崎山も頭では急がなければと思っているが、どうにも足が動かなかった。体調が悪いわけではない。気が進まないのだ。できれば休みたかった。仕事などする気分ではなかったが、休んだりしては駄目だ、いつも通りに過ごすことが大切なのだ、と崎山は己《おのれ》を戒《いまし》めた。万が一、捜査の手が迫ったとき、放火事件の翌日に仕事を休んだことで妙な疑いをかけられたくない、と用心したからだった。

「ああ、眠いな……」

崎山は、手の甲で目許をごしごしこすった。

馬鹿な話だが、寝坊したのである。大急ぎで着替えて部屋を飛び出したときには、もう一一時を過ぎていた。高円寺南二丁目にあるアパートから、和泉三丁目、井ノ頭通り沿いにある工場まで、三キロ少々の道程で、普段は、一一時少し前に部屋を出れば、のんびり歩いても余裕を持って工場に着く。

だから、寝坊したとはいえ、せめて、小走りで急げば、遅刻することもないはずだった。ところが、アパートを出て、二〇〇メートルほど走ったところで、ゆうべの記憶が脳裏に甦《よみがえ》り、崎山は立ち止まって溜息をついた。そうなると、気が滅入るばかりで、どうにもならなくなった。

（危ないところだった……）

一歩間違えれば、今頃、自分は逮捕されて留置場にいたのだと想像すると、背筋が寒くなる。今まで何度もうまくいったので、少しくらいルールを破っても、どうせ失敗などしないだろうと高を括《くく》ったせいだ。捕まっても不思議ではなかった、いや、捕まって当然だった……そう考えると、膝から力が抜けて、その場にへたり込んでしまいそうになる。

ルールといっても、それほど厳密なものでも難しいものでもない。時間に余裕を持って行動する、前日に放火場所を下見して逃走経路を確認しておく、放火によって誰かを傷つけたりしない……その程度のことに過ぎないのである。

ゆうべは放火する予定ではなかった。真っ直ぐ工場に行くつもりでアパートを出た。次の放火は週末の予定で、だから、放火場所の下見もしていなかった。すべてが行き当たりばったりで、ルールも何もあったものではなかった。

(木村のバカのせいなんだ)

ルールを破ったのは自分だとわかっているが、そうなるように追い込んだのは木村なのだ、と崎山は腹が立つ。これまでに崎山が行った放火は、すべて土曜日か日曜日だった。昨日だけが、祝日の海の日だったとはいえ月曜日だ。週末だけに放火したのは、木村がシフトマネージャーとして深夜勤務に入ると、必ず、崎山がいじめの標的にされて不愉快な思いをさせられるからだ。その不快感と苛立ち、木村への憎しみを放火という形で発散したのである。

ところが、最近、週末に限らず、木村がやたらに深夜勤務に入ることが多い。噂では、ギャンブルにはまって金遣いが荒くなり、割増賃金が加算される深夜勤務を積極的に希望しているという。崎山にとっては悪夢といってよかった。

一昨日の勤務中にも陰湿な嫌がらせを受けた。崎山は、じっと耐えたが、それがまた強情な姿に見えて、木村の神経を逆撫でするらしく、

「おれさあ、あんたの顔を見ると気分が悪くなるんだよね。顔も嫌いだし、言いたいことがあるのに必死に我慢してるっていう態度もむかつくんだよ。腹の中で、おれをバカにしてるってのが伝わってくるわけ。うんざりなのよ。辞めてくれないかな。頼むよ、辞めて下さい！」

ねちねちと執拗《しつよう》に言葉で責められた。

ゆうべ、仕事に行く途中、それを思い出し、ふつふつと怒りが込み上げてきた。運が悪かったというべきか、ウインドブレーカーのポケットにてるてる坊主があった。崎山が工夫して拵えた放火道具、いわゆる、ファイヤーボールである。

腕時計を見ると、一一時を過ぎたばかりだった。コンビニで買い物をするつもりで、早めにアパートを出たことも、結果的には不運だった。いつもの道を工場に向かっても、放火できそうな場所はないとわかっていたから、和泉三丁目の、今まで歩いたことのない道を歩いた。

するとガレージが目に入った。コンクリート製の頑丈《がんじょう》なガレージで、しかも、シャッターがない。中には、カバーをかけたオートバイが置いてあった。ビニール製のカバーは、一旦、火がつくと、勢いよく燃え上がるのを知っていた。カバーの上にてるてる坊主を置いて点火すれば、すぐに燃え上がるはずだ。ガレージの上に住居があり、まだ明かりがついていたので、やばいかもしれないと考えたものの、放火したくてうずうずしていたので、すぐに逃げ出せば問題ないだろうと安易に判断した。

それが間違いだった。

てるてる坊主をカバーの上に載せ、ライターで火をつけたとき、誰かいるのか、と声をかけられた。跳び上がるほど驚き、崎山はガレージから走り出した。入り口近くに人が立っていたが、よく見なかった。必死に走った。

後ろから追ってくる気配がないので、ようやく足を止めたときには、全身が汗にまみれていた。時間を確かめると、一一時三〇分を過ぎていた。

工場に向かって、ゆっくり歩き出したとき、崎山は、ハッとした。てるてる坊主に点火したかどうか曖昧な記憶しかなかったからだ。点火してから走り出した気もするし、きちんと点火しなかった気もする。あまりにも驚いたので何も覚えていなかった。燃えてしまっていればいいが、もし燃え残ったとすれば、重大な手掛かりを現場に残したことになる。

崎山のCパターンのシフトは午前零時から朝八時までだが、昨日は、まったく仕事に身が入らなかった。さして頭を使うこともない単純作業なのだから、やり慣れている手順に従えばいいだけなのに、へまばかりした。今にも工場に警察が現れるのではないかと怯えて、気もそぞろだったせいだ。

勤務が終わると、井ノ頭通り沿いに甲州街道の方に歩いて行き、通り沿いにあるファミレスか牛丼屋でモーニングセットを食べるのが日課だ。ゆっくり食事を済ませると、環七通りの方に歩き、和泉四丁目にあるスポーツクラブに行く。体を鍛《きた》えるために通っているのではない。俗に言う「お風呂会員」で、シャワーと風呂、サウナを使うのが目的だ。シャンプーやリンスを自由に使うことができるし、平日の昼間しか施設を利用できないデイ会員なので、その分、一般会員よりも会費が安く、銭湯に行くよりも安上がりなのだ。崎山のアパートには風呂もないし、トイレも共同である。

いつもは一時間ほどでスポーツクラブを出るが、今朝は二時間もいた。アパートに帰るのが嫌だったのだ。警察が張り込んでいるかもしれないと危惧したからだ。丸ノ内線の新高円寺駅の近くでハンバーガーを食べて、ようやくアパートに帰ったのは午後二時過ぎである。警察官の姿はなかった。ホッとしたものの、本心から安心はできず、今にも部屋のドアを警察官が叩くのではないか、と怖れた。横になって眠ろうとしたが、目が冴《さ》えて、どうにも眠ることができず、寝返りばかり打った。ようやく眠気が兆《きざ》してきたと思ったら、いきなり、ゆうべの記憶が甦って眠気が飛んでしまう。そんなことを繰り返しているうちに、とうとう寝坊してしまった。こんな馬鹿なことは初めてだった。

（せっかく、うまくいってたのに……）

自分なりに努力し、様々な工夫を凝《こ》らして、誰にも気付かれずに放火することに自信を持ち始めていた矢先である。自信があだになったのは皮肉と言うしかなかった。自分の不注意と思い上がりのせいで逮捕されるとなれば悔《く》やんでも悔やみきれない気持ちだった。

崎山が初めて放火したのは、五月一七日（日曜日）だ。偶然、放火する羽目になった。そのときの快感が忘れられず、六日後の二三日の土曜日、初めて意図的に放火した。スポーツクラブの近くにあるゴミステーションが現場だった。てるてる坊主を使って、ビニールのゴミ袋に火をつけようとしたが、うまくいかなかった。ゴミ袋に炎が燃え移る前に、てるてる坊主が燃え尽きてしまったせいだ。ライターを使って、何とか火をつけたが、手際が悪く、やたらと時間を食ったので、誰かに見付かるのではないかとびくびくした。しかも、苦労の甲斐もなく大した火事にならず、しょぼいぼやで終わった。

崎山は放火について研究した。研究といっても、区立図書館に出かけて、放火や火災鑑定に関する本を何冊か見付け、メモを取りながら読んだだけのことだ。放火がうまくいくかどうかは、可燃物の存在が重要なポイントだとわかったが、下手な証拠を残すと、そこから足がついて逮捕されることになると知り、証拠が残らないような可燃物を自分で作ろうと決めた。貧乏暮らしだが、時間だけは贅沢《ぜいたく》に使うことができるので研究に没頭した。試行錯誤の末、てるてる坊主を利用したファイヤーボールの第一号を作り出した。丸めた新聞紙を灯油で湿らせたティッシュペーパーで何重にも包み、それを濡れた麻紐で縛った。麻紐を持てば、点火しても自分が火傷することはない。

ファイヤーボールを初めて使ったのは、六月一四日の日曜日で、堀ノ内二丁目、妙法寺近くのゴミステーションだ。効果は絶大だった。一瞬にして、ゴミステーションが炎に包まれた。身震いするほどの快感に包まれ、恍惚《こうこつ》感にめまいがしそうだった。ひとつだけ不満だったのは、人気のない場所を選んだので、他に見物人がいないことだった。誰かを傷つけたいとは思わなかったが、自分の凄さを多くの人たちに知ってもらいたいという欲求を感じた。

六月二七日の土曜日に、梅里《うめざと》一丁目、都営団地の近くにあるゴミステーションを放火した。団地の近くだったので、炎が上がると、すぐに人が集まってきて大騒ぎになった。崎山は物陰から騒ぎを眺め、目にうっすらと涙を浮かべるほど感動した。自分が強大な力を保持していることを自覚した。しかし、ファイヤーボールがあまりにも呆気なく燃えてしまうことが不満だった。もちろん、ただのてるてる坊主とは比べられないほど優秀ではあったが、崎山としては、もう少し燃焼時間を長くしたかった。そうすれば、もっと大きな火災を起こすことができるからだ。

更に研究を重ね、細かい木片を新聞紙で包むことを思いついた。ファイヤーボール第二号の完成である。六月二八日の日曜日に高円寺南二丁目、自宅アパートの近くで実験をした。人気のない場所にあるゴミステーションに放火したが、今までにないほど、よく燃えた。崎山は大いに満足した。

そうなると、今度は、その成果を人目につくところで試したくなった。ゴミステーションなど、所詮《しょせん》は人目がなく、かなり燃え上がってからでないと人が集まってこない。一瞬にして放火する術《すべ》を手に入れた今、もっと大きな騒ぎを起こしたかった。騒ぎが大きくなればなるほど、自分が偉大な人間になったような気がするからだ。

七月一一日の土曜日、崎山は、初めて人家への放火を試みた。できるだけ多くの人たちを驚かせて注目を集めたいというのが動機だった。

誰かを傷つけるつもりはなかったのでガレージに放火することにした。住居にくっついたガレージではなく、独立した建物で、しかも、コンクリート製の頑丈なガレージだから、万が一にも住居に燃え移る心配はない……そこまで細心の注意を払ったのだ。それもうまくいった。いくつもの成功体験から慢心が生まれ、ゆうべの失敗の原因になった。

(もし捕まらずに済むのなら……)

崎山は足を止めて、夜空を見上げた。

(神に誓って、二度とルールを破ったりはしない。同じ過ちを繰り返さない)

第二部　ピロマニア（放火狂）

一

七月二二日（水曜日）

八時前に三浦靖子が出勤すると、「何でも相談室」には小早川冬彦の姿があった。机の上に杉並区の地図を開き、左手に開いた手帳を持ち、右手でパソコンのキーボードを叩いている。

「おはよ〜う。早いじゃないの」

「おはようございます」

パソコンの画面から視線を逸らさずに、冬彦が挨拶する。靖子は雑巾でみんなの机の上を拭きながら、

「まさかと思うけど、自宅に帰らずに、そのまま出勤……ていう感じでもないから、ひょっとして、ここに泊まり込んだとか？」

「そんなことありません。自宅に帰りましたよ」

「けどさあ、それにしては……」

じろじろ冬彦を見る。

「昨日と同じ格好に見えるんですけど。着替えない主義？　頭のいいキャリアさんには、おかしなジンクスっていうか、他人には理解できない癖のある人がいるから」

「いやだなあ、ちゃんと着替えましたよ。シャツとパンツは毎日、風呂上がりに替えてます。Tシャツは二日着たら洗濯します。ジーンズやスニーカー、このウインドブレーカーは昨日と同じですけど」

キーボードを叩きながら、冬彦が答える。

「ふうん、下着は毎日替えるんだ。自宅通勤なの？」

「はい。母と同居してます」

「母と同居って……。お父さまは？」

「離婚したんです」

「あら、ごめんなさい。変なこと訊いて」

「いいんです。もう一〇年以上も昔の話ですから」

「女手があるのなら、着た切り雀ってことはないもんねえ。お母さまが気を付けてくれるだろうし。下着も替えないような不潔な男は最低だもんね。わたしが思うに、高虎なんか、一週間くらい下着を替えないんじゃないかな。ワイシャツも汚れてるし、スーツもくしゃくしゃだし……だらしのない四〇男って見苦しいよね」

「口が悪いですね、三浦さん」

「ううん、悪くないよ、正直なだけ。だって、嘘じゃないもん。女手がないと駄目なのよ。特に刑事なんかさ」

「寺田さん、独身じゃないでしょう。指輪してるじゃないですか」

「指輪をしてても、女房が家にいないってことだってあるのよ」

「え。お亡くなりになったんですか？」

「生きてるはずよ、わたしの知る限り」

「それじゃあ……」

「もっと早く、この部署ができてればねえ。やり甲斐があるかどうかは別にして、きちんと定時に帰れる部署なんて他にないから。事件の捜査を始めると、朝から晩まで捜査にかかりきりで、署に泊まり込むような刑事だったわけよ、高虎は。意外じゃない？」

「そうでもないです。昨日一日、一緒に外回りしただけでも、寺田さんがやる気のない人だということはわかりました。やる気がないと言っても、仕事ができなくてやる気がないのではなく、何らかの事情があって、やる気を失っている……そんな感じがしましたね」

「なかなか鋭いじゃないの。わたしは捜査員じゃないから偉そうなことは言えないけど、刑事としては優秀だったと思うよ。だけど、猪突猛進ていうか、事件のことしか頭になくて周りに気配りができないっていうか、特に上司への気配りや遠慮がないせいで、仕事はできるし、手柄も立てるのに、全然認めてもらえないっていうか」

「わかります。依怙地《いこじ》な性格が災いして、上司に後押しされて出世するという無難な道が閉ざされてしまい、かといって、自力で昇進試験を突破するほど賢くもないので、お茶を濁《にご》すような感じで巡査長に納まってしまう。よくある話ですけど、仕事を頑張りすぎて、奥さんや娘さんに逃げられるなんて、何だか、かわいそうですね」

「あれ？ 逃げられたなんて言った？ それに娘がいるなんて話した覚えもないよ」

「死に別れでもないのに奥さんが家にいないわけでしょう。それだけなら、奥さんが出て行ったのか、寺田さんが追い出したのかわかりませんが、もし追い出したのなら、寺田さんの性格からして指輪なんか外すはずです。今でも指輪をしているのは、寺田さんが未練を感じているからで、奥さんが出て行ったということです」

「娘のことは？」

「誰に対しても乱暴で意地の悪い態度を取っていたのに、迷子の麻田さやかちゃんにだけは優しかったじゃないですか。ぼくたちがトランプしているときも、時々、じっと、さやかちゃんを見つめてましたよ。他人の子を、かわいいなあという気持ちで見つめるにしては、情が籠もりすぎていたので、自分の娘さんに重ね合わせているのかなって」

「小早川君」

靖子が冬彦の肩に手を載せる。

「なかなか、やるじゃん。ただの頭でっかちじゃなさそうだね。ひとつ質問していい？」

「どうぞ」

「そのリュック、何が入ってるの？　見せてくれない？　興味あるんだよねえ」

「駄目です」

「何で？」

「駄目だからです」

「そんなの理由になってないじゃないのさ」

押し問答しているところに、樋村勇作と安智理沙子が出勤してきたので靖子も諦めて、

「ケチ」

と、冬彦を睨んで離れていった。

亀山係長も出勤してきたが、鞄を机に置くと、右手で腹を押さえながら、

「ちょっと行ってくるから」

と、靖子に言い残して部屋を出て行った。それと入れ替わりに高虎が出勤してきた。髪もぼさぼさ、スーツもシャツも皺《しわ》くちゃである。目が血走っていて顔色が悪い。だらしなく無精髭《ぶしょうひげ》も伸びているから、徹夜麻雀でもして寝不足なのであろう。疲れた様子で椅子に坐り込むと、タバコを口にくわえてスポーツ新聞を広げ始めた。

「寺田さん、昨日の件について、いくつかご相談したいことがあるんですが」

冬彦が話しかけると、

「ちちちっ」

高虎は右の人差し指を左右に振り、

「まだ勤務時間じゃない。おれの自由時間だ。邪魔しないでくれますかね、警部殿」

「でも……」

冬彦が何か言いかけるが、高虎は、じろりと冬彦を睨むと、わざとらしく自分と冬彦の間に新聞を大きく広げた。それを見て、冬彦も諦めた。

朝礼が終わると、早速、冬彦は、高虎に昨日関わった事件について話し始めた。高虎は、やる気がなさそうに、小指で耳クソをほじっている。

「みんな、事件だよ。どっちのペアが出動する？」

三浦靖子が大きな声を出す。

「どんな事件ですか？」

理沙子が訊く。

「マンションの敷地内にある公園でタバコを吸ってる男子高校生たちがいるんだって」

「高校生のタバコ……。それは大事件ですね。わたし、パスします」

「ぼくも昨日の報告書がまだなんですよ」

樋村が首を振る。

「行きますよ」

冬彦が手を挙げる。

「勝手に決めるなよ」

高虎が口を出す。

「おい、樋村。てめえ、下っ端の巡査のくせに警部殿に仕事を押しつける気か？」

「こんなときだけ階級を持ち出さないで下さいよ」

樋村が嫌な顔をする。

「ジャンケンすれば？　簡単に決まるよ」

三浦靖子が提案したとき、

「いやあ、悪いんだけど、安智さんと樋村君、行ってくれないかなあ」

電話を切りながら、亀山係長がにこっと笑う。

「寺田君には頼みたいことがあるから」

「業務命令には従います」

ぶすっとした顔で理沙子が立ち上がる。

「あーっ、中途半端だなあ……」

樋村が報告書を持ち上げて溜息をつくと、

「行くとなったら、さっさと行くんだよ。もたもたすんな、デブ」

理沙子が樋村の頬の肉をぎゅっと捻《ひね》り上げる。痛い、痛い、と悲鳴を上げながら樋村が椅子から吊《つ》り上げられる。

「皆さん、見ましたよね。今のは、パワハラですよ。暴力行為ですよ」

樋村が訴えるが、みんな、無視している。

「ひどいなあ、見て見ぬ振りですか。それに、ぼくはデブじゃない」

「その身長で体重が一〇〇キロあれば立派なデブなんだよ」

「九五キロしかないもんね」

理沙子に聞こえないように、樋村がつぶやく。

二人が出て行くと、

「係長、何ですか、おれに頼みたいことって」

「監察官室の聴取を受けてほしいんだ」

「それは、命令ですか？」

「副署長の指示だよ。たった今、電話があった」

「いつですか？」

「今すぐということらしいね」

亀山係長がちらりとドアの方を見ると、警視庁の警務部監察官室から出向してきている、監察調査官・石嶺三郎警部補が腕組みして立っている。石嶺は、鋭い視線を高虎に向けている。

「ふんっ、そんな怖い顔をしなくても行きますって。命令だからね」

渋い顔をして、高虎が出て行く。相談室には冬彦、亀山係長、靖子の三人が残った。

「ほら、係長、今がチャンスですよ」

「え？　う、うん、そうだね……」

亀山係長がちらりと冬彦を見る。

「何ですか？」

「えーっとね、あの、えーっ……」

「焦れったいなあ。警部殿のことを何て呼べばいいか、ずっと係長は悩んでるのよ。どう呼べばいいかな、やっぱり、警部殿？　わたしは小早川君て呼ぶけど、それでいいよね？　階級は警部でも、何の役職にも就いてないわけだし、年齢も下だし、まだ経験も浅いわけだし」

靖子がずばずば言うと、

「三浦さん、その言い方には何だか棘《とげ》があるように感じられるねえ。それに、タメ口もまずいんじゃないかなあ」

亀山係長が顔を引き攣らせる。

「ぼくは、それでいいですよ。三浦主任の言うことが正しいです。階級に違いがあっても、この部署においては係長がぼくの上司ですから、どうか小早川と呼び捨てにして下さい」

「呼び捨ては、ちょっとねえ……。そ、それじゃ、小早川君にしようかな。三浦さんと同じ」

うふふふっ、と亀山係長が薄ら笑いを浮かべる。

「寺田さんが戻るまで手持ち無沙汰なんですが、少しの間、席を外してもいいでしょうか？　鑑識に行ってきたいんですが」

「どうぞ、どうぞ。いちいち、わたしの許可を取らなくてもいいよ……小早川君」

「ありがとうございます」

手帳をポケットに入れると、リュックを肩に引っ掛けて、冬彦が立ち上がる。

二

エレベーターを使わず、冬彦は四階から三階に下りた。三階には警務課や刑事課がある。刑事課の前を通り過ぎ、廊下の奥にある小部屋の前で足を止めた。鑑識係と札がかかっている。鑑識は刑事課に属しているが、仕事内容が特殊なので刑事課とは別室になっているのだ。ドアを開けようとして、冬彦がノブに手を伸ばしたとき、いきなり、内側からドアが開いた。二十代半ばくらいのショートカットの女性と鉢合《はちあ》わせしそうになった。相手も驚いたらしく、化粧っ気のほとんどない、まばらにそばかすの散った顔を冬彦に向けて両目を大きく見開き、

「何か？」

「あ……」

鑑識の紺色の制服を着ているから、この女性も鑑識係所属なのだと察し、

「生活安全課総務補助係に異動してきた小早川冬彦と申しますが、青山主任は……」

「生活安全課総務補助係……」

その女性は小首を傾げるが、すぐに、

「ああ、0係のことね」

「は？　いや、市民の皆さんが親しみやすいように『何でも相談室』とは呼ばれていますが、0係とは呼ばれていませんよ」

冬彦も怪訝な顔になる。

「いいんです、内輪のことですから。ごめんなさい。鑑識係の水沢小春《みずさわこはる》といいます……」

水沢小春は部屋の中を振り返ると、青山主任、お客さんです、と呼びかけ、

「どうぞ、主任は中にいますから」

にこっと微笑みかけて、廊下をエレベーターホールの方に歩いて行く。

「失礼します」

冬彦が部屋に足を踏み入れる。

青山主任は、窓際に置いてあるソファに坐って、コーヒーを飲んでいた。冬彦を見ると、律儀に立ち上がって、昨日はどうも、と軽く会釈した。

「あの……今、お忙しいですか？　できれば、少しお話ししたいんですが」

「大丈夫ですよ。どうぞ、おかけ下さい。コーヒーでもいかがですか？」

「ありがとうございます。でも、コーヒーは苦手なので……。飲み物、持参してますし」

青山主任に向かい合う席に腰を下ろすと、リュックからペットボトルを取り出した。〝なっちゃん！〟のリンゴジュースだ。キャップを捻って外し、ぐいっと一口飲むと、

「昨日のファイヤーボールですが、もう分析は終わりましたか？」

「やっぱり、その件ですか。終わってます。でも、小早川警部の所属は生活安全課ですよね？」

「それは承知してます。刑事課の縄張りに踏み込むつもりはないんですが、科警研の『犯罪行動科学部捜査支援研究室』で、放火犯のパターン分析も研究していたので、少しはお役に立てるかと思うんです。連続放火犯は犯行をエスカレートさせる傾向があるので、で

きるだけ早く逮捕する必要がありますから」

「科警研にいらっしゃったんですか。それなら話は別ですね。わたしの方がいろいろ教えていただかなければならない立場です。あのファイヤーボールですが、素人が作ったにしては、よくできてました」

青山主任は、新聞チラシの裏に手早くファイヤーボールの略図を描いて、テーブルに置いた。

「てるてる坊主みたいな形ですよね」

「うまく考えてありますよ。首の部分を縛っているのは水で濡らした麻紐でした。火をつけた後に自分が火傷しないための工夫だと思います」

「芸が細かいですね。何度も実験したんじゃないでしょうか」

「そう思います」

青山主任がうなずいたとき、ドアが開いて水沢小春が戻ってきた。小春は、ロイヤルミルクティーの缶を手にして自分の席に坐った。エレベーターホールにある自販機で買ってきたらしい。

「一番外側がティッシュペーパーで、何重にもくるんであります。灯油が検出されました。といっても微量です」

「微量でも火をつけた途端に燃え上がるでしょうが、問題は、その後ですからね」

冬彦が言うと、青山主任もうなずき、

「ティッシュに灯油を含ませておけば、簡単に火がつきますが、逆に勢いがよすぎて、すぐに燃え尽きてしまいます」

「他の可燃物に燃え移る前にティッシュが燃え尽きてしまうと火事にならないわけか……」

机に頬杖をついた小春がふむふむとうなずき、

「でも、長時間、ティッシュを燃やすことはできませんよね？」

「そのための工夫がティッシュの中にあるんですよね、青山主任？」

冬彦が訊く。

「焦げていたので、現場では気が付かなかったんですが、ティッシュの中に新聞紙があって、その新聞紙が木片を包むという仕組みになっていました」

「ふうん、よく考えてるなあ」

冬彦が感心したようにうなずく。

「新聞紙を使うのが、そんなにすごいことなんですか？」

小春が訊く。

「ティッシュはすぐに燃えてしまうから、犯人がもたつくと、木片がこぼれてしまう恐れがあるわけですよ。でも、新聞紙で包んでおけば、いくらか時間稼ぎができるでしょう」

冬彦が小春に答える。

「木片の大きさは、どうでしたか？」

「かなり薄いです。おが屑《くず》のようなものだと考えていいと思います」

「そこまで手が込んでいるとなると、何となく玄人《くろうと》っぽいですね」

「玄人なら、灯油を微量しか使っていないのも計算尽くという可能性もありますね」

「木片の大きさだけから、犯人が素人《しろうと》か玄人かっていうことまでわかるんですか？」

小春が小首を傾げる。

「水沢くん」

青山主任がたしなめるように言い、

「すいません、この春の異動で鑑識係に配属されたばかりの新人なんです」

「へえ、それなら、ぼくと一緒ですね。ぼくも現場に出るのは研修以来で、刑事としては、まるっきりの新米なんですよ。どうぞ、よろしく」

「こちらこそ」

小春がぺこりと頭を下げる。

「青山主任とぼくが素人とか玄人と話していたのは、保険金目当てで放火する犯人のことを想定してのことなんです。当たり前ですが、自分で自分の所有物件に放火しても保険金は支払われません。ですから、火災の発生に少しでも疑わしい点があると保険会社は専門家を雇って火災鑑定を行うんです」

「疑わしいというのは、何かしら現場に不審な痕跡が残っている場合という意味ですか？」

小春が訊く。

「というより、保険の掛け方ですかね。多額の保険を掛けた直後に火災が発生したとか、規模の大きな火災なのに死傷者がいないとか……。自宅に火をつけるときには、自分や家族に被害が及ばないように注意しますから、保険金目当ての放火で死傷者が出ることは少ないんです。それに死傷者がいないと警察も捜査しませんからね。出火原因に不審な点があっても形だけの現場検証で終わることが多いんですよ。そうですよね、青山主任？」

冬彦が青山主任に顔を向ける。

「何しろ数が多いですからねえ」

青山主任がうなずく。

「おっしゃる通りです。消防と警察が把握する火災件数には若干のずれがありますが、おおよそ、年間五万五千件の火災が発生し、そのうち二割、つまり、一万一千件以上が放火だと言われています。そのうちの三割が保険金目当てだという統計がありますから……ざっと三千件から四千件ですか」

冬彦が言う。

「綿密な火災調査には時間がかかりますから、とても鑑識だけでは手が足りません。言い訳がましいですけど、他の事件も扱っていますから」

「よく考えるとおかしな話ですよね。どんなに高額の保険が掛けられていても、死傷者がいなければ警察は動かず、その代わり、保険会社が調査を始める。保険が常識的な金額で、長期間保険契約が結ばれたりしていれば保険会社は動きませんしね。怪しいと思っても、すべての火災を専門家が調査することは不可能ですから、ある金額以上の請求が発生したら調査するという取り決めが保険会社ごとに決まっているみたいですね」

「へえ、そうなんですか？　だとしたら、その金額以内に保険金を抑えて、死傷者も出ないようにすれば放火犯は丸儲けですね」

　小春が驚いたように言う。

「理屈としては、そうなりますね」

　冬彦がうなずく。

「そんな事情もあって、現実には、保険会社が火災調査を行うことが多いわけですが、自然発火と放火を区別するとき、専門家が最も重視するのは燃料残滓《ざんし》があるかどうかなんですよ。ガソリンや灯油などの燃焼加速剤を使うと、容易に大きな火災を発生させることができますが、その代わり、痕跡《こんせき》が残ってしまいます。それが燃料残滓です。それに、ガソリンの場合、揮発《きはつ》性が高くて、短時間に空気中に充満してしまい、引火点も低いので、すぐに点火しないと自分に燃え移って火傷してしまいます。密室だと爆発することもあります。自殺したいのなら別ですが、普通、放火にガソリンは使いませんね。玄人は絶対に使いません。それが放火に灯油がよく使われる理由です」

　冬彦が言うと、

「でも、痕跡が残るわけじゃないですか。玄人なら、それを承知しているから、ガソリンも灯油も使わないんじゃないんですか」

　小春が訊く。

「それが、俗に言う『放火犯のジレンマ』なんです。燃焼加速剤を使わないと、火事を起こすのは、なかなか大変なんですよ。誤解されがちですが、火というのは、そう簡単に燃え広がるものじゃないんです。タバコの吸い殻《がら》が火災を引き起こすには、いくつもの偶然が重なって、しかも、自然条件に恵まれないと難しいですし、天麩羅《てんぷら》油の火をつけっぱなしにして火事になるというのも、実際には、そう滅多に起こることじゃないし、件数自体、多くありません」

「灯油やガソリンが検出されないと放火の立証は難しいですしねえ。一昨日の一件にしても、たまたま家人が犯人を目撃して、物証が残っていたから放火事件と断定できたわけですが、家人がガレージに行くのが、あと二分……いや、一分でも遅ければ、たぶん、ファイヤーボールは跡形もなく燃えていたでしょうから、放火と断定することはできなかったと思います」

　青山主任が言う。

「木片チップだけでは難しいですよね」

　冬彦がうなずく。

「保険金目当てではない、ただの放火犯がこういう小道具を使うのは、かなり珍しいと思います。火つけ屋が木片チップを使った事例はいくつか知っていますが、そういう場合、放火と断定できずに保険金が支払われることが多いようですから」

「何ですか、火つけ屋って？」

「放火のプロとでも言えばいいのかな。多額の借金を抱えて二進《にっち》も三進《さっち》も行かなくなったとき、借金の貸し手が保険金詐欺を計画して、借り手の自宅などに保険金を掛けて放火することがあるんです。その放火を実行するのが火つけ屋です。暴力団が絡むことが多いですね」

「保険金詐欺でもないのに、こういう手の込んだ小道具を使って放火することは滅多にない……そういうことなんですか？」

　小春が訊く。

「ええ、そうです。これは、よくできていると思います。ティッシュペーパー、新聞紙、木片チップ……簡単に燃えて、しかも、すぐには消えない。この程度の灯油を使うのであれば、燃料残滓もほとんど残らないでしょうしね。木片にしても、大きな塊だと燃えにくいんです。薄いチップにしてあるところがミソですね。ファイヤーボールに仕込むだけでなく、放火現場にばらまいておけば、火災を拡げることができるし、すべて燃えてしまうので証拠が残らない。燃えかすが残ったとしても、燃料残滓と違って、それだけでは放火と断定する決め手にはならない」

「この放火犯は頭がいいということですか？」

「何とも言えませんね。ぼくは科警研で様々な事例を研究した結果として、こういう知識を持っていますが、ファイヤーボールの仕組みそのものは単純だから、経験をもとに試行錯誤して作り出すことも不可能ではないと思います。放火を分析した専門書は、そう多くはありませんが、どの専門書でも放火犯の手口の事例として燃焼加速剤だけでなく、木片チップのことも取り上げていますから、専門書から学ぶこともできるでしょうね」

「いかれてますね。そうまでして放火したいという理由がわかりませんよ」

小春が呆れたように首を振る。

「保険金目当てでもないのに、ここまで小道具にこだわるのは偏執狂《へんしゆうきよう》的な感じがしますね。ピロマニアかもしれないな」

「何ですか、それは？」

「放火狂とでも言えばいいのかな。放火することが自分の生き方と重なってしまって、放火の成功体験から喜びや快感を得て、それが自信に繋がるんですよ。そうだとすれば、逮捕されるまで放火を続けるでしょうし、しかも……」

「犯行がエスカレートする、ということですよね」

　青山主任が言う。

「大変じゃないですか。全力で捜査しないと」

「さっきも言ったように、死傷者が出ていない放火事件は、どうしても軽く扱われがちなんだよ。今回の件は、古河さんがきちんと片を付けると話してたけど、他にいくつも事件を抱えてるから、どこまでやれるか……」

　青山主任がカップに残ったコーヒーを飲み干しながら言う。

「そこなんですよ。だからこそ、畑違いなのは承知で、少しでも犯人逮捕の役に立ちたいと思ってるんです。決して手柄がほしいわけじゃないんです」

　冬彦が言うと、ドアの方から、パチパチパチパチという拍手が聞こえた。いつの間にか高虎が戸口に立っている。醒《さ》めた目で冬彦を見つめながら、

「警部殿は熱いねえ。立派だよ、刑事の鑑《かがみ》だ。けどねえ、何度も言うけど、放火の担当は刑事課なんだよ。こっちには、こっちの事件がある。よろしければ、一緒に現場に向かってもらえませんかね。連続放火事件とは比べものにならない、ちゃっちい、しょぼい事件ですけどね」

三

駐車場に出ると、高虎はカローラの前で立ち止まった。リアバンパーが大きくへこみ、ボディにも傷がついている。昨日、冬彦が駐車場を仕切っている鉄製の柵にぶつけたせいだ。冬彦は始末書を提出したが、だからといって、すぐに別の車が回ってくるわけではない。せめて、リアバンパーが外れてくれれば、修理に出さなければならず、その間、代車に乗ることができるのに……こんな見苦しい車を運転しなければならないと思うと、無性に腹が立ってきて、高虎はリアバンパーを蹴った。

「痛《いて》えっ！」

高虎が悲鳴を上げる。軽く蹴るつもりが、つい本気で蹴ってしまった。骨までじーんと痺れて目に涙が滲《にじ》む。

「寺田さん、人間の肉体は自動車のボディには勝てませんよ。相手は金属なんですから。そもそも、物体には何の感情もないわけですから車に怒ったところで……」

「カローラに怒ったわけじゃねえ」

「ふうん、八つ当たりですか。朝から不機嫌そうでしたが、その原因は徹夜麻雀ですよね。睡眠不足で気分が悪く、それでも勝ったのなら少しは気が晴れるでしょうが、恐らく、ひどく負けたんでしょうね。その上、朝っぱらから監察の事情聴取に応じるように命じられて、虫の好かない石嶺警部補が迎えにきて……」

話している途中、いきなり、冬彦の体が宙に浮いた。高虎が冬彦の胸倉《むなぐら》をつかんで持ち上げたのだ。体格で勝る高虎が冬彦を持ち上げても不思議ではないが、右手だけで軽々と持ち上げるのだから、よほど腕力が強いのであろう。

「ひとつだけ、おれの頼みを聞いてくれませんか、警部殿？」

「は、はい……」

息をするのが苦しくて、冬彦が足をばたばたと動かす。

「黙って下さい。その口を閉じて下さい」

「わ、わかり……」

「行きましょうか」

高虎が手を離す。冬彦は、すとんと落ちて地面に尻餅《しりもち》をついた。

助手席の冬彦が黙りこくっているのが気になってきたのか、

「さっきのことは謝ります。つい、カッとなってしまいまして。何なら、署に戻ってから係長に報告してもらっても結構ですし、コンビを解消したければ、それでも構いません」

「……」

「警部殿？」

「うっかり口を開くと、また首を絞められるかもしれませんから」

「首を絞めたわけじゃありません。胸倉をつかんだだけです。それに車を運転してるのに、そんな真似ができるはずないでしょう」

「それじゃ、いいんですか、しゃべっても？」

「どうぞ」

「どうして、監察官の大河内警視は、寺田さんの事情聴取に熱心なんですか？」

「熱心ねえ……」

「昨日、そんな感じがしましたよ」

「ただの嫌がらせとしか思えませんけどね」

「嫌がらせされる理由があるんですか？」

「おれは生活安全課の中でも古株だし、上司の受けも悪いし、この頃は、周りの評判もよくないみたいだから目を付けられたんじゃないんですかね。わざわざ警視庁から出張ってきた以上、向こうにも面子《メンツ》があるでしょうから、まさか空振りするわけにはいかない。だけど、何も見付からないから、嫌がらせをしてボロを出すのを待っている……そんな感じなんじゃないですか」

「そこなんですけど、ぼくには根本的な問題がわからないわけですよ。異動してきたのが昨日ですから、当然と言えば当然なんですが、カジノ問題って、どういうことなんですか？　警視庁の監察官室が動いたのは、それが理由なんでしょう？」

「警部殿には関係ないことですよ」

「そうだとしても、今現在、杉並中央署で起こっていることですし、監察官室から警視と警部補が送り込まれるというのは、ただ事でないと思います。まして、ぼくとペアを組んでいる寺田さんが関わっているとなれば……」

「口に気を付けろ！」

高虎が声を荒らげる。が、言い過ぎたと思ったのか、

「と言うか……もう少し言葉遣いに気を付けてもらえると、おれも穏やかに話ができます」

「もういいです。署に戻ってから、亀山係長に教えてもらいますよ」

「汚職」

「え？」

「昨日の朝、一階のエレベーターを降りたときに会ったでしょう、中曾根に。駅の近くでバーやクラブをいくつも経営していて、裏では違法カジノを開帳して儲《もう》けてる悪党……」

高虎は、中曾根が経営している店の名前をいくつか挙げた。

「管轄内に違法カジノが存在していることが問題なわけですか？」

「もちろん、それだって問題ですが、それだけなら、監察官室が出てきたりはしない」

「そうですね。彼らは内部調査が専門ですから」

「違法カジノは毎晩じゃなく、月に何日かだけ開帳されるんですよ。その都度、場所も変わる。開帳する直前、得意客にこっそり場所と時間を知らせる仕組みで、その晩は億単位の金が動くってこともわかってるんです」

「どんなギャンブルも例外なく胴元が儲かるようにできてるし、違法カジノともなれば、税金も払わずに、どんどん現金が入ってくるわけだから、中曾根さん、笑いが止まらないでしょうね」

「さん付けは余計だよ。中曾根でいいんだ。で、こっちも、いろいろ探りを入れて、場所や日にちを突き止めて何度か踏み込んだわけですよ。ところが、いつも空振りでね。何となくおかしいとは思いましたよ。警察が踏み込んでくるのを待ち構えているみたいな感じだったから」

「情報が洩れていたわけですか？」

「馬鹿な話ですが、新宿署のマル暴から警視庁に、うちの情報洩れが報告されたんです」

「どうして新宿署なんですか、しかも、マル暴だなんて？」

「中曾根のケツを持っているのは北征会《ほくせい》の南郷《なんごう》っていう若頭なんです。まだ四〇代半ばですが、なかなか切れる男で、次の会長候補だと言われてます」

「暴力団ですか？」

「ええ」

「すると、中曾根さんは……いや、中曾根は北征会の企業舎弟というやつですか」

「ちょっと違いますかね。北征会と直《じか》に繋がってるわけじゃなくて、南郷個人と繋がってるんですよ。まあ、似たようなもんですが……。中曾根は、元はと言えば、社員が二、三人しかいないようなちんけな不動産屋を経営してたんですが、南郷に気に入られて水商売に関わるようになったんですよ。今は正式な組員だってことがばれると、いろいろ面倒なことが多いから、堅気の中曾根をうまく隠れ蓑《みの》にしてるわけですね。もちろん、中曾根にしても見返りにうまい汁を吸ってるわけですが……。北征会と同じ系列の組が新宿にあって、そこが新宿署のがさ入れを食って、組員が何人も引っ張られましてね、その取り調べのときに、北征会は裏カジノで儲けている、地元の警察から手入れの情報を買っているから羨ましい……そんなことをしゃべった奴がいたらしいんですよ」

「それで新宿署から警視庁に……？」

「最近、警察の裏金問題がマスコミに叩かれてますからねえ。警察の金をこっそりプールするだけでも袋叩きにされるのに、ヤクザから金をもらって手入れの情報を流してたなんてことになれば大騒ぎだ。マスコミに嗅《か》ぎつけられる前に、まずは情報洩れが本当なのかどうか、本当だとしたら誰が情報を流していたのか、それを探るために監察官室から大河内警視と石嶺警部補が送り込まれてきたってわけですよ。表沙汰になる前に内々に処理したいってことなんでしょうよ」

「それで生活安全課の人たちが疑われているわけですか……」

「今日の感じでは生活安全課だけを疑ってるってわけでもなさそうでしたね。手入れをするとなれば、だるまから許可をもらうことになるし、だるまがお地蔵さんに報告する。当日の車両を確保したり、備品を借り出すのに警務に話を通すことも必要だし、人手が足りなければ刑事課に応援を頼んだりもする。箝口令《かんこう》でも敷かれれば別ですが、そうでなければ、署内じゃ割とオープンに何でもしゃべっちまうから」

「それはわかります。古河主任も蕎麦を食べながら、連続放火事件について、いろいろ教えてくれましたからね」

「まさか身内にヤクザの犬がいるなんて思わないからなあ……」

「情報洩れが事実だとして、いつ頃から始まったんですか?」

「違法カジノがあるっていう噂を初めて耳にしたのは一年半くらい前だったかな。最初は、本当かどうかもわからなかったし、大した金額が動いてるわけでもなさそうだったんですよ。それが一年くらい前から億単位の金が動いていて、北征会が仕切ってる……そんな噂があっちこっちから聞こえるようになってきて、そういうときは大抵、本当の話なんで、うちも本腰を入れて探り始めたわけです。初めて手入れをしたのが半年前でしたけど、見事に空振りですわ」

「もぬけの殻《から》だったんですか？」

「人はいましたよ。北征会の下っ端が一〇人くらい、それにキャバクラの姉ちゃんが五、六人。酒を飲みながら、麻雀してましたよ。こっちは二〇人くらいだったかな。違法カジノどころか、大人数で雀荘に踏み込んだようなもんだから、格好悪いよねえ。笑ってましたよ、チンピラも姉ちゃんたちも」

そんなことが、この半年で三回ありました、と高虎は言った。

「情報が間違っていたとか、そもそも、違法カジノが存在しないとか、そういう可能性はないんですか？」

「ないね」

高虎が首を振る。

「先月、カジノの客が自殺したんだ。ラーメン屋の親父。阿佐ケ谷駅の北口を出て、歩いて二分、小さな店だったけど、土地と建物を持ってたからね。ラーメン屋は大して流行《はや》ってなかったけど、実は、資産家だったわけだよ。売りに出せば二億とか三億とか、そんな話だったけど、なぜか、今は中曾根の名義になってる。胸糞の悪い話だ」

腹が立ってきたせいなのか、高虎の言葉遣いが少しずつぞんざいになる。

「カジノで借金を作って、土地と建物を取られたということですか？」

「バカラでやられたっていう話だね。自殺するくらいなら、相談に来てくれればよかったんだが、北征会に脅されてたんだろうな。そのラーメン屋には何度か行ったことがあるんだけど、塩ラーメンがうまかったな。さっぱりしたスープで、麵にもコシがあってね。親父と奥さんが二人でやってるこぢんまりした店だった」

「許せませんね」

「ああ、許せないね。情報洩れがなければ、最初の手入れでカジノを潰《つぶ》せてたはずなんだからな。そうすれば、あの親父だって死なずに済んだはずだ。つまり、情報を洩らした奴が殺したも同然ってことになる」

「捕まえましょうよ、そんな悪い奴」

「そうしたいのは山々だけど、今は『何でも相談室』だからねえ……」

ふーっと溜息をつくと、さあ、着きましたよ、ここが現場らしいや、と言いながら、高虎はカローラを道路脇に停めた。

四

現場は堀ノ内二丁目、本村橋《もとむら》の近くである。杉並フォレストというマンションの横に小さな公園があるが、その公園のベンチに不審物が置いてあるという通報である。

さほど遊具の多い公園ではなく、ブランコ、滑り台、ジャングルジム、砂場、鉄棒がある程度だ。広さもそれほどではないが、近所に公園が少ないこともあって、このマンションに住む母親たちが入園前の幼子を遊ばせるのに利用することが多い。日中は人の姿が絶えることがない。

警察バイクが二台停まっている。最寄りの交番から警察官が駆けつけているのだ。ベビーカーを押したり、幼子を抱いたりしている主婦たちが不安そうな顔で遠巻きにベンチを眺めている。

「すいませんね、警察です。通してもらえますか」

主婦たちを搔《か》き分けて、高虎と冬彦がベンチに近付いていく。ベンチのそばに巡査が二人いて、白い作業服姿の中年男性から事情を聞いている。

「ご苦労様です」

高虎たちに気が付いて、巡査たちが敬礼する。

「不審物だって？」

「はい。あれです」

ベンチの上に虎柄の派手派手しいショルダーバッグが置いてある。

「誰が通報を？」

「わたしです」

中年男性は、杉並フォレストの管理人をしている島田《しまだ》と申します、と名乗ると、なぜ、通報したのか説明を始めた。

この公園は、いわゆる提供公園である。マンションを建設するときに敷地内に作られた公園だが、マンションの住人だけでなく誰でも自由に使えるように区に提供された。公園の清掃も管理会社が行っているし、マンションの住人がよく利用するので日中は管理人が、夜間は警備員が定期的に巡回している。管理人の島田が午前中の巡回をしているときにベンチの上にバッグが置かれているのに気が付いた。そのとき公園にいた主婦たちは皆、島田と顔見知りだったので、誰の持ち物なのかと確認したが、その中に持ち主はいなかった。彼女たちが公園に来たときには、もう置いてあったという。高級そうなバッグなので、ここに置きっぱなしにするのは不用心だと思い、管理室で昼くらいまで預かり、持ち主が現れなければ交番に届けようと考えた。バッグを手に取ろうとしたとき、バッグの中で何かが光っているのが見えた。それに時計の音も聞こえた。他にも奇妙なものが見えたので、バッグに触らず、すぐに警察に通報したというのであった。

「奇妙なものねえ……」

高虎は小首を傾げながら、つまり、何を見たんですか、と訊いた。

「ペットボトルとか、拳銃みたいなものとか……きちんと確認はしてませんけど」

「拳銃だとすれば、ただ事じゃありませんけど、どうしてペットボトルを奇妙だと思ったんですか？」

「地下鉄サリン事件があったとき、会社から指示されて、わたしら管理人もマンションを巡回するときに不審物に注意するようになったんです。いや、ここのマンションじゃありませんよ。ここの前の前くらいのマンションでの話です。不審物と言っても、見た目は普通の容器に危ないものを詰めたりするわけじゃないですか。ペットボトルに毒物や危険な薬品を入れるとかね。だから、今でもペットボトルには敏感なんですよ。先月、関西の方で高校生が自分で爆弾を作って担任教師に送りつけるという事件があったばかりだし、今だって、近藤とかいう連続殺人犯の女が逃げ回ってるわけでしょう。会社から、いつも以上にマンションの管理に注意するように言われてるんです。ただのバッグじゃないか、神経質過ぎるんじゃないかと言われれば、そうかもしれませんが、今になっても持ち主が現れないし、取り返しの付かないことが起こる前に通報した方がいいだろうと思って……」

「そういう姿勢が大切です。よく通報して下さいました。わたしたちが調べてみますので、離れた場所にいてもらえますか」

高虎がベンチを振り返ると、冬彦が地面に四《よ》つん這《ば》いになって、虎柄のバッグをあちらこちらから眺めている。

「どうですかね、何かわかりましたか？」

「うーん、確かに怪しいかもしれませんねえ」

冬彦は真剣な表情だ。

「子供のおもちゃでも入ってるだけなんじゃないのかねえ」

高虎が無造作《むぞうさ》にバッグに手を伸ばす。

「あ、ダメですよ」

冬彦が慌てて高虎の腕をつかもうとする。冬彦の手が高虎の腕を押す格好になり、バッグの持ち手が高虎の手に引っ掛かる。そのせいで、バッグの口が広がる。あっ、と声を発して冬彦が高虎をバッグから引き離す。

「何だよ、そんなにムキにならなくても……」

「シッ！」

冬彦が人差し指を立てて口に当てる。高虎が口を閉ざすと、冬彦はバッグの口に耳を近付ける。カチッ、カチッという音が聞こえる。

「管理人さんの言うように時計が入っているようですね。これは……」

冬彦が、ふーっと大きく息を吐く。

「時限爆弾かもしれません」

「は？」

高虎がぽかんと口を開ける。

「配線が見えます」

「……」

　高虎がバッグの中を覗く。確かに赤や青や黄のコードが見える。

「こんなもの、プラモデルを作るときにも使うでしょうが。うちではテレビとビデオを繋ぐのに使ってますけどね」

「拳銃もありますね」

「最近のおもちゃは、よくできてるからねえ。水鉄砲なんじゃないんですか。ペットボトルだって、お茶かジュースが入ってるだけかもしれないし、奥の方にあるのは粘土《ねんど》でしょう。やっぱり、母親のバッグに子供が遊び道具を入れただけなんじゃ……」

「粘土ですって！」

　冬彦の顔色が変わる。ボールペンを使って、そっとバッグの口を広げ、中を確認する。

「本当だ。しかも、黄色……。これは、ＴＮＴだ」

「電話が関係あるんですか、ＮＴＴってことは」

「違いますよ。Ｔ・Ｎ・Ｔです。トリニトロトルエンのことです。危険な爆薬です」

「爆薬……」

「ちょっとした振動にも反応することがあるし、乱暴に扱ってコードが切れたりしたら、その瞬間に爆発する可能性があります。これは素人の手には負えません。すぐに本庁に連絡して爆発物処理班を呼ばなければ……。この公園を、いや、周辺一帯を封鎖して住民を避難させましょう。このままだと大変なことになる、すぐに手配しないと」

冬彦が携帯電話を取り出そうとするが、よほど慌てているのか、手から落としてしまう。それを高虎が拾ってやりながら、

「警部殿、少し落ち着きましょうや。危険物の可能性があるにしても、いきなり本庁に連絡して爆発物処理班だなんて、そんな無茶な……」

「見て下さい。このTNTは五〇〇グラムはありますよ。だとすれば、TNTの一グラム当たりの放出エネルギーは、四・一八四×一〇の三乗ジュールですから、その五〇〇倍という計算になります」

「すいません。ちんぷんかんぷんです。そんな難しいジュースがあるんですか?」

「違う、ジュースじゃない。ジュールです。熱量の単位ですよ。例えばですね……広島型原子爆弾の放出エネルギーは、六・三×一〇の一三乗ジュールなんです。こう言えば、このバッグがどれくらい危険かわかってもらえますか?」

「いや、全然。やっぱり、ちんぷんかんぷんです」

高虎が首を振る。

「つまり、これが爆発したとすれば、この公園は跡形もなく吹き飛んでしまうんですよ。凄まじい爆風が起こるでしょうから、隣のマンションだって無事では済まないはずです。万が一、マンションの土台がダメージを受けたら、倒壊の危険もあります」

「そんな映画みたいなことが現実に起こるのかねえ……」

高虎は半信半疑だ。いや、正確に言えば、九九％くらい疑っている。

「とにかく、連絡をお願いします。ぼくは、とりあえず、この公園を封鎖します。あの巡査たちに手伝ってもらって」

「わかったよ」

高虎が携帯を取り出す。

しかし、電話の先は警視庁ではなく、「何でも相談室」の亀山係長だ。所属部署を飛び越えて、いきなり、爆発物処理班の出動要請をするほど高虎も物知らずではない。

「係長ですか、寺田です。実はですね……」

高虎が手短に事情を説明する。携帯の向こうからは、何度も、亀山係長の悲鳴のような大きな声が聞こえてきた。そのたびに高虎は携帯を耳から離した。

「とにかくですね、警部殿が爆発物に間違いないと言い張るもんですからね……。はあ、正直なところ、おれも変だとは思うんですが、向こうは科警研にいた人じゃないですか。その道の専門家だし、難しいことを言われると、何が何だかわからなくて……。ええ、NTTとかいう爆薬だそうで、電話会社と関係があるかどうかわかりませんが、小型の原子爆弾並みの威力があるらしいです……」

高虎が「原子爆弾」と口にした瞬間、ぎゃーっという悲鳴が携帯の向こうから響いた。

「そんなわけなんで……。ああ、そうですね。だるまに、いや、副署長に報告してからってことですか……。こっちは現場にいますんで……。とりあえず、公園を封鎖しますよ。何かあったら大変ですから……。ええ、連絡をお願いします」

高虎が携帯をポケットに入れる。亀山係長と話している間、冬彦は巡査たちと協力して、公園にいる親子たちを公園外に誘導している……はずだった。

ところが、まだ幼い子供たちが多く、母親の手を逃《のが》れて公園の中を走り回っている子もいる。それを母親が追いかけると、鬼ごっこでもしているつもりで笑いながら逃げる。一人がそんなことをすると、他の子供たちも真似をする。冬彦と巡査たちも母親と一緒になって子供たちを追いかけ回していた。

「あいつら、何をしてるんだ？」

高虎が唖然とする。

三歳か四歳くらいの男の子がベンチに駆け寄って、いきなり、バッグに手を入れた。高虎が気付いて、あっ、と思ったときには、バッグから拳銃を取り出している。

「返しなさい。それは危ないんだ……」

高虎が大きな口を開けて叫ぶと、口の中に水が入る。男の子が水鉄砲を発射したのだ。

「え……」

そこに、すいませんねえ、ご迷惑をかけて……と謝りながら、三〇歳前後の、派手な格好の女が現れた。どうやら男の子の母親らしい。

「リュックが壊れたんで、今日は、わたしのバッグに荷物を入れて幼稚園に行かせるつもりだったんです。てっきり、本人が持って行ったと思っていたら、こんなところに忘れたままになってたなんて」

よかったら、ハンカチ、お貸ししましょうか、と高虎の濡れた顔を見つめる。

「いや、結構です」

高虎はワイシャツの袖で顔を拭う。

そこに冬彦がやって来て、

「寺田さん、何をしてるんですか。爆発物処理班はまだですか？」

「……」

高虎は黙ったまま、水鉄砲で遊んでいる男の子を指差す。

「それは拳銃じゃ……」

冬彦が顔を近付けると、水鉄砲が発射された。思わず目を瞑《つむ》る。高虎の携帯が鳴る。

「ああっ、やばいなあ。係長の寿命を二年くらい縮めちまったなあ……」

溜息をつきながら電話に出る。

五

現場を離れると、ちょっと早いけど昼飯を食いましょうか、と高虎が誘った。まだ腹なんか減ってません、と冬彦は断ったが、高虎は、さっさとファミリーレストランの駐車場に車を入れた。仕方がなく冬彦も高虎について店に入る。ランチタイムが始まった直後のせいか、まだ店内は空いている。混み始めるのは正午を過ぎてからなのであろう。

「ランチでいいですよね？」

はい、と冬彦が返事をして、飲み物は、オレンジジュースにして下さい、と付け加える。ウェイトレスに注文すると、

「まあ、誰にでも失敗はある。そう落ち込まなくてもいいさ」

珍しく高虎が冬彦を慰《なぐさ》める。

「え？　何のことですか」

「さっきの爆弾事件ですよ」

「ああ、よかったですよね。間違いで」

「は？」

「だって、本物の爆弾だったら、それこそ大騒ぎになっていただろうし……。公園にいた

子供たちにも怪我がなくてよかったですよ」

「あのねえ……」

高虎が溜息をつく。公園でしょげているように見えたので飯でも食いながら慰めてやろうとしたのに、その思い遣りが踏みにじられた気がした。高虎が励ますまでもなく、とっくに冬彦は立ち直っていた。

いや、そもそも最初から落ち込んでいなかったのかもしれない、何か他のことを考えていて、ぼんやりしていただけだったのかもしれない、下手に気を遣った自分が馬鹿だった、と高虎は溜息をつき、「何でも相談室」に飛ばされただけでも十分すぎるくらい不幸なのに、選《よ》りに選って、こんな無神経で鈍感なキャリアとコンビを組まされて、しかも、青二才のくせに階級は上だから敬語を使わなければならない、本当は思い切り尻を蹴飛ばしてやりたいのに……高虎の心には不満と怒りと苛立ちとやりきれなさが渦巻《うずま》く。ウェイトレスが運んできた皿の上にはうまそうなメンチカツが載っている。それなのに、口に入れても、まるで砂でも噛んでいるように味気なく感じられた。

「寺田さん」

「……」

「寺田さん、聞こえてますか？」

「あ？」

高虎がハッとして顔を上げる。冬彦に呼ばれていることに気が付かなかったらしい。

「何ですか？」

「これを見て下さい」

冬彦が杉並区の地図を広げている。地図には、いくつかボールペンで印が付けられ、円も描かれている。古河や中島と飯を食ったときに冬彦が「円仮説」という地理的プロファイリングの手法を用いて作製した地図である。高虎が興味なさそうな顔で地図を眺めていると、食事が終わったら放火現場を回りましょう、と冬彦が言い出した。自分の目で放火現場を見たいのだという。すでに何度となく繰り返した台詞だとうんざりしながら、

「おれたちの事件じゃないでしょう」

と、高虎が言う。

「わかっています。捜査をするつもりはありません。でも、現場を見れば、もっと正確に犯人像をプロファイリングできると思うんです。それが済んだら、報告書にまとめて古河さんに渡しますから」

「何で、そんなに熱くなるんですか？」

「解決が長引くと危険だと思うからです」

「何が危険なの？」

「犯行がエスカレートするという意味です」

「あ、そう、エスカレートね。ガレージなんかじゃ飽き足らなくて区役所にでも放火しますかね。それとも、都庁か、国会議事堂とか……」

「ふざけないで下さいよ」

「ふざけるな？」

高虎が呆れたように冬彦を見つめる。

「こっちの台詞なんだけどね。今のおれの状態を正直に言えば、頭の血管がぶち切れそうですよ。それくらい腹を立ててるわけ。これでも必死に我慢してるんですけどね」

「話だけでも聞いてもらえませんか？」

「どうぞ、ご勝手に。でも、おれは飯を食うよ」

「結構です。犯人は少しずつ大胆になっています。成功体験を積み重ねるうちに自信を深めているせいでしょうね。そうなると警察に捕まるかもしれないという警戒心が緩んで歯止めが利かなくなる可能性が強いんです。より大きな快感と興奮を得るために、より危険な放火に走るかもしれません」

冬彦が真剣な表情で言う。

「より危険な放火って？」

メンチカツを頬張りながら、高虎が訊く。

「人命を危険にさらす放火です。この犯人は短時間で大きな火災を引き起こすテクニックを身に付けています。人家への放火にためらいを感じなくなったら多くの命が危険にさらされますよ」

「公園で爆弾が爆発したり、爆風でマンションが倒壊したり、世の中、身近に危ないことが多いからねえ」

「寺田さん、本当はふざけてるんでしょう?」

「ふざけてない。警部殿のレベルに合わせて話をしてるだけですよ」

「いいんですか、放火で人が死んでも?」

「古河たちが捕まえてくれるよ」

「そうは思えません」

冬彦が首を振る。

犯人が目撃されたから、昨日は古河や中島が現場に出向き、鑑識係まで出動したが、結果としては大した被害でもなく、怪我人もいない。連続放火といっても、所詮は、ぼやに過ぎず、それが連続したくらいでは大規模な捜査態勢を敷くことなど不可能だ。せいぜい犯行現場付近におけるパトカーの巡回を増やす程度でお茶を濁すことになる。古河たちが怠慢《たいまん》なのではなく、事件として対応するべき優先順位が低すぎるから、そういうことになってしまう。

「まあ、確かに、古河たちは朝からひったくり事件の捜査に出かけてるよな」

高虎がつぶやく。

ただの窃盗ではなく、手提げバッグをひったくられたときに被害者の女性が転倒して腰の骨を折っているから強盗傷害事件である。ぼやの捜査よりも優先順位が高い。

「今の日本の警察捜査は、事件が起こってから動くという流れになっていて、それは対応しなければならない事件が多すぎるために、そうせざるを得ないという事情があるにせよ、決して正しいやり方ではないと思います。せめて重大事件に発展する危険性が見付かったときには、その事件を別枠として対応するべきじゃないでしょうか。何もしなければ必ずや発生するに違いない重大事件を未然に防ぐことができるんですから」

冬彦が力説する。

「わかりましたよ。要は、貴重な休憩時間を削って現場を回れっていう話なんだよね」

溜息をつきながら、高虎がナイフとフォークを置く。

六

食事をしたファミリーレストランは環七通り沿いで、和田堀《わだぼり》橋の近くだったので、まず、和泉四丁目の放火現場に向かった。七月一一日の土曜日、午後九時頃にガレージから出火した苫篠賢治宅である。二人は近くにカローラを停め、苫篠家の前を歩いた。

「家の人に話を聞かなくていいんですか?」

「その必要はないでしょう」

「わざわざ、ここに来た意味があるのかなあ……」

「大ありじゃないですか。放火されたガレージを見て、何か気が付きませんか?」

「いや、別に。普通のガレージに見えるけどね」

「ガレージが住居と一体化していないタイプですよね。しかも、車の出入り口以外は壁も床も天井もコンクリートで囲まれた頑丈なガレージです。一昨日の放火現場と同じじゃないですか」

「ガレージが似てることに何か意味があるんですかね?」

「家人を傷つけるつもりはない、というメッセージに思えますね」

「メッセージねえ……」

「次の現場に行きましょうか」

冬彦がカローラに乗り込む。

次に向かったのは、堀ノ内二丁目、妙法寺の近くの放火現場、その次が、高円寺南二丁目、長龍寺《ちょうりゅう》近くの放火現場である。その二ヶ所の現場を歩き回ってカローラに戻ると、冬彦は何やら熱心にメモを取り始めた。おもむろに顔を上げると、

「何か気が付きませんか?」

と、高虎に訊いた。

「あのさあ、おれを馬鹿だと思ってるんでしょうけど、いちいち、そういう試すような言い方をしないでもらえますかね。何か気が付いたのなら、さっさと言えばいいでしょうが。警部殿が賢いってことはわかってますよ」

「そんな嫌味なつもりはなかったんですけど」

「ふんっ、どうだかね。で、何です？」

「お寺の近くにあったふたつの放火現場ですが、どちらもお寺に放火しようとしたわけじゃありませんよね？」

「燃やされたのはゴミステーションだからね」

「お寺の近くで放火したのは人通りが少なかったせいだろうと思います。実験ですね」

「実験？」

「ファイヤーボールの威力《いりょく》を試す実験ですよ。一昨日の現場を含めると、同一犯によると思われる四つの放火現場を見たことになりますが、その四つの放火を時系列に並べると面白いことがわかります」

冬彦は、杉並区の地図を広げ、印を付けてある四つの現場の横に日付を書き加えた。

「どうです、何か気が付きませんか？」

「だからさ……」

高虎が溜息をつく。

「それは、やめてくれって」

「ああ、そうでしたね。つまり、こういうことですよ。堀ノ内二丁目と高円寺南二丁目の現場は、どちらもお寺の近くで人気のないゴミステーションに放火してます。ところが二週間後、和泉四丁目ではガレージに放火している。一昨日もそうです。明らかに犯行がエスカレートしています。最初の二件が実験だとしたら、次の二件は実践です。実験結果で自信を深め、実践に乗り出したと考えられます。和泉四丁目の現場近くにリバーサイドハイツという集合住宅があることも重要ですね。放火がうまくいけば注目を集めることができますから。その点、住宅街で放火した一昨日の放火も同様です」

「注目を集めることが放火の動機なんですか?」

「ええ。自分が発生させた火災によって、大勢の人間たちが騒ぐのを見ることで、犯人は自分が大きな力を持っていると錯覚し、その錯覚が快感を呼び起こすんですよ。但し、さっきも言いましたけど、頑丈なガレージで放火しているのは住人の命を危険にさらしたくないというブレーキがかかっているからだと思います」

「そのブレーキが外れる?」

「はい。このまま犯行が続けば、必ず、そうなります。快楽追求型、ストレス発散型の放火犯は、より大きな刺激と快感を求めるようになりますから、次の段階に移行すると住居に放火するようになるんです。遠い先の話じゃありません。せいぜいひと月先、いや、もっと早いかもしれませんね。一昨日の放火をしくじったことで犯人の心には怒りが満ちているはずです。その怒りを発散するには、よほど大きな刺激が必要なはずですから」

「ゴミステーションやガレージに放火していた赤猫がいきなり殺人犯に出世かよ？　飛躍しすぎじゃないのかねえ」

「犯人は人を殺したいわけじゃないんです。人のいるところに火をつければ、もっと大きな騒ぎになって、もっと注目を集めることができるだろうと考えているだけです」

「だけど、住民が焼け死ぬかもしれないじゃないか。放火殺人だぜ」

「ある一線を越えてしまえば、それは犯人にとって、もうブレーキじゃなくなってしまうんです。だからこそ、ブレーキがかかっているうちに逮捕しなければならないんですよ」

「なるほどねえ……」

高虎がカローラを発進させる。

「寺田さん、消防署にも行きましょう」

大して遠回りにはならないし、火災の専門家の話を聞けば、犯人をプロファイリングするのに役立つはずですから、と冬彦が言う。

「暇なときに一人で行けばいいでしょうが。駅の反対側だから。署から歩いても大した距離じゃありませんよ」

「捜査員は二人一組で行動するのが決まりじゃないですか」

「変なところで頭が固いよなあ……」

高虎が溜息をつく。

「嫌だと言ったら、どうするんですか？」

「明日も頼みます」

「明日も嫌だと言ったら？」

「もちろん、明後日も頼みます」

「つまり、さっさと済ませた方が楽だと言いたいわけだよね。何だか、わがままな子供におもちゃを買ってくれって駄々をこねられてる気がするよ」

「それは全然違う意味だと……」

「行けばいいんでしょうが。行きますって。その代わり、消防署に着くまで何もしゃべらないで下さい、一言もね。その程度のささやかな頼みなら聞いてもらえますよね？」

七

杉並消防署に着き、冬彦が受付で用件を説明すると、幸いなことに、昨日、田中淳三の自宅前で名刺交換した二人の消防官がいた。予防課防火管理係の係長・大館浩之《おおだてひろゆき》消防司令補と同じく副主任・中村裕一《なかむらゆういち》副士長である。年齢は、四二歳と三一歳。二人には火災原因調査員の肩書きもある。冬彦と高虎は応接室に通され、大館係長、中村副主任と向かい合って坐った。

「まず、これを見ていただけますか」

冬彦がテーブルに杉並区のマップを広げる。

それから「円仮説」をもとにして犯人の住居や職場を絞り込んでいるところだと言い、プロファイリングされた犯人像についても説明した。大館係長と中村副主任は礼儀正しく耳を傾けていたが、さして興味を持った様子でもなかった。

これは火災に対する警察と消防の立場の違いによる。警察が重んじるのは犯罪性であり、火災に犯罪性が見付かれば、次は犯人逮捕に全力を尽くす。消防が重んじるのは出火原因の解明であり、犯罪性の有無は関係ない。どこで燃え始めたのか、何が燃えたのかを徹底的に究明する。

その結果として、死傷者がいない火災の場合、たとえ出火原因が曖昧でも警察の現場検証はおざなりに行われることが多いが、消防の火災調査は常に徹底している。そこから「消防は放火を大袈裟に扱いすぎる」と警察は言い、逆に、「警察は放火を軽く考えすぎる」と消防が反論することになる。

この立場の違いというのは現実の数字にも表れていて、放火によって生じる火災は年間に八千件以上あり、これに確証は得られていないが放火の疑いの濃い火災を含めると一万五千件になるというのが消防の発表だが、警察の方では、放火犯罪として認知できるのは二千件ほどに過ぎない、と発表している。しかも、放火犯として検挙されるのは認知件数の七五％である。

大館係長と中村副主任が身を乗り出したのは、冬彦がファイヤーボールの仕組みを話し始めたときで、保険金目当ての放火でもないのに、灯油や木片が使われていると知ると、中村副主任は熱心にメモを取り始めた。出火原因の解明に繋がる情報に敏感に反応したわけである。現場で確保されたファイヤーボールは犯罪の証拠として杉並中央署の鑑識係が持ち帰ってしまったので、その仕組みがよくわかっていなかったのだ。必要であれば、鑑識係の報告書を手に入れて、こちらに送りましょうか、と冬彦が申し出ると、

「そうしていただけると助かります」

大館係長は、大袈裟すぎるのではないかと思われるほど深々と頭を下げた。普段、警察と消防の意思疎通が円滑《えんかつ》に行われず、十分な情報交換が為されていないことの表れだ。

冬彦は、こちらが連続放火として認知している四件を分析すると、どうも犯行がエスカレートしているように思われる、早急に逮捕しないと次には人家に放火する恐れがある、それを防ぐために力を貸してもらえませんか、と言うと、

「わたしたちにできることがあれば、何なりとおっしゃって下さい」

大館係長がうなずく。

「この四件のうち、最も古い事件は六月一四日ですが、すでにこの段階でファイヤーボールの断片らしきものが見付かっています。それ以前にも実験しているんじゃないかと思うんです」

冬彦が言う。

「六月一四日以前に起こった出火事件をお知りになりたいわけですか？」

「はい。かなり絞り込めると思うんです。調べる期間は五月の初めから六月いっぱいまで、その期間に発生した火災のうち、環七通りと神田川沿いで起こったものだけを拾い上げたいんです」

「中村副主任」

大館係長が合図すると、中村副主任が立ち上がり、ちょっと失礼します、と応接室を出て行った。すぐに小脇にパソコンを抱えて戻って来た。起動すると、キーを叩き始め、

「五月初めから六月いっぱいまで……環七通りと神田川沿い……そうでしたよね？」

「はい」

冬彦がうなずく。

「一四件発生してますね」

「出火原因がはっきりしているものを除いてもらえますか」

「えーっと……七件消えました」

「環七通りのうち、JRの北側は除いてもらえますか。それと甲州街道の南側も除いて下さい」

「二件消えました」

「ふうん、残りは五件か。そこまで絞れれば、まあ、十分ではありますが、念のために、もうひとつだけ条件を加えてみましょうか。午後九時から午前零時の間に発生したものを残す……それでどうですか」

「どうでしょうね……。おっ、三件も残った。この時間帯の不審火は珍しいですよね」

「その三件の発生日時と場所、それに発生した時間を教えてもらえますか？」

「では、古い方から順番に……」

中村副主任が説明する。


五月一七日（日曜日）午後一一時三〇分過ぎ。

和泉二丁目、和泉二丁目公園と日大グラウンドの間。

ゴミ捨て場から出火。


五月二三日（土曜日）午後一一時二〇分。

和泉四丁目、スポーツクラブ近く。

ゴミステーションから出火。


六月二七日（土曜日）午後九時三〇分頃。

梅里一丁目、都営団地の近く。

ゴミステーションから出火。


冬彦はメモを取り、それから地図上に印を付ける。

「あ……」

中村副主任が声を発する。

「何か？」

「最初の和泉二丁目の出火は、断定はされていませんが、通行人が投げ捨てたタバコの火が出火原因ではないかと推測されています。あとの二件については出火原因が不明ですが、現場で濡れた麻紐が採取されています」

「え」

と声を上げたのは高虎である。

「それ、ファイヤーボールの特徴じゃねえか」

「最初の一件は扱いが微妙ですが、最も早い時期の放火だから、まだファイヤーボールを使っていなかったとも考えられます。放火の場所を考えると同一犯の放火と考えておいた方がいいかもしれません。あとの二件には濡れた麻紐という証拠が残されていますから、ファイヤーボールを使うピロマニアの犯行と考えて間違いないでしょうね。ふうむ、これで七件か……」

「何だい、ピロなんとかって？」

高虎が訊く。

「放火狂のことを犯罪学ではピロマニアと呼ぶんですよ。病的な放火魔です。逮捕されるまで、決して放火をやめません。見て下さい」

冬彦は、赤のフェルトペンをリュックから取り出すと、ＪＲの南側から方南橋に至る環七通りを赤く塗り潰した。次いで、方南橋から井ノ頭通りに至る神田川を赤く塗り潰した。

「この赤いラインに沿った近辺に犯人の自宅と職場があるはずです。三〇代前半で一人暮らしの独身男性、協調性がなく、そのせいで転職が多い。経済的に苦しいので家賃の安いアパート暮らし……このライン沿いで家賃が安いとなれば、風呂なしの老朽化した木造アパートでしょう。トイレも共同かもしれませんね。こういう情報をもとにローラー作戦を行えば、きっと犯人を見付けられると思います」

カローラに乗り込むと、

「どうだ、おれはすごいだろうって誉めてもらいたいんじゃないんですか」

エンジンをかけながら、高虎が言う。

「珍しいですね、寺田さんが遠回しに皮肉めいたことを言うなんて」

「別に皮肉ってわけじゃ……」

「警部殿、すごいね、大したもんじゃないですか……本当は、そう言いたいんでしょうけど、素直に誉めるのは癪に障るから、どうしても皮肉めいた言い方になってしまうんですよね。寺田さんの反応はわかりやすいから、心理学を学ぶ学生のいい教材になりますよ」

「あーっ、余計なことを言っちまった。後悔後悔後悔」

カローラを発進させようとしたとき、携帯が鳴った。サイドブレーキを引いて、電話に出る。

「はい、寺田です……。おう、鉄の女か。うるせえな。警部殿と二人きりで外回りしてみろって。すぐに性格が歪《ゆが》むぞ。は？　元々、歪んでるだと。切るぞ、電話。ああ、それで……。ふむふむ、わかった和田《わだ》二丁目な、西峯《にしみね》と……。くそっ、爆弾騒ぎの現場の方に逆戻りじゃねえか。間が悪いよなあ……。ああ、いや、こっちの話だ。すぐに向かうよ。まだ何かあるのか……だるま？　そりゃあ、怒るよな……係長、大丈夫かよ……ずっと籠もってるのか……だろうな、ああ、了解、了解」

高虎は電話を切ると、

「だるまが怒り狂って、亀山係長、顔面蒼白で便所に閉じ籠もってるってよ」

「係長、何かしたんですか？」

「あのねえ……」

高虎が目を細めて冬彦を見つめ、呆れたように首を振る。

「警部殿が物凄く頭がいいことは認めるけど、人として大切なものが何か欠けてるよね。そう感じたことはありませんかね？」

「ないこともないですよ。ぼくだって普通の人間なんですから。で、何ですか、和田二丁目って？」

「四歳の子供が行方不明かもしれないってさ。いいかい、『かも』だからね。行方不明だって決めつけないで下さいよ。それに姿が見えないだけで、誘拐じゃないから。本庁の捜査一課に連絡しろとか騒がないで下さいよ。約束してくれるよね？」

「嫌だなあ、ぼく、そんなことしませんよ」

ふふふっ、と冬彦が愉快そうに笑う。

八

「は？　一四歳ですか……」

おかしいなあ、確かに、四歳の男の子が行方不明、いや、姿が見えないという連絡を受けたんですけどねえ……高虎が頭を掻きながら言う。

和田二丁目、西峯徹郎《てつろう》家の玄関である。

敷地面積は、それほど広くないが、洋風の白い外壁の小洒落た一戸建てである。狭いながらも庭があり、そこに色取り取りの花々が植えられている。熱心に園芸に取り組んでいることがわかるし、この場所にこれだけの一戸建てを構えるのだから暮らし向きが裕福であることもわかる。

応対に出たのは徹郎の妻・聡子《さとこ》で、年齢は三九歳である。細身で、すらりと背の高い、垢抜《あかぬ》けた美人だが、表情が暗く、ひどく疲れているように見える。

「申し訳ありません。わたしの説明の仕方が悪かったんだと思います」

聡子が目を伏せて頭を下げる。

「えーっ、息子さんの幸太《こうた》君、くどいようですが四歳ではなく一四歳なんですよね？　その幸太君の行方がわからない、それで通報されたということになりますか。いつ頃から行方がわからないんですか？」

高虎が訊く。

「息子はフリースクールに通ってまして、あの……不登校で中学に通ってないからなんですが、いつもは一時過ぎには帰宅してお昼を食べるんです。それが三時になっても帰ってこなくて、携帯に電話をしても繋がらないんです。それで……」

「それで警察に通報を？」

「はい」

「そうですか……」

高虎が困惑した様子で黙り込む。

その横で冬彦が例の如《ごと》く熱心にメモを取っている。

「幸太君にご兄弟はいらっしゃいますか？」

冬彦が訊く。

「いいえ、一人息子です」

「不登校になったのは、いつ頃からですか？」

「去年の夏休み明けからです」

「原因は、わかってるんでしょうか？」

「緊張しやすいタイプで、緊張すると顔が真っ赤になって言葉がスムーズに出てこなかったりすることや、太っていることなんかを笑われることは小学生の頃からありました。中学に進んでからも、同級生にからかわれることはあったみたいですが、暴力を振るわれるとか、仲間外れにされるとか、お金を取られるとか、いじめと断定できるようなことはなかったようです。もっとも、それは担任の先生がおっしゃったことで、本当のところはわかりません。本人は何も言わないものですから……」

「フリースクールには、いつから通い始めたんですか？」

「主人とも相談して、しばらく家で様子を見て、本人が落ち着いたら、また中学に戻ってほしいと考えてたんです。担任の先生も焦らなくていいから、いつでも好きなときに戻っていらっしゃいとおっしゃって下さいました。でも、本人が絶対に学校には戻らない、戻るくらいなら死ぬ……そこまで頑固に嫌がるのを無理強いしてもよくないかと思い、主人がいろいろ調べて、不登校になって一ヶ月くらいしてからフリースクールに通うようになったんです」

「ええっと、ご主人は……お仕事ですよね？」

「はい」

「一応、勤務先を伺ってもよろしいでしょうか？」

冬彦が訊くと、聡子は大手都市銀行の名前を挙げた。新宿にある本店営業部に籍があるというから、かなり優秀なのだな、と冬彦は思った。

「夫も呼んだ方がよかったでしょうか？」

「今のところ、その必要はないと思います。どこのフリースクールに通ってらっしゃいますか？」

「東高円寺の駅前にあります」

「そんなに遠くないですね。通学手段は？」

「バスに乗ることもありましたけど、大抵は運動を兼ねて歩いていたようです。他に何も運動をしていませんでしたから」

「毎日通ってましたか？」

「八時半に家を出て、一時過ぎには帰宅していました。たまに図書館に寄ったり、フリースクールで親しくなったお友達とカードゲームをして帰宅が遅くなることもありましたが、そういうときには必ず連絡をくれました」

「今日は何の連絡もなく帰宅が二時間以上も遅れているということですが、こういうことは以前にもありましたか？」

「実は、このところ、フリースクールを勝手に休んで部屋に籠もることが多いんです。そうかと思うと、夜中にふらりと家を抜け出したり……。フリースクールからの帰宅が遅れるのも目立つようになって、でも、携帯が繋がらないのは初めてだったので……」

「ご心配なわけですね？」

「はい」

「帰りが遅くなった理由はわかりますか？」

「何も話さないんです」

聡子が首を振る。

「元々、口の重い子で、こちらから訊かないと自分からはあまり話さないんですが、この頃は、本当に何も話さなくなってしまって……」

「ということは……」

冬彦が尚も質問しようとするのを、高虎が横から露骨《ろこつ》に遮って、

「おおよその事情はわかりました。しかし、まだ外は明るいですし、もう少し様子を見ましょう。どこかに寄り道しているだけかもしれませんしね。夜になっても戻らないようであれば、またご連絡いただけますか」

と名刺を聡子に差し出す。

「……」

聡子は名刺を受け取ると冬彦に顔を向ける。冬彦も、じっと聡子の顔を見つめている。

冬彦が何か言おうとしたとき、

「それじゃあ失礼します」

と、高虎が冬彦の腕を引っ張って玄関から外に出る。

「寺田さん、痛いですよ。放して下さい」

「駄目だね。車に乗るまでは放さない」

「どうしたんですか、ぼく、何か悪いことをしましたか？」

「何も言わない。とにかく、車に乗ってもらう」

「乱暴だなあ……」

冬彦はカローラの助手席に押し込まれる。

運転席に乗り込み、エンジンをかけると、

「警部殿が年増好みだとは知りませんでしたよ。あ、今は熟女っていうんでしたかね」

「何のことですか？」

「見とれてたじゃないですか、どうでもいいような質問で時間稼ぎをして……。確かに、年齢の割には、いい女でしたけどね。美人でスタイルもいいし」

「そんなのじゃありませんよ」

「はいはい、わかってますよ。恥ずかしがらなくていいんです。正直なところ、警部殿にそんな人間らしいところがあるとわかって喜んでます」

高虎がカローラを発進させる。

「あのお母さんの顔をちゃんと見ましたか？」

「見ましたよ。だから、美人だってわかる。もっとも、暗そうな感じだったな。まあ、無理もないか。息子が一年も不登校だっていうんだから」

「この事件は……」

「ストップ！　頼むから事件なんて言葉を使わないで下さい。これは事件なんかじゃない。少なくとも今現在、何の事件性もない。中学生が三時になっても帰ってこないから警察に通報するって、どれだけ過保護な親なんだよ。呆れて言葉がなかった。そりゃあ、中学に通わず、フリースクールに行ってるわけだから、いろいろ心配なのはわからないでもない。だけど、常識的に考えれば、警察に通報ってのはやり過ぎだろうが。おれが間違ってますかね？」

「ぼくがお母さんの顔を見つめていたのは、美人だから見とれていたわけじゃありません。表情を観察してたんです」

「お、出たね、得意技が。昨日は、ばあさんが虐待されてることを見抜いたもんねえ」

へへへっ、と高虎が小馬鹿にしたように笑う。

「あの人の目には落ち着きがありませんでした。心の中の不安を表すかのように絶えず視線が動いていましたね。それだけなら息子さんの帰宅が遅いことを過剰に心配しているだけだとも考えられますが、気になったのは、頻繁に首を触ったり、撫でたりしていたことです。喉元を手で隠すような動作も観察できました」

「そんなの誰だってやるでしょうよ」

「ええ、もちろんそうです。でも、どんなときにやる動作ですか？　楽しいときや愉快なときには決して現れない動作なんですよ。何かしら不安や恐怖を感じている無意識のサインなんです。首に触れるという動作は非常に信頼性が高くて、ＦＢＩでは容疑者を尋問するときに、このサインをとても重視しているそうです」

「不安があるとか、恐怖を感じてるなんてことは何も言わなかったじゃないか」

「言わなかったというより、言えなかったという方が正確なんじゃないでしょうか」

「実は息子は誘拐されてるってわけですかね？」

「今の段階では何とも言えません。情報が乏しすぎますから」

「おれの経験から言うと、ゲーセンにでも寄り道してるだけだと思うけどねえ。それとも映画でも観てるのか。それなら携帯の電源を切ってる理由も説明がつく。いずれにしろ、腹が減ったら家に帰るんじゃないのかなあ。無意識のサインのことも、ＦＢＩのことも、おれにはちんぷんかんぷんだけど、心配性の母親が暗い顔をしてたからって、どうして何か事件が起こってると思うんですかね。すぐに物事を大袈裟に飛躍させたがる警部殿の頭の中身の方がよっぽど理解不能だよ……」

子供のおもちゃを爆弾と間違えて大騒ぎしたばかりだってのに懲《こ》りない人だよなあ、これくらい鈍感じゃないとキャリアになれないのかね、そうだとしたら、キャリアなんかにはなりたくないもんだぜ……高虎がわざとらしく独り言を言う。

　すると、難しい顔でメモを眺めていた冬彦が、

「それは無理ですよ、寺田さん。高校の模試で偏差値七〇以上を取る頭脳がないと国家試験には合格できませんから。努力して到達できるのは六〇くらいが限度だし、そもそも、寺田さんの偏差値は、四〇から四五くらいだったんじゃないですか？」

「もういい。あんたとは話をしない」

　高虎がぶすっとした顔で黙り込む。

　冬彦は、またメモを読み始める。

九

　高虎と冬彦が「何でも相談室」に向かって廊下を歩いて行くと、給湯室から出てきた三浦靖子と鉢合わせした。

「あんたたち、もう帰ってきちゃったの？」

　驚き顔で靖子が高虎と冬彦を見る。

「何を言ってるんだよ。子供の行方がわからないって、四歳じゃなくて一四歳じゃねえかよ。とんだ無駄足だったぜ、まったく」

　高虎がぶつくさ文句を言う。

「わざと聞き間違えてあげたんじゃないの。気を利かせたつもりだったんだけどなあ。鈍感男には人の思い遣りってものがわからないんだね。こんなに早く帰ってこなくてもよかったのにさ」

靖子が顔を顰める。

「わけのわかんねえことを言うな」

「あ、そう。部屋に戻ればわかるわよ」

靖子がぷいっと横を向き、さっさと相談室に歩いていく。

「何で素直に謝らねえのかなあ……」

「三浦さんは、ぼくたちの帰りを遅くしたかったんですね。相談室に戻ると、何かまずいことがあるんですよ。副署長が待ち構えてるとか」

何気なく冬彦が言うと、

「あ、そうだった。まずいぞ。コーヒーでも飲みに行こうぜ」

高虎がくるりと踵を返したとき、

「ようやく戻ってきたか。こっちに来なさい」

生活安全課の課長・杉内義久の怒りに満ちた声が背後から聞こえた。

「くそっ、靖子の奴、回りくどいことをしないで、電話をくれたときに、はっきり、そう言えばよかったんだ。遠回しなやり方をするから、だるまとコバンザメが待ち構えてるところに帰ってきちまった」

高虎が吐き捨てるようにつぶやく。

「残念でしたね、寺田さん」

冬彦は平気な顔で相談室に向かっていく。その背中を見ながら、

「あそこまで無神経だと、案外、本人は幸せなのかもしれねえなあ……」


亀山係長の机を挟むように杉内義久と副署長の谷本敬三が腕組みして仁王立ちしている。肩をすくめて縮こまって椅子に坐っている亀山係長は、いつも以上に顔色が悪く、まるで死人のようだ。三浦靖子は我関せずと自分の机で黙々と事務処理をこなしている。

高虎が相談室に入るなり、

「寺田君、君がついていながら、いったい、どうなってるんだね！」

谷本の怒声が響く。

「本庁に爆発物処理班の出動を要請するところだったんだぞ。幸い、要請する前に間違いだとわかったからよかったものの、うちの署が笑い物になるところだった。そうだね、杉内課長？」

「おっしゃる通りです。君たち二人は事の重大さを理解しているのか。始末書を書くくらいでは許されないことだ。懲戒《ちょうかい》モノだぞ。覚悟しておけ！」

杉内が嵩《かさ》に懸《か》かって責め立てる。

「はあ、すいません」

高虎がぶすっとした顔で頭を下げる。

「それは、おかしくないですか？」

冬彦が言い出す。

「何がおかしいと言うんだ？　おかしいのは君の頭だろうが。公園のベンチに爆弾があるもんか。常識で判断すればわかることだ」

杉内が舌打ちすると、

「どうして、そんなことがわかるんですか？　爆弾の作り方なんか、インターネットで簡単に調べられるし、必要な材料や道具はホームセンターで揃えられるんですよ。中学生レベルの化学の知識があれば爆弾製造は可能ですから、公園のベンチに爆弾があっても少しも不思議じゃありません。ぼくだって、この建物を吹き飛ばすくらいの爆弾なら、いつでも作ることが……」

冬彦が顔色も変えずに淡々と話す。

「うるさい！　結果的には間違いだったじゃないか。多くの人たちに迷惑をかけたんだから、見苦しく弁解などせず、まずは謝ったらどうだ」

杉内も頭に血が上る。

「副署長も課長も、爆弾が本物ではなかったという結果から物事を眺めておられるようですが、ぼくと寺田さんが現場に到着した段階では本物である可能性が高かったんです。危険だと判断したから爆発物処理班の出動を要請しただけです。もし処理班の到着が間に合わずに爆発が起こり、多数の死傷者が出ていたとしたら、課長は責任が取れるんですか？」

「な、何だと……」

「最悪の事態を想定すれば出動要請は正しかったと思いますし、結果として本物でなかったことは、むしろ、喜ぶべきことだと思います。死傷者が出なかったわけですから、めでたしめでたしじゃないですか。違いますか？」

「……」

杉内は反論すべき言葉が見当たらず、顔を真っ赤にして拳を震わせている。

「さすがに頭でっかちだな。口だけは達者なようだ。爆弾の件は、それでよかったとしても、沢田邦枝という老人に対する虐待疑惑をでっち上げたことは、どう言い訳するつもりだね？」

谷本副署長が訊く。

「どういう意味ですか？」

「沢田邦枝の身に何かあったら亀山係長の責任だと脅して、虐待疑惑を通報させたんじゃないのかね」

「脅したつもりはありませんが……」

冬彦が亀山係長を見る。

「ありがとうございます。通報して下さったんですね」

「早速、区役所の担当者が沢田家に出向いて事情を聞いてきた」

谷本副署長が言う。

「なるほど、警察の通報だったから、すぐに動いたんだな。一般人からの通報では、これほど迅速に対応してくれるとは思えないものなあ……」

ふむふむ、と冬彦がうなずく。

「話を聞いた限り、何の問題もなかったそうだ」

「でも、話だけでは……」

「最後まで聞きなさい。病院で診察も受けてもらった。虐待を疑わせるような肉体的な痕跡は何もなかったそうだ」

「おかしいなあ……」

「おかしいのは君だろう」

谷本副署長が冬彦を睨む。

「沢田さんのお宅から強い抗議を受けた。最初は、うちを訴えるとまで息巻いてたんだ。

気の強い奥さんでな。副署長の力で穏便に済ませることができた。感謝したらどうだね」

「まあまあ、杉内課長。何を言っても無駄だよ。また屁理屈をこねるに決まっている」

「確かに」

「本人に言っても無駄なら、亀山係長と寺田君に言っておく。これからは手綱をしっかり引き締めて、おかしな振る舞いをさせないようにしなさい。そうしないと……」

谷本副署長が声を低くする。

「君たち、この相談室にもいられなくなるぞ。それは、うちの署に居場所がなくなるということだ。よく考えることだね」

「……」

亀山係長は両目を大きく見開き、驚愕《きょうがく》の表情になる。谷本副署長の脅し文句がもろに心臓に突き刺さったという感じである。高虎は顰めっ面で下を向いている。冬彦だけが平気な顔でにこにこしている。その横を谷本副署長が通り抜けていく。杉内課長はわざとらしく冬彦の肩にぶつかりながら、

「目立とうとして変梃《へんてこ》なことばかりするんじゃないよ、まったく。周りが迷惑だ」

捨て台詞を吐きながら相談室を出て行く。

「怖い物知らずだよなあ、警部殿はよ」

高虎が自分の席に着きながらタバコを口にくわえる。

「え？　ぼく、何か間違ったことを言いましたか」

「頭はよくても、この人、世間を知らないよね。小早川君さ、長いものには巻かれよっていう諺《ことわざ》を知ってるかな？」

靖子が訊く。

「目上の人や力のある人には逆らわず、黙って従う方がいいという意味ですよね」

「ふうん、知ってるんだ。でもさ、いくら知ってても、実地に応用できないんじゃ仕方ないよね。そう思わない？」

「思いません。似たような諺には、郷に入っては郷に従え、朱に交われば赤くなる、というものもありますが、ぼくは根本的に間違ってると思います」

「智に働けば角が立つ……そんな諺もあるよねえ」

「それはですね……智に働けば角が立つ。情に棹《さお》させば流される。意地を通せば窮屈だ。兎角《とかく》に人の世は住みにくい……夏目漱石《なつめそうせき》の『草枕《くさまくら》』という小説の冒頭部分にありますね」

「この人、駄目だわ。まるでわかってないよ」

靖子が肩をすくめる。背後を、すーっと亀山係長が幽霊のように通り過ぎるのに気付いて、

「係長、籠もる前に胃腸薬を飲んだ方がいいんじゃないですか？」

「ああ、そうだね。そうしよう」

机に戻って引き出しから胃腸薬を取り出すと、亀山係長が相談室から出て行く。

それと入れ替わりに安智理沙子と樋村勇作が外回りから帰ってくる。

「係長、どうしたんですか？　真っ青な顔でトイレに入っていきましたけど」

理沙子が訊く。

「……」

「……」

高虎と靖子は無言で冬彦を指差す。

「寺田さん、刑事課に行ってきたいんですけど、いいですか？」

冬彦が訊く。

「あまり訊きたくないけど、何しに行くんですか？」

「古河さんに放火犯の資料を渡そうと思って。寺田さんも一緒に行ってくれますか？」

「行きません。お一人でどうぞ」

高虎が口をすぼめて、ドーナツ形の煙を吐き出す。

「何かあれば携帯に電話して下さい」

「ないと思いますよ、なあ？」

高虎が靖子を見る。

「うん、ないと思う」

靖子が大きくうなずく。

一〇

冬彦が刑事課に行くと、古河が自分の机で事務処理をしていた。

「小早川警部殿じゃありませんか。またまた、ご活躍だったそうですね」

古河は冬彦を見て、にやっと笑う。すでに爆弾騒ぎの一件は署内に広まっているらしい。

「何か、ご用ですか？」

「連続放火の捜査は進んでいますか？」

「他に事件が起きたりして、なかなか、捜査に時間と人手を割くことができません」

「連続放火犯のプロファイリングについて、更に精度を高めることができたので、捜査の役に立ててほしいと思って説明に来たんですけど」

「犯人像を、もっと絞り込んだんですか？」

「消防署で調べたら、同一犯によるものと考えられる放火が他にも見付かったんです。この犯人は、五月からの二ヶ月で少なくとも七件の放火を行っています。間違いなくピロマニアですね」

「ピロ……？」

古河が小首を傾げる。

「ピ・ロ・マ・ニ・ア。放火狂のことです。病的な放火魔で、このタイプの犯人は、他に目的があって放火を利用するのではなく放火そのものが目的ですから、逮捕する以外に放火を止めることはできません。最初は人気のないゴミステーションなどが放火対象でしたが、この前はガレージに放火しています。近いうちに住居への放火が始まると思います」

「え、本当ですか？」

「そうならないことを祈りたい気持ちですが、たぶん、そうなるでしょうね。ピロマニアは、より大きな快感を得るために犯行をエスカレートさせる傾向がありますから」

「それは放置できないな。あっちで詳しい話を聞かせてもらえますか？」

古河が椅子から立ち上がり、冬彦を応接室に案内する。

「中島さんは、いらっしゃらないんですか？」

「ひったくりの被害者に確認したいことがあって病院に出向いてるんですよ。わたし一人じゃいけませんか？」

「いいえ、構いません。少しでも早く捜査に取りかかっていただきたいですから」

ソファに向かい合って坐ると、冬彦はテーブルに杉並区の大きな地図を広げた。同一犯によるものと思われる七件の犯行場所に印が付けられ、犯人の住居や職場が存在する可能性のある地域がピンクのマーカーで塗られている。その地図について、ざっと説明してから、これは個人的な推測に過ぎませんが、と前置きし、冬彦は、これから犯人が放火する可能性が高そうな場所を四ヶ所提示した。

「恐らく、この犯人は、仕事に行くときか、もしくは仕事帰りに放火していると思うんです。放火だけのために外出しているとは思えないんですね」

「そういうものなんですか？」

「自宅を拠点にして、放火目的で外出すると、できるだけ犯行現場が重ならないように意識しすぎて、複数の犯行現場をマークすると、そのマークが放射状に広がる傾向があるんです。そういう場合は、すべての犯行現場を含む円を描くと、円の中心付近に犯人の住居があるわけです」

「なるほど」

「ところが、この七つの放火現場は放射状ではなく、縦に細長く連なっていますよね。この縦のラインの端の方に犯人の住居か職場があるせいだと考えられます」

「家と職場を行き来する間に放火しているから縦のラインになるということですか？」

「そうです」

冬彦がうなずく。

「このラインに沿った場所で、七つの犯行現場と重ならない場所、しかも、次は住宅街に放火するに違いない……そう考えると、次の放火が行われそうな場所をいくつかピックアップできるわけです。それに、この犯人は土日や祝日しか放火しないし、放火の時間帯も午後九時頃から零時頃までですからね。ご存じだと思いますが、放火犯の逮捕には要撃捜査が最も有効です」

「待ち伏せですね」

古河がうなずく。

しかし、その表情は冴えない。冬彦の言うように、放火犯を逮捕するのに要撃捜査が有効だというのは犯罪捜査の基本である。

通常の犯罪捜査は、現場に残された証拠や目撃証言、あるいは被害者の交友関係などから犯人に辿り着くことが多いが、放火の場合、そういうやり方は通用しないことが多い。通り魔的な放火犯の検挙率が低いのは、そのせいである。それ故、連続放火犯の場合には、次の犯行現場を予測して待ち伏せし、犯人が放火したところを現行犯逮捕するという手法が用いられる。

しかし、犯行が行われるであろうと予想される場所に捜査員が張り込むだけでは犯人逮捕の可能性は低い。工夫が必要だ。

例えば、今回、冬彦は犯行が予想される場所を四つ提示したが、仮に、それらをA地点、B地点、C地点、D地点とする。この四ヶ所に捜査員を分散して配置するのは効率が悪い。それ故、事前に犯人を追い込む仕掛けを施すことになる。警察、消防、自治会などが協力して、B地点、C地点、D地点の警戒を厳重にし、A地点だけは、わざと警戒を緩《ゆる》めるのだ。すると、放火したくてたまらない犯人はA地点に誘い込まれることになる。

つまり、狩りの手法なのである。たくさんの勢子《せこ》が大きな音を鳴らしながら、獲物をハンターの待ち伏せている場所に追い込む……それと同じだ。

そんな単純な罠《わな》に放火犯が引っ掛かるのかという疑問を持たれそうだが、現実には、連続放火犯のほとんどは、この要撃捜査で逮捕されている。まさか自分一人を捕まえるために、そんな大掛かりなことをするはずがないと油断するせいでもあるし、放火の欲求が強すぎて、警戒心が緩むせいでもある。

もっとも、古河の顔色が冴えない理由も、そこにある。要撃捜査が効果的だとわかっていても、そう簡単に実施できないのは、準備に手間がかかり、人手もかかるからだ。強盗殺人や誘拐などという凶悪な事件が発生すれば、犯人逮捕のために直ちに大量の捜査員が投入される。だが、連続放火の場合、死者が出ていれば、殺人事件になるから要撃捜査をためらう理由はないが、被害が軽微で人的被害がない場合は、要撃捜査の実施は難しい。

冬彦は、この犯人を放置すると、近いうちに住居に放火することになり、人命が危険にさらされると主張するが、犯罪の発生を防ぐ予防措置を講ずるために警察が動くことは滅多にないのが実情だ。

「わたしの一存で決められることでもありませんから、上とも相談してみます」

「ああ……」

冬彦の顔に落胆の色が滲《にじ》む。いくら鈍感でも、古河の言葉が社交辞令に過ぎないことくらいは察しがつく。古河を責めようとは思わなかった。いくら優秀な刑事とはいえ、階級は巡査部長、役職は主任に過ぎない。要撃捜査を行うことを上司に進言することはできても、古河自身には何の決定権もない。課長が納得しても、まだ決定ではない。署長と副署長をも納得させる必要がある。白川署長は「お地蔵さん」だから、実際には谷本副署長の許可を得なければならないということだ。

そこまで考えが及べば、普通は、

（さっき口答えしたのはまずかったな……）

と反省しそうなものだが、冬彦が普通でないところは、

（あれはあれで正しかった。この要撃捜査だって正しいんだ。これを認めないとしたら、認めない人たちが、どうかしてるっていうことだ）

と考えたところである。

とりあえず、この件は古河に任せてみて、何も進展がないようなら、自分が部外者であることは百も承知の上で何らかの圧力をかけてみようかな、と思った。

このとき冬彦の脳裏に浮かんだのは、警察庁刑事局局長・島本雅之警視監と、警察庁刑

事局理事官・胡桃沢大介警視正の顔だった。この二人とは五月に一度会っている。冬彦が作成したレポートを葬《ほうむ》る代わりに冬彦を現場に戻すという取引をしたのだ。

（あの人たち、ものすごく喜んでたから、もうひとつくらい頼み事をしても、案外、簡単に承知してくれるんじゃないかな……）

そう考えると、冬彦は気が楽になった。

「せっかく作成していただいた資料を無駄にしないようにするつもりです」

古河が言うと、

「よろしくお願いします」

冬彦は腰を上げながら、

「あ、そうだ。これは本当に推論というか、ぼくの直感みたいなものなんですが、和泉四丁目で五月二三日にゴミステーションが放火されてますよね。すぐ近くにスポーツクラブがあるんですが、もしかすると、犯人は、そこの会員かもしれません」

「え。でも、プロファイリングによれば、犯人は経済的に苦しく、家賃の安いアパート暮らしをしているわけでしょう？　スポーツクラブに通う余裕があるんですか」

「逆ですよ。銭湯に通う余裕がないから会員になるんです。俗に言う、お風呂会員ですね。最近のスポーツクラブは時間帯や曜日によって異なる料金設定をしているところがほとんどですから、料金の安い会員になれば銭湯通いするより安上がりになります。シャンプーやリンスも自由に使えるし、サウナもあります。ジムも使えるし、プールが使えるところもありますからね」

「ふうん、お風呂会員か……。知らなかったなあ。警部殿、詳しいですね？」

「ええ、まあ……」

それじゃ失礼します、と冬彦は応接室を出た。

二

三階の刑事課から四階の「何でも相談室」に戻るのに、冬彦は非常階段を使った。あまり体力がないことを自覚しているので、家を出ると、エレベーターやエスカレーターをできるだけ使わないように心懸けているのだ。

「小早川警部殿じゃあーりませんか」

上から大きな声が聞こえて、びくっと震え、肩をすくめながら顔を上げる。生活安全課保安係の藤崎慎司巡査部長が手摺りから身を乗り出し、笑いながら手を振っている。

「こんなところで会うなんて、すっごい偶然ですよねえ？」

「そうですかね……」

「一階から上がってきたんですか？」

「刑事課に用があったんで……」

「なーるほど、例の放火事件でしょ？」

「よくご存じですね」

「こっちが聞きたくなくても中島がしゃべるんで」

「中島さんと同期ですよね。親しいんですか？」

「寮暮らしで、しかも、部屋が隣同士なんですよ。暇なときには一緒に酒を飲むんですけど、あいつ、ネクラだから仕事の話しかしないんですよ。中島と同期でも嬉しくないけど、アンジーと同期なのは嬉しいっすね」

「アンジーって……。ああ、安智さんのことですか」

「いいよなあ、アンジーと机を並べて仕事ができるなんて。お花畑にいるみたいでしょ？」

「は？」

「いい匂いがするじゃないですか。洒落たコロンをつけてるから」

「気が付かなかったなあ……」

「ま、相談室にはドクダミも咲いてるから、匂いが混じっちゃうのかもしれませんね」

「ドクダミ？」

「鉄の女。三浦さん」

「はあ、なるほど……ドクダミか」

「警部殿、一緒に休憩しましょうよ。外回りから戻ったばかりで、少しは水分補給しないとダウンしそうです。糖尿病じゃないけど、甘い物が恋しい。カジノの件がさっぱり進まなくて課長は機嫌が悪いし、デスクワークをしようにも、本庁から来てる監察官室のお偉いさんたちが目を光らせてるし」

藤崎は階段を降り始める。冬彦がついていくのは、この会話に興味を持っている証だ。

「カジノの件というのは例の違法カジノのことですよね？　捜査が進展してないんですか」

「監察官室が関心を持ってるのは、違法カジノそのものじゃなくて、誰が内部情報を洩らしてるのかってことじゃないですか。魔女狩りですよ。ひどいですからね。保安係なんか、直接、カジノの摘発に関わる部署だっていうんで、おまえらの中に犯人がいるんだろうって感じですからね。おれなんか、もう三回も聴取されてるんですよ」

「三回もですか」

「いつも同じ質問をするわけですよ。こっちも正直に答えるから、いつも同じような答えになるわけでしょう。でも、完璧に正確ってわけじゃない。何月何日の何時頃にどこで晩飯を食ったかなんて訊かれて、駅前の来々軒《らいらいけん》で野菜炒め定食を食べたと答えると、この前は、広東《カントン》食堂で中華丼を食べたと答えなかったか、なんて突っ込んでくるんですからねえ。知らねえって、そんなこと。野菜炒め定食を食ったのが何月何日で中華丼を食ったのが何月何日だなんて、いちいち、メモを取ってるわけじゃないですから。そんなに重要なことなら、来々軒と広東食堂に行って伝票でも防犯カメラでも何でも調べてくればいいだろうって話ですよ」

「同じ質問をされて、その答えが微妙に違うのは、犯罪分析学の見地から言えば、正しいことを話している場合が多いんですよ。向こうもわかってると思いますよ。逆に、意識的に嘘をつこうとすると、あらかじめ模範回答を作っておいて、それを丸暗記して聴取に臨みますから、何度質問を繰り返されても答えにずれが生じないんです。まったく同じ答えを繰り返すのは嘘をついている証拠です」

「へえ、そういうものなんですか。てことは、あいつら、おれが正直なのをわかってて、わざと嫌がらせをしてるんだな。チキショーッ！　下っ端は辛いよなあ。噂ですけど、生活安全課の捜査員は、今現在の捜査員だけじゃなく、情報洩れが始まった頃に在籍していた捜査員も含めて、徹底的に身辺調査が入ってるらしいんですよ。だから、寺田さんも聴取されたんですよ。銀行口座まで洗われてるっていうんだから徹底してますよね。それって、ある意味、違法行為なんじゃないですかね？」

「そうでしょうね」

冬彦がうなずく。

「でも、それを訴えると、嫌がらせは、もっとひどくなるでしょうね。何か後ろめたいことがあるから反発するんじゃないかと疑われることになります」

「藪蛇《やぶへび》になるってことか」

藤崎が溜息をつく。

「ま、いいんですけどね。銀行口座なんか、いくら調べたところで、警察からもらう安月給が振り込まれてるだけですから。大体、ヤクザに情報を流して金をもらったとして、誰が銀行なんかに預けますかね？　そんな間抜けがいるのかなあ。やばい金なんだから自宅にでも隠しておけばいいだろうし、それが心配なら銀行の貸金庫にでもしまっておけばいいだけのことでしょう？」

「藤崎さんの言うように、それは露骨な嫌がらせなんですよ。相手の嫌がることをして、何か尻尾を出すのを待っているわけでしょうね」

「何だか、警察って嫌なところですよね。けど、おれも似たようなことばかりやってるからなあ……。不法就労の外国人ホステスのアパートに踏み込むのも嫌がらせだもんなあ。あいつら、わけのわからない言葉を叫びながら泣くんですよ。金を渡そうとする女もいるし、色仕掛けで迫ってくる女もいる。何を言ってるかわからないけど、必死に頑張ってるんだなってことは伝わってきます。そんな女たちをいじめてるわけだから、後ろめたいですよ。そうか、おれもひどい男なんだなあ……」

「仕方ありませんよ。仕事なんですから」

「中曾根を別件で引っ張るのも嫌がらせですからね。あいつが白状すれば一件落着するわけですから。中曾根なら、警察の情報元が誰なのかも知ってるだろうし、違法カジノの帳簿なんかも隠してるはずなんだ。北征会との繋がりもしゃべってくれれば、芋蔓《いもづる》式に大物を引っ張れるわけだし、こっちは万万歳で大手柄ってわけです」

「中曾根が事件の鍵ということですね？」

「監察官室に嗅《か》ぎ回られるのはうんざりだから、中曾根にはいくらでも嫌がらせをしてやりますよ。この件を、さっさと終わらせたいんで。外国人ホステスが泣けば、こっちも胸が痛みますけど、中曾根が泣いても胸は少しも痛みませんからね。あれ、警部殿、どこに行くんです？」

売店やカフェラウンジは地下一階にあり、ちょうど二人は、そこまで降りたところだ。

「申し訳ないんですけど、一人で休憩して下さい。仕事があるので相談室に戻ります」

聞きたい情報を手に入れたから、もう藤崎とお茶を飲む必要はない。冬彦は軽い足取りで階段を昇り始めた。エレベーターを使わずに四階まで上がるつもりなのだ。

一二

冬彦が相談室に戻ると、

「あら、随分、早いじゃないですか」

三浦靖子が皮肉めいた言い方をする。

「用が済んだから戻っただけですよ」

味も素っ気もなく答える。

「西峯さんから電話がありましたよ」

高虎がタバコの煙でドーナツを作りながら言う。

「西峯さんて……？」

「警部殿好みの熟女ですよ。息子が無事に帰宅したそうです。ご迷惑をおかけしました、と恐縮してました」

「ふうん、帰ってきたのか」

冬彦が何事か思案する。

「念のために様子を見に行きませんか。どうも気になるんですよ」

「気になるのは息子じゃなくて、母親の方なんじゃないのかねえ。口では真面目なことを言いながら、本当は、もう一度、会いたいだけなんでしょう。素直じゃないねえ」

「寺田さん……」

「ま、いいか。少しは人間味があるとわかって嬉しいからね。付き合ってあげますよ」

高虎が立ち上がる。

青梅街道を環七方面に運転しながら、

「何だか、この部署に異動してきてから一日の密度が濃すぎる気がするんだよねえ」

高虎が独り言のようにつぶやく。

「ぼくのせいですか?」

「胸に手を当てて考えて下さいな。今日もいろいろあったなあ……。二度と思い出したくもないこともあったけど、ひとつだけよかったのは、あのばあさんの虐待疑惑が晴れたことですかね。警部殿は始末書を書かされるでしょうけどね……」

冬彦の推理が正しければ、沢田邦枝は虐待されて苦しんでいたことになるが、推理が間違っていたとすれば、少なくとも肉体的な苦痛を味わっていたわけではない。だから、間違っていてよかったのだ、と高虎は口にした。

「確かに、そういう見方もできますが、あの家には何か秘密がありそうなんですよ」

「たまには素直に自分の間違いを認めたらどうですか。どんなに頭がよくても失敗することはあるでしょう。おれが駆け出しの頃は失敗を糧《かて》にしろって教わったけど、今は違うんですかね」

「……」

冬彦は返事をせず、手帳を開いてメモを読み耽《ふけ》っている。高虎の言葉が耳に入っていないらしい。高虎はちらりと横目で冬彦を見ると、呆れたように首を振り、それきり黙り込んだ。


インターホンの呼びかけに応じたのは妻の聡子だが、玄関先に現れたのは夫の徹郎だ。

「先程、妻が連絡したはずですが……」

徹郎は怪訝な顔だ。

「ええ、そうなんですが、こういう場合、お宅に伺って、お子さんの無事を確認することになってまして。幸太君でしたよね？　会えますか。顔を見て、ちょっと話をしたいだけですから」

高虎が言う。

「帰宅するなり、疲れたといって眠ってしまったようなんです。今も寝ていると思うんですが」

「失礼ですが、お父さまは幸太君に会っていないわけですか？」

冬彦が訊く。

「ついさっき帰宅したところですから」

「あの……」

リビングから聡子が現れる。その表情には息子が無事に帰宅したという安心感ではなく、むしろ、切迫した緊張感が滲んでいる。

「わたしがお話しするから、おまえは引っ込んでいなさい」

徹郎が聡子を叱《しか》る。その叱声《しっせい》に怯《ひる》んだように聡子が後退《あとずさ》る。

「幸太君、無事に戻ってよかったですね」

冬彦が聡子に言う。

「は、はい、おかげさまで……」

「どうして帰宅が遅れたか、何か話してましたか?」

「寄り道したようです」

「どこで寄り道を?」

「それは……」

「すいません。妻は心配性なんです。一四歳の男の子が何時間か帰りが遅くなったからといって警察の手を煩《わずら》わせるとは……お恥ずかしい限りです」

徹郎が深々と頭を下げる。丁寧な対応に見えるが、要は、これで話は終わりだ、帰ってくれ、という露骨な意思表示であった。

「でも……」

高虎が何か言おうとするのを冬彦が手で制し、

「わかりました。また何かあったら、遠慮なく電話して下さい。うちは『何でも相談室』ですから。少しでもお役に立てれば嬉しいです」

冬彦はにこっと笑うと、右手を徹郎に差し出す。反射的に徹郎も冬彦の手を握る。握手をすると、では、失礼します、と冬彦が外に出る。高虎も無言で冬彦に続く。カローラに乗り込むまで二人は言葉を交わさなかった。カローラが動き出すと、

「気が付きましたか、寺田さん？」

と、冬彦が訊く。

「うん、あの親父さん、やたらに首を触ってましたね。汗もかいてたみたいだし」

「学習しましたね。首に触れる動作は不安やストレスを感じているわかりやすいサインですからね。しかも、汗をかくのは、不安やストレスが強い証拠です。別れ際に握手したときも、掌がじっとりと汗ばんでましたよ」

「ああ、それで握手したのか。変なことをするな、と思ってたんですよ」

「お母さんの不安は、最初に訪問したときより強くなっているようでした。不思議だと思いませんか、息子さんの行方がわからないのを心配して警察に相談したのに、帰宅したこ

とによって、かえって不安が強くなるなんて」

「親父さんまでいたもんな……」

大手都市銀行本店に勤務するエリートが帰宅する時間じゃないだろう、と高虎が言う。

「お母さんが連絡して、慌てて帰宅したんでしょう」

「何をそんなに心配してるんですかね？」

「わかりません」

冬彦が首を振る。

「そういうことなら、あっさり引き揚げたのはまずかったんじゃないんですか？　もっと詳しく話を聞かないと」

「無駄ですよ。いくら時間をかけても、お父さんは何も話さなかったと思います。寺田さんが話し始めると、あの人はすぐに腕組みをしたじゃないですか。腕組みは防御の姿勢なんです。しかも、腕組みしながら首を触ったり、額を触ったりしてましたよね？　首を触るのは不安やストレスの表れですが、額に触るのは強い不快感を表すことが多いんです。そう考えると、あの腕組みは、単なる防御姿勢というのではなく、ぼくたちとの間に障害物を置こうという明確な拒絶のサインだと思います。少なくとも、今の段階では、ぼくたちに心を開く可能性はないでしょうね」

「放っておいて様子を見るしかないってことですかね？」

「お母さんの足を見ましたか？」

「足？」

高虎がぷっと噴き出す。

「何だよ、こっちは真面目に聞いてるのに……。確かに、きれいな足だったよね。長くて、ほっそりしていて、形がいいっていうか……」

「そうじゃありません。お母さんの爪先《つまさき》がぼくたちの方を向いてたんですよ」

「はあ、爪先ねえ……」

「ＦＢＩの捜査官が被疑者を尋問するときには、質問をしながら、最初に足の動きを観察するんです。それから徐々に視線を上げていって、最後に顔を見ます。なぜなら、肉体のどの部位よりも正確に足は感情や考えを表現するからです。対照的に、顔は最も当てになりません。顔を観察するくらいなら胴体を観察する方がましなくらいです」

「でたね、得意のＦＢＩが」

「茶化したければ、どうぞ。あのお父さんがぼくたちを拒絶していて、すぐにでも会話を打ち切りたいと思っていることは、すぐにわかりました。爪先が横を向いてましたからね。この場から早く立ち去りたいというサインなんです。お母さんは、そうではありませんでした。爪先がぼくたちの方に向いていたのは、本心では、ぼくたちと話をしたいと思っていたからです」

「親父がいたから、話すに話せなかったと言いたいわけですか?」

「そういうことです」

冬彦がうなずく。

「でも、こっちにできることはないでしょう。向こうから助けを求めてくれば別だけど」

「う〜ん、その通りなんですけど、何だか気になるんですよ。このまま放っておくと悪いことが起こりそうで」

「そうかなあ……。警部殿が首を突っ込むから悪いことが起こるんじゃないんですかね?」

署の駐車場にカローラを停めると、

「これ、戻しておいてもらえますか」

と、高虎は冬彦にキーを渡した。

「ここで帰るんですか?」

「ええ。警部殿も帰ります?」

「いいえ、ぼくは、もう少し仕事をしますから。お疲れ様でした」

「お疲れ様」

いやあ、本当に疲れる一日だったわ……ぼやきながら高虎がカローラから離れていく。

その後ろ姿を見送ってから、冬彦は署に入った。

一三

相談室には誰もいなかった。みんな帰宅してしまったらしい。冬彦は自分の机に向かうと、パソコンを起動した。手帳を開き、メモを読みながら報告書の作成を始めた。

コンコン、とドアがノックされた。冬彦が肩越しに振り返る。返事をする前にドアが開き、石嶺三郎警部補が顔を見せた。警視庁から出向してきている監察調査官だ。

「お忙しいところを申し訳ありませんが、少し時間をいただけませんかね」

言葉遣いは丁寧だが、その口調には有無を言わさぬ強さが滲んでいる。

しばらく考えてから、

「いいですよ」

と、冬彦はリュックを手にして席を立った。石嶺の押しの強さに負けたわけではなく、

（こんな時間に、ぼくに何の用だろう？）

という好奇心のせいだった。

たまたま、この時間に現れたのではなく、この時間ならば、冬彦が一人でいるだろうと考えたのだろうし、そうだとすれば、それは相談室の他のメンバーたちに、この接触を知

られたくないからだろう、と冬彦は推測した。

決断に時間がかかったのは、今日、取り扱った案件について、すぐに報告書を作成しなければ、という気持ちがあったせいだ。報告書の作成が終わるのを待ってもらうのがベストだと思ったが、一時間くらいで終わるとも思えない作業だし、石嶺の頑固そうな顔を見れば、それほど物わかりがよさそうでもない。押し問答して時間を無駄にするのも面倒だった。そういうことを頭の中で勘案した上で冬彦は立ち上がったのだ。

石嶺は、先になってエレベーターホールに向かっていく。会話を拒《こば》むように肩を怒らせ、せかせかと忙《せわ》しなく足を動かす。冬彦は、背後からじっと石嶺を観察した。

「あの、すいません」

「ん？」

石嶺がじろりと振り返る。

「ぼく、階段で下りますから。一階の応接室に行けばいいんですよね？」

「なぜ、エレベーターを使わないんですか？」

「なるべく階段を使うようにしてるんです。足腰を鍛《きた》えるために」

冬彦がポケットから万歩計を取り出して、表示内容を確認する。

「ああ、やっぱりだ。まだ一万歩にもなってない。科警研にいるときは一日に五千歩歩くのも難しかったんです。所轄に配属になって外回りをするようになれば二万歩くらい歩けるだろうと期待してたんですが、なかなか、難しいですね。移動に車を使いますから。せめて、署内の移動くらいは自分の足を使いたいと思ってるんです。一階に下りるだけですから、大して時間はかかりません」

　冬彦が階段を下り始めると、石嶺も後ろからついてくる。

「気にしないで、どうかエレベーターを使って下さい。ぼくもすぐに……」

「いいんです。一緒に下りますので」

「ひょっとして、ぼくを疑ってますか？」

「何を疑うんですか？」

「ぼくが逃げ出すとか」

「逃げるんですか？」

「逃げませんよ」

「それなら、疑う理由はないでしょう」

「結構、理屈っぽいですね」

「……」

「警察の中の警察ですからね。いろいろ理論武装してないと仕事がやりにくいでしょう」

「……」

　石嶺は返事をせず、冷たい目で冬彦を見つめる。

「あれ、怒らせちゃいました？」

「いや、別に」

「もちろん、意識的にやっていることなんでしょうけど、常に相手を威圧するような高飛車で強気な態度を取っていますよね。そういう態度を取ることで、何らかの後ろめたさを感じている人に揺さぶりをかけることを狙っているわけですよね。でも、それだけじゃありませんよね？」

「他に何があるっていうんです？」

石嶺が冬彦を睨む。

「仮面効果ですよ。強面の仮面を着けることで本当の自分を隠すことができるじゃないですか」

「わたしが仮面を？」

ふんっ、と嘲《あざけ》るような薄ら笑いを浮かべる。

「どこまで自覚なさっているかわかりませんが、心の奥底に自分のしていることを恥じる気持ちがあるんでしょうね。恥じるのではなく、迷っているのかもしれませんし、何らかの疑問を抱いているのかもしれません。しかし、そんな感情を表に出してしまうと職務の遂行が難しくなってしまう。だから、仮面を着ける必要があるわけです」

「自分は何でもお見通しだとでも言いたいのか？」

石嶺の顔色が変わる。

「心理分析を振りかざすつもりはないんですが、石嶺さんの表情や態度にはわかりやすい特徴がありすぎるんです。経験を積んだ専門家なら、誰でもぼくと同じことを言うと思いますよ」

「……」

「でも、自分の仕事に対して迷いや疑念を抱くのは悪いことではありません。常に自分の職務を検証しようという客観的な姿勢を持つことで誠実かつ公正に職務を遂行できるようになるからです。そういう意味では、石嶺さんは、とても正直で善良な人だと思います。あ、そうだ。ぼくとペアを組んでいる寺田さんも同じタイプの人なんですよ。石嶺さんと寺田さんは本質的には、よく似ているわけですね」

「もう一階だ。いい加減に下らないおしゃべりをやめたらどうだ」


警視庁警務部監察官室から出向している大河内昌平監察官と石嶺三郎監察調査官の二人のために一階にある応接室のひとつが提供されている。

石嶺に案内されて冬彦が応接室に入ると、大河内がソファに腰掛けていた。

「やあ、小早川警部、お呼び立てしてすまなかったね」

さあ、どうぞ、と大河内は正面の席を冬彦に勧める。むっつりして無愛想な石嶺とは対照的に大河内は、にこやかで愛想がいい。冬彦がソファに坐ると、石嶺も大河内の横に腰を下ろした。

「どうして呼ばれたか、不思議に思っているだろうね？」

「そうでもないです」

「ほう……」

大河内が目を細めて冬彦を見つめる。

「見当が付いている、と？」

「最初はわかりませんでしたが、四階から一階に下りてくる途中、石嶺さんと話しているうちに何となく想像がついたというか……」

「おい！」

石嶺が大きな声を出す。

「おかしなことを言うな。あんたが勝手にしゃべってただけだろうが。おれは何も話してない」

「まあまあ」

大河内が石嶺を宥《なだ》める。

「ふうん、そういうことか……」

冬彦がつぶやく。

「何か？」

大河内が訊く。

「今の石嶺さんの反応を見て、いくつか面白いことがわかりましたよ。大河内警視は、とても人当たりがよくて、ソフトな感じですが、本当は、そうじゃないんですね。石嶺さんは本心から大河内さんを怖れているみたいですから。それが肉体的な恐怖なのか、精神的な恐怖なのかはわかりませんが……」

「面白いことを言うんだね、君は」

ふふふっ、と大河内が笑う。

「いやあ、大河内警視は凄いです。石嶺さんが仮面を着けていることはすぐにわかりましたけど、大河内警視は、それが仮面なのか、地顔なのかまったく判断できません。監察官室に長くいると、そうなっちゃうのかなあ。それとも、大河内警視ご自身が変わった人なのか……」

「言葉に気を付けろ」

石嶺が冬彦を睨む。

「君も噂通りの変人みたいだね。ところで、ここに来てもらった理由だが……」

「手詰まりなんじゃないんですか？　うちの管轄内で、大金が動く違法カジノが開帳されている。同じ場所で開帳されるのではなく、不定期に異なる場所で開帳される。これまでに何度か事前に情報を入手して家宅捜索を行ったものの、その都度、空振りに終わった。警察の内部情報が洩れているのではないかという疑惑が浮上して、警視庁の監察官室からお二人が送り込まれた。違法カジノを開帳しているのは暴力団でしょうし、情報提供の見返りは多額の現金でしょうから、こんなことがマスコミに知られたら大変なスキャンダルですよね。そうなる前に内部で処理してしまいたい。しかし、事情聴取を重ねても一向に捜査が進展しない。できれば監察官室から更に増員したいところだが、それはできない」

「なぜ、できないと思うんだね？」

大河内が訊く。

「なぜ、大河内警視と石嶺警部補の二人が派遣されてきたかを考えれば、誰にでもわかることですよ。警視と警部補の二人だけで捜査するなんて、普通、あり得ないでしょう。巡査部長や巡査長が何人かついてくるはずですよ。だけど、そんなことをすれば目立つ。うちの署にも新聞記者が出入りしてますからね。できるだけ目立たないように、内々に捜査を進めるために腕利きの二人を選抜して送り込んだわけですから、今になって増員なんかできるはずがない。初期対応が間違っていたと認めることになりますが、警察というのは極めて保守的でプライドが高い組織ですから自分たちの過ちを認めることは滅多にありませんからね」

「なるほど、筋道が通ってるじゃないか」

「でも、このままではまずいわけですよね？　何も結果を出せずに時間だけが経ってしまえば、今度は監察官室が批判されることになります。手詰まりの局面を打開するために手助けがほしい。警視庁から呼べないのであれば、この署にいる者に助けてもらうしかないわけですが、誰が情報を洩らしているのかわからないのでは迂闊《うかつ》に動くこともできない。もちろん、白川署長や谷本副署長が情報を洩らしているとは疑っていないでしょうけど、現場にタッチしていない幹部では役に立たないし、自分たちがコントロールすることも難しい……」

「で、君に白羽の矢が立ったと言いたいわけか？」

「だって、そうなんでしょう？　ぼくは、先週まで科警研にいたわけですから、カジノ問題にはノータッチです。真っ新《さら》です。大河内警視たちが一〇〇％信じられる人間です」

「赴任したばかりなのに、いくつも悶着《もんちゃく》を起こしていると聞いているし、警察大学校を出た後、現場勤務をしているときにも問題を起こして、そのせいで科警研で研究職に就かされたと耳にしているが、いや、どうしてどうして、頭脳明晰で鋭い観察眼を持っているじゃないか。なあ、石嶺？」

「そうかもしれません」

石嶺がうなずく。

「それだけじゃないですよね？」

「というと？」

「ぼくが寺田さんとペアを組んでいることも、ぼくに目を付けた理由ですよね？　寺田さんが情報を洩らしていると疑っておられるんですか？」

「寺田君を疑っていることは否定しないよ。だが、断定しているわけではないし、彼だけが疑われているわけでもない。今の段階では、カジノ問題を直接担当する生活安全課、特に保安係が最も怪しいと睨んでいるし、刑事課にも怪しい者が何人かいる」

「そこまでは絞り込めたということですか、生活安全課と刑事課に」

「消去法で被疑者を絞っていくと、そうなるということでね。しかしながら、君が指摘したように、そこから更に絞り込むのが難しい」

「身辺調査しているという噂を聞きました。銀行口座まで調べているそうですね。本人の承諾なしに、そこまでやるのは、かなり捜査が行き詰まっている証拠なんじゃないですか？」

「銀行口座の件を誰に聞いた？」

石嶺が訊く。

「想像して下さい」

冬彦が肩をすくめる。

「ヤクザに捜査情報を洩らす動機が金だとすれば、金の流れを辿るのが近道だからね」

大河内が言う。

「普通、悪いことをして手に入れたお金を銀行に預けたりしませんよ。すぐにばれますからね」

「そうとは限らないんだよ、小早川君。銀行口座を調べれば、誰が金に困っているかという見当くらいは付くんだよ。金銭的に追い込まれ、金がほしくてたまらない者は、時として、目の前にぶら下げられた現金に惑わされ、職業的な倫理観を忘れてしまうものだ。わたしは、それを経験から学んだ」

大河内がちらりと石嶺を見る。

「保安係の藤崎慎司、たぶん、銀行口座の件を小早川警部にしゃべったのは、この男だろうが、藤崎は金遣いが荒い。給料が振り込まれると、その直後にクレジットカードの支払いが引き落とされて口座は空になる。毎月、その繰り返しだ。洋服に大金を使うようだし、新宿や渋谷のクラブにも出入りしているようだ。いくら金があっても足りないだろうな。藤崎だけじゃない。刑事課の中島敦夫も金に困ってるぞ。知り合いだろう？」

「え、中島さんがですか？」

藤崎の金遣いの荒さを聞いても、冬彦はあまり驚かなかったが、中島の名前を出されて、ちょっと驚いた。そういうタイプには思えなかったからだ。

「藤崎のように遊びに使うわけじゃない。中島の家は母子家庭で、母親が病気で入院中だ。中島の姉が身の回りの世話をしているが、治療費や入院費用は中島が負担している。医療保険には加入しているようだが、入院も長期に及んでいるから家計は火の車だろう。あんたの相棒の寺田高虎、これもひどい」

「麻雀が好きなのは知ってます」

「それだけじゃない。競馬《けいば》も大好きさ」

石嶺が口許を歪めて笑う。

「寺田君が妻子に逃げられたことは知ってるかね？」

大河内が訊く。

「それは知っています」

「原因も？」

「そこまでは知りません」

「DVだよ。ドメスティックバイオレンス」

「え。家庭内暴力ですか」

「まだ離婚してないようだが、だいぶ前から一緒に暮らしていない。子供の養育費くらいは送ってるだろうし、その上、ギャンブルまでやるとなれば金欠だろう。酒も飲むしタバコも吸う。警察官の安月給でやり繰りするのは楽じゃないだろうな」

「保安係にいるときから問題ばかり起こして評判の悪い男だった」

石嶺が言う。

「仕事熱心だったと聞きましたが」

「それは見方によるだろうね。仕事熱心なあまり、被疑者に暴力を振るったりすれば、それは問題なんじゃないのかね？　違法行為すれすれのやり方をして手柄を立てても、今の時代、上司は喜ばないいんだよ。当然、評価は低い。出世もできない。本人だって腹が立つだろう。不満も溜まるはずだ。酒を飲み、ギャンブルをして憂さを晴らす。それでも怒りが収まらずに、家に帰って妻を殴る、蹴る。それを見て、娘が泣く。家庭は崩壊するだろうね。何もかも嫌になるが、金は必要だ。警察への忠誠心も失っているときにヤクザから誘われたら？　転んでも不思議はないいんじゃないかな。実際、寺田君に関しては悪い噂が多くてね」

大河内が淡々と話す。

「そこまでわかっているのなら逮捕すればいいでしょう。ぼくを仲間に引き入れる必要なんかないはずですよ。そちらに都合のいいストーリーはできあがっているが、まだ証拠がない。そういうことですよね？」

「寺田君だと決めつけているわけではないが、怪しいとは思っている。しかも、かなり怪しい。手を貸してもらえると助かるんだがね」

大河内がにこやかに言う。冬彦が協力してくれると確信しているかのようだ。

「身内を庇《かば》い立てして悪徳警官を野放しにしておいていいのか？」

「ふんっ、仲間を売るのは嫌だと言いたいのか。身内を庇《かば》い立てして悪徳警官を野放しにしておいていいのか？」


石嶺が冬彦に詰め寄る。

「何も立証されていない段階で寺田さんを悪徳警官呼ばわりするのは間違っていますよ」

失礼します、と一礼して冬彦が立ち上がる。

「まだ話は終わってないぞ」

石嶺が腰を浮かせかけるが、大河内が制する。

冬彦が応接室を出て行くと、

「このまま行かせていいんですか？　こっちの手の内をさらした以上、何としても協力させないとまずいんじゃないですか。寺田や藤崎に余計なことをしゃべられたりしたら……」

「その心配はないだろう」

大河内がソファにもたれながら、大きく伸びをする。

「なぜですか？」

「彼は正義感が強いからだよ。そうでなければ、異動してきたばかりなのに谷本副署長や杉内課長と衝突するはずがない。自分が正しいと信じれば、相手が誰であろうとお構いなしに猪突猛進するドン・キホーテなんだよ」

「しかし、相棒の寺田に忠告するくらいのことはするんじゃないですか？」

「それはない」

大河内が首を振る。

「彼が、はっきり口にしていたじゃないか。まだ何も立証されていない、と。寺田が有罪なのか無罪なのか、小早川自身にも判断できないわけだ。われわれの動きを彼が寺田や藤崎に洩らして、結果的に彼らが有罪だった場合、小早川は犯罪者に手を貸したことになる。そんなことはしない男だよ。見るからに頼りなさそうな男だが馬鹿じゃない」

「そうですね。馬鹿じゃありませんね」

石嶺がうなずく。

「スパイにならないなんて言ってたが、小早川は不正を見逃すことのできない男だ。生活安全課の中で不審な動きを察知すれば、それを黙っていられないだろう」

「つまり、わたしたちは労せずして協力者を手に入れたわけですか？」

「そう考えていいだろうな。これからも小早川には逐一、情報を耳打ちしてやる。きっと気になって、じっとしていられなくなるぞ」

大河内が愉快そうに笑う。

一四

「何でも相談室」に戻った冬彦は、それから二時間ほど報告書の作成に没頭した。事務処理は得意だが、記載事項が多く、必要に応じて地図も添付しなければならないので時間がかかる。

「寺田さんは、いつ報告書を作ってるのかなあ」

始業時間ぎりぎりに出勤してくるし、帰宅も早い。外回りから帰ってくると、三浦靖子と馬鹿話をしたり、樋村をからかったり、新聞を読んだり、亀山係長が席を外しているときには、こっそり机の中から競馬雑誌を取り出して読んだりしている。高虎が事務処理している姿を見たことがない。仕事を自宅に持ち帰るタイプにも見えないし、どうやってるんだろう、と冬彦は小首を傾げた。

「寺田さんか……」

大河内や石嶺は高虎が暴力団に捜査情報を洩らしていると疑っている……そのことが冬彦の気を重くする。まだ短い付き合いだが、表面的には粗暴でがさつな印象を与えやすいものの、根は正直で仕事熱心な人間に違いない、と冬彦は高虎を分析していた。

更に気を重くしたのが、妻子に逃げられた原因がＤＶだと聞かされたことだ。酒癖は悪そうだと感じていたが、自制心を失うほど酒に溺《おぼ》れ、妻子に暴力を振るう人間には見えなかった。

「まだまだ人を見る目がないってことだよなあ。勉強が足りないよ。何よりも、知識の裏付けとなる経験が不足してるってことだよなあ……」

冬彦はパソコンの電源を落とすと、リュックを背負い、部屋の明かりを消した。


冬彦の自宅は日野《ひの》にある。杉並中央警察署の最寄り駅は丸ノ内線の南阿佐ケ谷なので、乗り継ぎの便は悪くない。南阿佐ケ谷から丸ノ内線で荻窪に向かい、中央線に乗り換える。乗り継ぎの待ち時間が長いときでも、せいぜい一時間ほどの通勤時間である。

丸ノ内線を降りて、中央線に向かっているとき、

（あれ？）

雑踏の中に高虎の顔を見たような気がして冬彦は足を止めた。反対側からやって来て、通り過ぎていく。振り返ると、確かに高虎である。咄嗟《とっさ》に冬彦は追いかけた。距離を詰めて、声をかけようとしたとき、高虎に連れがいることに気が付いた。高虎と同年輩の女性だ。身長が一七七センチもある高虎と並んでいるから小柄に見えるが、実際には一六〇センチくらいだな、と冬彦は見当を付けた。

（あの人、どこかで見たことが……）

冬彦は人の顔を覚えるのが得意だ。特に意識しなくても、何となく覚えてしまう。普段、利用するスーパーマーケットのレジ係はもちろんのこと、日野駅の駅員の顔も覚えているし、杉並中央警察署の署員は、冬彦自身が意識的に名前と顔を一致させたいと努力しているせいもあるが、一言でも言葉を交わした相手の顔は完璧に覚えているし、廊下ですれ違った相手もほぼ正確に識別可能だ。

つい何日か前のことだが、中央線に乗っているとき、二〇歳くらいの若い女性を見かけて、間違いなくどこかで会ったはずだが、会った場所も相手の名前も思い出せないということがあった。一時間ほど考え抜いて、今年の正月、母親と二人で日野の八坂《やさか》神社にお参りに行ったとき、巫女《みこ》さん姿でお守りを売っていた女性だと思い出した。当然、名前も知らないし、それ以前もそれ以後も会ったことがない。電車内で見かけたのが二度目だ。

（あ。わかった）

火曜の朝、ロビーで見かけた女性だと思い出した。昨日のことなので、そのときの記憶が冬彦の脳裏に鮮明に甦る。何か相談があって受付にやって来たのだ。そのとき、高虎がその女性をじっと見つめているのに気が付いて、

「お知り合いですか？」

と訊くと、

「どこかで会ったような気がするんだが……」

高虎は小首を傾げた。

（そう言えば、あの日……）

その日の夕方、冬彦と高虎が外回りから戻ったとき、樋村が自分たちはどぶに落ちた子猫を助けたり、迷子を保護したり、DV被害の相談を受けたりしたと話し、そのことに興味を示した高虎が報告書を読んでいたことを思い出した。本当に関係があるかどうかわからないが、念のために報告書を読んでみようと思い、すかさず、それをメモした。

すぐに顔を上げたが、そのときには高虎と女性の姿は人混みの中に消えていた。冬彦は壁際に移動し、改めて周囲を見回したが、どこにも高虎の姿は見当たらなかった。

大河内の話では、逃げた妻子の生活費、麻雀や競馬などのギャンブルにつぎこんでいる金額は、とても警察官としての給料だけではまかなえないほどで、高虎は金に困っているという。酒癖も悪いらしい。

（酒とギャンブルに溺れて、その上、女性問題まで抱えて金欠だとすれば、ほとんど人間として破滅状態だよなあ……）

そこまで追い込まれれば、倫理観が麻痺して警察への忠誠心を失い、悪魔に魂を売るようなこともするのだろうか、と冬彦は自分に問いかけてみた。

（少なくとも、ぼくは、そんなことはしないな）

自分は正義を為すために警察に入ったのだから、不正に手を貸すような真似をするのであれば警察にいる意味がない。金に困って正義を歪めるくらいなら、さっさと辞表を出すに違いない。自らの知能指数の高さと情報分析能力を生かせば大金を手に入れることは、さして難しくない……そんなことを考えて、ふと、

（寺田さんは、どうだろう？）

と考えた。冬彦ならば、警察を辞めて金融業界にでも転じた方がよほど大金を稼ぐことができるだろうが、高虎に警察以外で生きる道があるだろうか。警察を辞めても普通に生活していけるだろうか……しばし考えて、それは無理だろう、と冬彦は結論を下した。

高虎が警察を辞めることになれば、経済状態は今よりもずっと悪くなるに違いない。警察官は安月給だと言われるが、それは過酷な労働に対する見返りとしては少なすぎるという意味であり、世間の常識に照らして客観的に判断すれば決して安くはない。むしろ、一般の公務員よりも優遇されているといっていい。頭を生かす仕事には向いていないから、肉体労働に従事することになるだろうが、単純な肉体労働で今以上の待遇を期待するのは無理というものだ。警察官としての身分を守りながら大金を手に入れるには、やはり、不正に手を貸すしかないかもしれない……そこまで考えて、

（いや、そうは思えないな）

今日の朝、不審物があるという公園に向かう途中、カジノ問題について話をしているとき、うっかり、冬彦が、

「ぼくとペアを組んでいる寺田さんが関わっているとなれば……」

と口にすると、高虎は、

「口に気を付けろ！」

と猛然と怒りを露わにした。

あの怒りは本物だった、と冬彦は確信している。

その後、カジノでカモにされたラーメン屋の親父が土地と建物を取られて自殺に追い込まれた話をしたとき、高虎の声には嘘偽りのない怒りと無念さが滲んでいた。冬彦は、高虎の動作や表情を観察していたが、嘘やごまかしのサインをひとつも発見できなかった。それこそ高虎が真実を語っていた明確な証拠ではないか、と冬彦は思う。

（ぼくの目を欺《あざむ》くほど寺田さんが本心を隠す術《すべ》に長《た》けているという可能性も排除できないけど、そもそも、そんな優秀な人なら、窓際の巡査長でいるはずもないんだよな……。どう考えても寺田さんが捜査情報を洩らしたとは思えないけど、誰よりも疑われてるのが寺田さんなんだよな。藤崎さんも疑わしいというし、あーっ、わかんないなあ、大河内さんや石嶺さんたちの話を聞いただけじゃ、さっぱり見当がつかないし、白黒の判断だってつけられない……）

ふと、冬彦は、誰が捜査情報を洩らしているのかはわからないが、誰が捜査情報を買ったのかはわかっている。その買い手に話を聞けばいいじゃないか、と思いついた。直接、自分が関わっている事件ではないが、刑事課が担当する放火事件とは違い、カジノ絡みの事件は生活安全課の担当である。厳密に言えば、生活安全課内の保安係の担当で、冬彦は「何でも相談室」つまり、生活安全課総務補助係に過ぎないから担当外だが、細かいところには目を瞑ることにした。

「中曾根さん、どこにいるかなあ……」

冬彦は手帳を開いた。中曾根達郎は高円寺、阿佐ケ谷、荻窪などの駅近くでバーやクラブをいくつも経営している男で、違法カジノの開帳にも深く関わっているという噂がある。実際には、中曾根の背後には北征会という暴力団が存在しているらしいが、うまく中曾根を隠れ蓑として利用しているために尻尾をつかむことができない。刑事課も中曾根を突破口にしようと、別件で事情聴取を重ねているが、めぼしい成果を挙げることができないでいる。そういう事情を高虎や藤崎から聞いていたので、自分には関係なさそうだと思いつつ、中曾根が社長を務める中曾根興業の系列下にある店や事務所、それに中曾根の自宅所在地を調べてある。

まず事務所に電話してみた。

留守番電話だったので、すぐに切った。

次に自宅に電話してみる。

「中曾根でございます」

穏やかな感じの中年女性の声である。

「こちら杉並中央警察署生活安全課の者です。中曾根達郎さんはいらっしゃいますか」

「まだ帰っておりません」

心なしか声が上擦《うわず》る。

「事務所にはいないようですが、どちらにいらっしゃいますか。至急連絡を取りたいのですが」

「この時間なら、『モンテカルロ』か『ラスベガス』だと思いますけど」

「では、そちらに連絡してみます。失礼します」

携帯をしまうと、冬彦は手帳を開く。「モンテカルロ」は高円寺駅前、「ラスベガス」は荻窪駅前にあるクラブだ。

「まずは『ラスベガス』だな。そこにいなければ、『モンテカルロ』に行ってみよう」

冬彦は改札口に向かって歩き出す。

一五

駅を出て二分、真新しい七階建てビルの四階、そのフロアすべてが「モンテカルロ」だ。エレベーターを降りると、いきなり、いらっしゃいませ、と黒服のボーイが出迎える。高級そうな赤い絨毯《じゅうたん》がエレベーターホールから店内へ続いている。

「お客様……」

冬彦を見て、ボーイが怪訝な顔をしたのも無理はない。白いTシャツの上にウインドブレーカーを着て、くたびれたジーンズに薄汚れたスニーカー、リュックを背負った二〇代のオタクっぽい貧しげな若者である。この店の客層と違いすぎるから、降りる階を間違えたな、と思ったのであろう。

「ここは四階の『モンテカルロ』でございますが」

「ええ、ここに用があるんです。社長さんにお目にかかりたいんですよ、中曾根さんに」

「社長に？」

「こういう者です」

冬彦が警察手帳を相手に示す。ボーイは驚き、少々、お待ち下さい、と奥に引っ込んだ。すぐにタキシード姿の中年男を連れて戻ってきた。

「支配人の山村《やまむら》でございますが、警察の御方だとか……」

「はい。杉並中央署生活安全課の小早川です。中曾根さん、いますかね？　奥さんに、たぶん、ここにいるだろうと聞いてきたんですけど」

「奥様に？」

「います、社長？」

「は、はい、それは……」

「あ、いるんだ。だけど、本当のことを言おうかどうか迷ったでしょう？　できれば嘘をついてごまかしたかったんですね。顔に出てますよ。正直な人なんですね、山村さん」

「え」

山村支配人が反射的に自分の顔を隠そうとする。

「どこにいるんですか？」

「今はＶＩＰルームにおりますが」

「案内してもらえます？　念のために言いますけど、刑事に嘘をつくと為になりませんよ。捜査妨害になりますから」

「これは何の捜査なんですか？」

「秘密です」

「はあ……」

「ひとつ、質問していいですか？」

「何でしょう？」

「この絨毯なんですけど、雨の日も敷いてあるんですか？」

「いつも敷いておりますが、それが何か？」

「お客さんが傘を差してきたら雨粒が垂れそうだし、靴の泥だってつくんじゃないかと思って。絨毯が汚れるでしょう、こんな立派なものなのに」

「皆様、お車でいらっしゃいますし、ご自分で傘を差されるようなこともないかと存じますが」

「ああ、そういう人たちが来る店なんだ」

なるほど、そうなのか、車でビルの入り口に乗り付けるから靴に泥も付かないし、傘も必要ないわけか……現場に出ると、本を読むだけではわからないことが身に付くなあ、と冬彦は納得した。支配人に案内されて、冬彦が店内に入る。天井には立派なシャンデリアが吊され、床一面に赤い絨毯が敷き詰められている。テーブルや椅子、グラスのひとつひとつに至るまで金がかかっている。美しく着飾った若いホステスたちに囲まれてボックス席に坐っているのは、高級なスーツを着た貫禄のある男たちばかりだ。冬彦の身なりがあまりにも場違いなので客やホステスが眉を顰めるほどである。

ホールを突っ切ると、最も奥まったところにガラス張りの個室がある。そこがＶＩＰルームだ。支配人がドアを開けて、社長、と声をかける。ＶＩＰルームには、五、六人の男性客、同じ数のホステスがいる。そこに中曾根も交じっている。声をかけられて、中曾根が顔を上げる。冬彦は支配人の横をすり抜けてＶＩＰルームに入ると、

「お楽しみのところ、申し訳ありません。お話を聞かせてもらえませんか？」

「何だ、てめえは！」

見るからに人相の悪そうなパンチパーマのゴリラ男が冬彦を睨む。

「うわあ、迫力あるなあ。あなた、暴力団の人ですよね？　あ、わかった。北征会の人じゃないですか？　だって、中曾根社長と北征会は深い繋がりがあるそうですから。ドアの近くに坐って、不審者を恫喝《どうかつ》するということは、そんなに偉い人ではなく、むしろ、偉い人を守る立場ですよね？　ふうん、ボディガードか。ということは、偉い人がいるわけですね。あなたでしょう？　ぼくが思うに若頭の南郷さんなんじゃないのかなあ」

冬彦は、中曾根の横に坐っている男を指差す。

「てめえ……」

ゴリラ男が立ち上がろうとする。その鼻先に、

「生活安全課の小早川です」

警察手帳を突き出す。

「こんなところにまで押しかけて、どういうつもりだ？　そっちの呼び出しには、きちんと応じてるじゃないか。なぜ、こんな嫌がらせをする？」

中曾根は、緋色のダブルのスーツに紫色のペイズリーのネクタイを締め、髪はポマードでオールバックに撫でつけてある。髭が震えているのは、怒っているせいであろう。

「いくつか質問に答えてくれたら、すぐに帰ります。ここで押し問答するより、その方が早いと思いますよ。そっちに行っていいですか？」

「……」

中曾根が黙っていると、

「どうぞ」

北征会の若頭・南郷正敏《まさとし》が片手を挙げる。ブルックスブラザーズのチャコールグレイのスーツ、地味なレジメンタルタイ、ボタンダウンシャツ、ノンフレームの眼鏡をかけている。何も知らなければ、銀行員かと思うほど地味な姿で、中曾根の方がよほど暴力団風の格好をしている。もっとも、よくよく見れば、腕時計はフランク・ミュラーだし、耳にダイヤのピアスをしているから、普通のサラリーマンでないことは一目瞭然だ。

ホステスに席をずれてもらい、冬彦は、南郷と中曾根に向かい合う席に腰を下ろした。

「中曾根さん、違法カジノを開いてますよね？」

いきなり冬彦が突っ込みを入れる。

「な、何を馬鹿な……。ふざけたことを言うな」

「ふうん、やっぱり、本当なんだ。目が泳ぎましたよね。唇も震えてましたよ。咄嗟に嘘をつこうとしたけど、うまい嘘を思いつかなかったので、慌てて否定したんでしょう？」

「おれは何も……」

「いいんです、それを調べるのは、ぼくの仕事じゃないんで。警察が手入れをしても、いつも尻尾をつかみ損《そこ》なってしまうのは、誰かが情報を洩らしてるせいですよね？　仮にミスターXとでも呼びましょうか。ミスターXは杉並中央署の警察官ですか？」

「何の話だかわからない」

「うわあ、嘘だあ。すごい汗ですよ、自分でわかってます？　中曾根さんは正直な人なんですね。嘘をつくのが下手ですよ」

突然、冬彦がテーブルの下に潜り込む。

（やっぱりなあ……）

中曾根の爪先が横を向いている。今すぐにでも、この場から立ち去りたいというサインだ。しかも、冬彦の質問を強く否定しながら、だらだら汗を流し、盛んに首を触っている。不安を感じている明確なサインだ。

一方、南郷の爪先は冬彦に向けられたままだ。表情も変わらず、これといって気になるサインも出していない。この一件と何の関わりもないか、あるいは、よほど腹が据《す》わっていて、そう簡単に自分の感情を表に出さない人間であるかのどちらかだ。無関係のはずがないから、腹が据わっているということである。

（この人は、かなり手強そうだぞ）

と思いながら、冬彦がソファに坐り直す。

「刑事さん、質問には答えましたよ。もういいでしょう」

南郷がじっと冬彦を見つめる。何の温かみも感じられない冷たい視線である。

「もうちょっとだけですから。中曾根さん、情報を洩らしてるのは寺田さんですか？」

「……」

強張った表情で中曾根が口を強く引き結ぶ。何もしゃべらないぞ、と腹を括ったのだ。

「ふうん、寺田さんじゃないみたいだなあ。それじゃ、藤崎さんですかね」

冬彦がぐいっと身を乗り出したとき、

「刑事さん」

南郷も冬彦の方に身を乗り出した。

テーブルを挟んで二人が睨み合う格好になる。

「もう帰ってもらえますか？」

「南郷さんは自信家ですね。常に相手を見下していて、自分は誰にも負けないという自信に満ちています。その自信は、経験から得られたものでしょうね。人を殺したことがあるでしょう？」

「……」

「すごいなあ。全然、動揺しないんだ。なるほどなあ、それって、つまり、一人や二人じゃなく、何人も殺してるから、人殺しを何とも思ってないということですよね」

「小早川さんと言いましたね。あんたは変わった人だ。でも、不愉快だよ。消えてくれ」

南郷が顎をしゃくると、ゴリラ男ともう一人のボディガードが立ち上がり、冬彦を両脇からつかんだ。二人の大男に軽々と持ち上げられ、そのままの格好で店外に連れ出され、エレベーターに乗せられた。一階に下りると、ビルの外に運ばれ、路上で放り出された。

ゴリラ男たちはビルに戻っていく。道路に尻餅をつきながら、

「やっぱり、ヤクザって怖いなあ。警察手帳を持ってなかったら、今頃、消されてたかもしれないいな。さてと……」

冬彦は立ち上がると、いろいろ面白いことがわかったぞ、電車の中でメモを取ろう……そう言いながら駅に向かう。


VIPルーム。

ホステスたちは退出させられ、室内には中曾根と南郷、それに南郷の子分しかいない。

「おかしな奴だな。本当にデカなのか？」

ブランデーを口に含みながら、南郷がつぶやく。

「寺田と一緒にいるのを見ました。事情聴取に警察に呼ばれたときに」

中曾根が答える。

「どうしたんだ、浮かない顔をして？」

「大丈夫なんですかね？　向こうは何かつかんでるんじゃないんですか。警察に呼びつけるだけでなく、店にまで押しかけてくるなんて……」

「逆だろう。何もつかんでないから嫌がらせをして、こっちが尻尾を出すのを待ってるんだ。それがサツのやり方だ」

「わかってるつもりですけど、搾《しぼ》られるのはわたしですからね。こういうことに慣れてないんですよ。元はと言えば、ただの不動産屋で、根っからの極道っていうわけじゃないんですから」

「取り調べじゃなく、ただの事情聴取だろう？　茶飲み話でもするつもりでいればいいんだ。あまり深刻に考えるなよ」

「違法カジノの証拠をつかんでなくても、こっちは叩けば埃《ほこり》の出る体ですからね。サツだけじゃなく、嫌がらせに、マルサの税務調査でも入ったら何かしら出ますよ。そうなったら……」

「心配ない。帳簿にミスがあったところで、追徴課税《ついちょうかぜい》を食らうだけだ。違法カジノの開帳でパクられるのとは、わけが違う。そっちで尻尾をつかまれたらムショ行きだぜ」

「やばいんじゃないですかね。ほとぼりが冷めるのを待った方が……」

「もうお客さんたちを招待してあるんだよ。今更、中止にはできない。それとも、おまえが五億肩代わりするか？　それなら中止にしてもいい」

「そんな無茶な」

「サツが怖いのはわかる」

南郷が中曾根の膝に手を載せる。

「だけど、うちの組はもっと怖いぜ」

「承知してます」

南郷に釘を刺されて、中曾根の顔から血の気が引く。生気のない表情で、仕事に戻ります、とVIPルームを出て行く。それを見送りながら、南郷が携帯電話を取り出す。

「ああ、どうも、わたしですけどね。今、話せますか？　ええ……実は、『モンテカルロ』にいるんですが、小早川とかいう若い刑事が来ましてね。生活安全課の刑事だと話してましたが……。ほう、あれでキャリア。それは驚いたな……。ええ、おかしなことばかり言ってました。捜査情報を洩らしてるのは寺田なのか、それとも藤崎なのかとか……。いや、向こうが名前を出したんです……。それはこっちが訊きたいですね。何かつかんでるのなら、すぐに知らせてもらわないと困りますからね。そのために大金を払ってるわけだし……。本当でしょうね？　何もつかんでないんですね、それならいいんですが……。あ、もうひとつ、中曾根をいじめるのをやめてもらえませんか。あいつは極道じゃないんで、警察に脅かされると、びびっちまうんです……。簡単じゃないのはわかりますが、あいつが口を割れば、こっちが困るだけじゃない。そっちも終わりですよ。一蓮托生《いちれんたくしょう》ですからねえ……。ええ、何とかして下さいな……。また近いうちに飯でも食いましょうや。いろいろ相談したいこともありますしねえ……」

一六

七月二三日（木曜日）

朝礼が始まる間際になっても冬彦が現れないので、

「あれ、警部殿は遅刻ですかね」

高虎が言う。

「遅刻するって連絡があったわよ」

三浦靖子が言う。

「ふうん、理由は？」

「言ってなかったけど」

「研究職だったのが、いきなり所轄で外回りなんか始めたもんだから体調を崩《くず》したんじゃねえの。キャリアってのは、ひ弱だねえ」

ひひひっ、と高虎が嘲るように笑う。

その頃、冬彦は、和田二丁目にある西峯徹郎宅を物陰から見張っていた。

八時半過ぎ、玄関から西峯幸太が現れた。冬彦が幸太を見るのは初めてだが、三人家族なのだから、その少年が幸太に違いなかった。身長は一七〇センチくらいで、かなりずんぐりした体形だ。髪はぼさぼさで、Ｔシャツにジーパン姿、リュックサックを背負っている。つまり、冬彦と似たような格好をしているということだ。

幸太は東高円寺駅前のフリースクールに通っており、八時半に家を出て、一時過ぎには帰宅するという。フリースクールには徒歩で通うことが多いとも聞かされている。

万が一、忘れ物でもして幸太が戻って来た場合に備えて、尚も一〇分ほど、冬彦はその場を動かなかった。もう大丈夫だと納得してから西峯家のインターホンを鳴らした。

「はい」

インターホン越しに聡子が返事をする。

「杉並中央署の小早川です」

「あの、まだ何か……」

「幸太君のことで、お話ししたいことがあります。急いで手を打たないと、お母さんの心配が現実のものになってしまうかもしれませんよ」

冬彦と聡子はリビングのソファに向かい合って坐った。

「どういうお話でしょうか？」

聡子が不安そうな顔で訊く。

「いくつか質問をしますから、はい、か、いいえ、で答えて下さい。幸太君に関する質問です。反抗的になったと感じますか？　ちょっとしたことで口答えするとか、睨み返すとか」

「は、はい、たまには、そういうことも……」

「お母さんに暴力を振るうことはありますか？」

「……」

聡子の顔が青ざめる。返事をしないが、その顔を見れば、答えは察せられる。

「お父さんに暴力を振るうことはありますか？」

「……」

これもイエスである。

「弱い者いじめをしていませんか？　兄弟がいれば、弟や妹をいじめたりしますが、幸太君は一人っ子ですから、例えば、犬や猫をいじめるとか」

「……」

聡子が真っ青な顔でごくりと生唾《なまつば》を飲み込む。これもまた、イエスなのであろう。

「ご両親が部屋に入るのを嫌がるようになっていませんか？」

「はい」

聡子が小さな声で返事をする。

「友達関係に変化はありませんか？」

「フリースクールで仲のよかった子が引っ越してしまって……」

「インターネットでの買い物が増えていませんか？」

「はい」

「危険なものを買っていませんか？」

「……」

聡子が驚いたように両目を大きく見開く。これもイエスということらしい。

「最後の質問です。幸太君の帰宅が遅れて警察に相談したのは、幸太君の身を心配したのではなく、幸太君が誰かを傷つけるのではないかと心配したせいですか？」

その質問を聞いて、聡子がぶるぶる震え出した。

「事情はわかりました。幸太君には助けが必要です。手遅れになる前に何とかしましょう。幸太君の部屋を見せてもらえませんか？」

冬彦がソファから立ち上がる。

一七

西峯幸太の部屋は散らかっていた。本や雑誌が床に投げ捨てられ、ペットボトルやお菓子の袋も散乱している。机の上も、そこで勉強していると思えないほど乱雑だった。部屋には机と本棚、ベッド、テレビ、DVDレコーダー、パソコンなどが置いてある。テレビの横にはゲーム用のコントローラー、ひかりTVを受信するデコーダー、録画用のハードディスクなどが置いてある。その部屋を一瞥《いちべつ》しただけで、

（かなり甘やかされているな……）

と、冬彦にはわかった。

「部屋に入るのを嫌がるようになったのは、いつ頃からですか？」

「二ヶ月くらい前からです。男の子ですし、元々、部屋をきれいに片付ける方でもなかったんですが、それでも掃除するように言えば、少しくらいはやってましたし、わたしが部屋に入って掃除機をかけたり、シーツや枕カバーを取り替えても嫌がったりはしませんでした」

「急に変わったわけですね？」

「幸太が家にいるときは部屋に入れてもらえなくなって、仕方がないので、フリースクールに出かけているときに掃除するようにしたんです。でも、後から部屋に入ったことを知ると、ものすごく怒って……」

「暴力を振るうようになったんですね？」

「はい。ものすごいショックでした。主人に話したら、おれが叱るって……。でも、かえ

って幸太を怒らせて、主人に物を投げつけたり、汚い言葉を口にしたり、しまいには……」

「何をしたんですか？」

「おまえたち、殺すぞ、って」

聡子はベッドに腰を下ろしてうなだれた。

「主人も驚いたようでした。思春期だし、うちに籠もってばかりでストレスも溜まっているだろうから、しばらく様子を見ようって……。それで、わたしもシーツを替えたり、ゴミを捨てたり、最低限のことしかしないようにして、ほとんど幸太の部屋に入らなくなりました」

「ふうん……」

冬彦は、本棚に並んでいる本やＤＶＤを眺めている。

「ホラー映画が好きなんですね」

「え？　よくわかりませんけど、レンタルビデオショップの会員になって、時々、借りてきてるようですけど」

「これはレンタル品ではなく、購入したもののようですから、よっぽど好きな映画なんですね。シリーズで揃えてありますし」

それは『13日の金曜日』と『ヘル・レイザー』のシリーズだった。どちらも派手に血が飛び散るスプラッター映画だ。冬彦は、本を二冊、本棚から取り出して手に取った。

「この本、ご存じですか？」

「いいえ」

「この『オリジナル・サイコ』と『死刑囚ピーウィーの告白』というのは、どちらも連続殺人犯を扱ったノンフィクションです。かなり熱心に読んだようですね。あちこちにマーカーで線が引いてありますよ」

本をぱらぱらめくりながら冬彦が言う。

「幸太君を怖いと思ったのは、いつですか？」

「ひと月くらい前に、シーツを取り替えに部屋に入ったとき、たまたま、机の上に置いてあるスケッチブックを見たんです。気持ちの悪い絵ばかり描いてありました。人が死んで、というか、ナイフで刺して、お腹から……」

「内臓が飛び出したり？」

「はい。それに、やたらに赤色ばかり使っていて。まるで絵全体が血に染まっているような感じなんです。心配になって、机の引き出しを覗いたら、ナイフがありました。工作に使うような小さなナイフではなく、もっと大きなナイフです。ひとつではなく、ふたつありました。他にもあるかもしれません。きっと、インターネットで買ったんだと思います。あの子は中古の本やゲームをインターネットで買うことが多いので、クレジットカードの番号を教えて、自分で注文できるようにしてあるんです」

「ご主人には相談しましたか？」

「もちろんです。でも……何もしないんです。幸太とも話そうとしないし、そんなことを知りたくなかったという態度で、まるで……」

「お母さんを責めるような態度を取ったんですね？」

「はい」

「そして、何かしら、決定的なことが起こったわけですよね？　ごく最近のことだと思います。それを話してもらえませんか」

聡子は額に汗を滲ませ、顔色も悪く、今にも倒れそうな様子だ。

「三日前の夜……」

「この頃、眠りが浅くて神経が過敏になっているせいか、たまたま、幸太が部屋を抜け出すのに気が付いたんです。階段が軋む音が聞こえました。最初は、トイレなのか、それとも、台所に飲み物でも取りに来たのかと思ったんですけど、玄関から外に出て行く気配を感じたので、気になって寝室を出たんです。リビングのカーテンの隙間から外を覗くと、幸太が庭に何かを埋めていました。こんな真夜中に、しかも、こそこそ何をしているのか気になって、次の日、幸太が出かけてから掘り起こしてみると……」

猫の死体が出てきたんです、と絞り出すように言うと、聡子は両手で顔を覆って泣き出した。

「通報したのは正しいことでした。幸太君は危険な状態です。かなり危険です」

一八

息を切らせて駆け込んできた冬彦を見て、

「警部殿、重役出勤にしては、随分、早いじゃないですか」

すかさず高虎が皮肉を飛ばす。

冬彦は真っ直ぐ亀山係長の机に向かい、

「お願いがあるんです。緊急ミーティングを開いてもらえませんか」

「ど、どうしたのかな、小早川君、そんなに怖い顔をして？」

ふふふっ、と曖昧な笑いを口許に浮かべる。

「急ぐんです！　早くミーティングを」

思わず、冬彦が机を拳でどんと叩く。反射的に亀山係長は立ち上がり、

「ミーティングを始めます！」

と宣言した。と言っても、わずか六人の小さな部署である。元々、冬彦、高虎、樋村、理沙子の机は田の字形にくっついているから、冬彦が話し始めれば、それでミーティング

の始まりである。

冬彦は、西峯家に直行したことを話し、聡子から聞き取った内容や、幸太の部屋で目にしたものについて詳しく説明した。

「ネットでナイフを購入したり、猫を殺したりするのは普通じゃありませんよね。少年係に伝えて、対応してもらえばいいんじゃないですか？」

理沙子が言う。それほど深刻に受け止めている様子はない。

「そうするつもりです。でも、とりあえず、今日明日が危険なので、何とかしないと」

「何が危険なんですか？」

樋村が訊く。

「殺人です」

「は、殺人？」

高虎が唖然とした顔になる。

亀山係長は自分の席で顔を引き攣らせている。

「幸太君は危険な妄想を抱いています。人を殺したくて仕方がないんですよ。今までは殺人の衝動を必死に抑えてきたんでしょうが、その箍《たが》が外れかかっています。猫を殺したのは、彼が次の段階に踏み出したサインです。この段階で手を打たないと、取り返しのつかない事件が起きる可能性があります」

「懲りない人だよねえ、この人はさ」

高虎が呆れたように首を振る。

「爆弾事件の次は、少年による殺人事件ですか。警部殿のおかげで、うちは笑い物だよ。やっぱり、0係だったってね。こんなことばかりしてたら0係じゃなくて、マイナス係になっちまう」

「爆弾事件のことはさておき、この件を放置するのは危険なんじゃないですか。現にナイフまで買って猫を殺してるわけでしょう? 連続殺人犯というのは、実際に人を殺す前に、必ず、犬や猫を殺すという話を聞いたことがあります。本当にそんな事件が起こるより、わたしたちが笑い物になる方がいいじゃないですか」

理沙子が言う。

「係長は、どう思います?」

高虎が亀山係長に訊く。

「う、うん、小早川君が心配するのは理解できるけど、警察としては、彼が危険な妄想を抱いているというだけでは動きようがないしねえ。少年係に事情を話して……」

「それじゃ遅いんです!」

冬彦が声を荒らげる。

「なぜ、そんなに急ぐんですか?」

樋村が訊く。

「幸太君の帰宅が遅れたことで、お母さんは不安でたまらなくなって警察に通報しましたよね？　母親の虫の知らせだと思うんです。お母さんは幸太君の様子にただならぬものを感じ始めており、だからこそ、帰宅時間が遅れたくらいのことでパニックを起こしそうになったんですよ。非科学的なことを言うようですが、幸太君が発する邪悪なエネルギーを察知したんだと思います。母親だからこそ感じ取れるんですよ。彼は、マグマが沸騰《ふっとう》して今にも噴火しそうな状態だと思います。暴力を振るいたくて、うずうずしているはずです。帰宅が遅れたのも、獲物《えもの》を物色していたせいだと思うんです」

「親が警察に通報したことを本人も知っているわけだから自重するんじゃないかしら」

理沙子が疑念を呈《てい》する。

「それは逆ですね。むしろ、邪魔が入らないうちに、やりたいことをやってしまおうと考えるはずです……」

一般的な犯罪者は、逮捕される危険性と、危険を冒すことで手に入れられるものを天秤にかけ、割に合わないと判断すれば自重する。損得勘定で動くということだ。

しかし、損得勘定を考慮せず、自分の欲望を満たすことを最優先し、逮捕される危険性を顧みない破滅型の犯罪者も存在する。そういう者は、手頃な獲物を見付ければ、ためらいなく襲いかかるに違いない。なぜ、幸太がそんな妄想を抱くようになったのかわからないし、もしかすると、生まれつき凶悪な犯罪を犯すような因子を持っていた可能性もある。学校に行かず、長く孤独な生活を送っていると、鬱屈した怒りや不満が溜まりやすくなり、それを学校生活やスポーツ活動などで発散できないため、ちょっとしたきっかけで、それが周囲の人たちや社会を攻撃するという形で爆発することもある。両親に暴力を振るったり、猫を殺したという事実は、西峯幸太が、最も危険な段階に達していることを示している……そう冬彦は話した。

「警部殿は、不登校の少年の心理が手に取るようにわかるみたいですねぇ」

高虎が小馬鹿にしたような言い方をする。

「ええ、よくわかります」

冬彦がうなずく。

「ぼくも不登校で、中学と高校にほとんど通ってませんから。今でこそ警察官になっていますが、家に引き籠もっているときには、苛々して、もやもやして、怒りが爆発しそうになって、それを誰かにぶつけたいと思ったこともあります。そんなことをしなかったのは、運がよかったというしかありません。だから、幸太君を助けてあげたいんですよ」

「……」

皆が驚き顔で、冬彦を見つめる。

一九

「樋村です。出ました。そっちに向かってます」

「了解。見えました。このまま待ちます」

西峯幸太がフリースクールを出たという知らせを携帯で受けて、安智理沙子は人待ち顔で携帯のメールをチェックする振りをした。実際には、冬彦が送信してきた幸太の顔写真を確認している。その写真は幸太の母・聡子から提供されたものだ。

冬彦の強い要求で、高虎、樋村、理沙子の手を借りて四人で幸太を見張ることになった。

しかし、通常の尾行とは、かなり違うやり方をしている。相手が一四歳の少年であり、まだ犯罪を犯したわけでもないから気を遣ったのだ。署に残った亀山係長が少年係に事情を説明し、何らかの対応策を講じてくれるように要請することになっているので、冬彦たち四人にすれば、少年係が動き出すまで、幸太を見守るのが役目だ。何も事件が起こることなく、幸太が真っ直ぐ自宅に戻ってくれることが最も望ましい。だから、理沙子は、

（バスに乗ればいいじゃん）

と期待した。そうすれば、幸太と一緒にバスに乗り込み、自宅近くまで移動し、幸太が

自宅に入るのを見届ければいい。それで理沙子の役目は終わる。あとのことは冬彦に任せて、署に引き揚げることができる。

だが、幸太は駅前のバス停を素通りした。何か考え事でもしているように難しい顔でうつむき、周囲には、まるで無関心に見える。しばらくして、近くを通ったので、理沙子は携帯で、

「安智です。そっちに向かってます」

「見えてるぜ」

高虎が返事をする。理沙子の次は高虎の番だ。その次が冬彦で、また樋村に戻る。幸太の進路を予想して、すでに樋村はフリースクールの前から移動しているはずだ。理沙子も高虎にバトンタッチしたので、幸太の先回りをしなければならない。これを幸太が自宅に戻るまで繰り返すのだ。

和田三丁目から一丁目に向かって、冬彦は小走りに駆けた。樋村にバトンタッチしたので、幸太の先回りをしなければならない。

走りながら、冬彦は嫌な予感がしていた。幸太がバスに乗らず、徒歩で帰宅するのは、よくあることだと聡子から聞いていたから驚かなかった。

しかし、徒歩で帰るのならば、和田三丁目から二丁目に向かうのが普通だ。一丁目に向

かえば遠回りになってしまう。どこか寄りたいところがあるのかもしれないが、その「どこか」というのが問題だった。ちらほら低学年の小学生が帰宅する姿が目に入ることも冬彦の気を重くする。

（あれ？）

冬彦が目を細めて前方を見遣る。

路肩《ろかた》に黒色のＢＭＷが停車し、運転席から男が降りてくる。足を速めて駆け寄ると、背後からその男の肩を叩き、

「中曾根さんじゃないですか。こんなところで会うなんて奇遇ですねえ」

「え」

振り返った中曾根は、目の前にいる冬彦を見て、ぎょっとしたように顔を引き攣らせる。

「ど、どうして、ここが……？」

「お仕事ですか？」

にこにこしながら、冬彦が訊く。

「う……」

「ふうん、違うんだ。ご自宅は、このあたりではありませんよね。住宅街だから、バーやクラブもないし。ひょっとして……」

「……」

「愛人を囲ってるとか？」

「……」

「これも違うか。あ、わかった。このあたりで裏カジノを開帳するつもりなんでしょう？」

「……」

「どうしたんですか、そんなに汗をかいて？　びっくりさせちゃいました？　冗談ですよ、冗談。写真でも撮りに来たんですか。ここ、写真スタジオですよね？　あ……休業中の札が出てますね」

「お、おれに何の用だ？」

中曾根が両手で顔を隠しながら訊く。

「何してるんですか？」

「別に」

「表情を読まれるのが嫌なんでしょう。でも、顔を隠しても駄目ですよ。ボディランゲージがありますからね。ふふふっ、ここから逃げ出したくて仕方ないみたいですね」

中曾根の爪先が横を向いているのを見て、冬彦が口許に笑みを浮かべる。

「心配しなくてもいいですよ。もっとお話ししたいのは山々ですが、今は忙しいんです。

また、お目にかかりましょう」

　右手を軽く振ると、冬彦がまた走り出す。

　その背中を見送りながら、中曾根は膝から崩れ落ちそうな脱力感を味わった。

（くそっ、どうして、ここがわかったんだ？）

　こんなところで会うなんて奇遇ですねえ、という冬彦の言葉を中曾根は信じなかった。そんな偶然があるはずがない。「モンテカルロ」に現れた翌日である。何かあるに決まっている。こっちには、あんたの動きなんかお見通しなんだよ、という脅しに違いないと思った。見かけは冴えない感じで、とても刑事には見えないし、さして有能そうでもないがキャリアのエリートだというし、すでに警部なのだという。たった一人でクラブに乗り込んでくる度胸もある。人は見かけによらないというのは、このことだな、と中曾根は思い、急に不安でたまらなくなった。車に乗り込むと、慌てて携帯電話を取り出す。

「はい」

　電話の向こうで南郷の声がする。

「ここは駄目ですよ。もうばれてます」

「おい、落ち着け。何をそんなに慌ててるんだ？」

「あいつがまた現れたんですよ。あの小早川とかいう警部が……」

　何があったのか、中曾根は説明した。

「尾行されてたってことか？」

「わかりません。いきなり現れて、へらへらふざけたことを言って、どこかに行きましたから」

「ふうむ……」

「中止した方がいいんじゃないですかね。ここは、やばいでしょう。あれは脅しですよ」

「おいおい、無理を言うな。ゆうべも言っただろう。もうお客さんたちを招待してあるんだよ。今更、中止にできるはずがないだろうが」

「それなら、場所を変えるとか……」

「心当たりがあるのか？」

「場所だけなら、どうにでもなりますが、内装に手を入れるのに時間がかかりますから、一週間くらい先延ばししてもらえれば……」

「駄目だ。日にちは変えようがない。今のところ、サツに尻尾をつかまれたとも聞いてない。何かあれば、すぐに連絡が来る」

「ですが……」

「五億だぞ。肩代わりできるのか？」

「……」

「心配しないで準備を進めろ。最終的な判断は、こっちがする」

「わかりました」

北征会の事務所。南郷の部屋。

タバコを口にくわえると、足を机の上に投げ出して、吸い始める。ひどく苛立ち、腹を立てている。また携帯を手に取って耳に当てる。

「どうも、わたしです……。電話は困る？　何を言ってるんですか。緊急の用件でなければ電話なんかしませんよ。例の小早川ですが、また現れました……。ええ、次のカジノの予定場所にですよ。何かつかんでるんですか、それなら……。何もつかんでない？　手入れの予定もないってわけですか？　それなら、何だって、あいつが現れるんですか……。調べる？　ちょっと待って下さいな。間違いないんでしょうね。万が一、お客さんたちがいるところにサツが踏み込んだりしたら……。ええ、そうです……。間違いなく、わたしの命はないでしょうね。昔のヤクザじゃないんだから、指を詰めるくらいじゃすまないんですよ。今は、いきなり、コンクリート詰めにされて海に沈められるんですよ。おれが死ぬことになれば、そっちだって、ただじゃすみませんよ……。え？　何を教えてくれるっていうんですか……。中曾根を逮捕する、別件で？　早ければ週明けにも？　勘弁して下さいよ。あいつは、びびっちまってるんですよ。こんなときに引っ張られたら歌っちまいますよ……。中曾根が歌えば、次は、おれが引っ張られる。その次は誰が引っ張られるんですかねえ……。そうですよ、お互いのためになることを考えないとね」

「寺田さん」

高虎が携帯をポケットにしまったところに理沙子が駆け寄ってくる。

「こっちには？」

「来てない」

高虎が首を振る。冬彦から樋村に見守りをバトンタッチした直後、幸太の姿を見失ってしまったのである。

「樋村は？」

「あっちを捜してます。急いで見付けないと。小早川警部は？」

「わからねえ」

「今、電話してたんじゃないんですか？」

「違う。あれは別だ」

「それじゃ、急いで知らせないと……」

理沙子が携帯を取り出し、冬彦に連絡する。

「おれは、向こうを捜してみる」

高虎が小走りに理沙子から離れていく。

「あ、警部ですか？　安智です、実は……」

理沙子から連絡を受けると、
顔を顰めながら冬彦が携帯をしまう。リュックを下ろし、杉並区の地図を取り出す。

「まずいなあ……」

「ええっと、ここから一番近い小学校は……」

冬彦が地図を指でなぞる。

「警察官としての心得。常に最悪の事態を想定して行動すること」

自分に言い聞かせるようにつぶやくと、地図をリュックにしまって、冬彦が走り出す。

二〇〇メートルほど走ったところで、冬彦は子供の悲鳴を聞いた。角を曲がるとお寺があり、その横に児童公園がある。児童公園前の道路に人の姿が見える。最初に目に入ったのは、黄色い通学帽と赤いランドセルだ。その横に西峯幸太がいる。幸太は女の子の腕をつかんでいる。何かが光るのが冬彦の目に映った。

（ナイフだ！）

背筋を悪寒が走る。次の瞬間、冬彦は脱兎《だつと》の如く駆け出している。

「西峯幸太、よせ、やめるんだ！　西峯幸太！」

最初に名前を呼んだのは、相手の注意を引きつけるためである。単に大声で呼びかけると、相手を刺激して、犯行を加速させる恐れがある。逆効果になる場合があるのだ。

狙い通り、幸太は冬彦に顔を向ける。なぜ、自分の名前を知っているのか、と訝《いぶか》っている表情だ。冬彦が制服警官姿であれば幸太も警戒しただろうが、どう見ても冬彦は刑事という感じではない。オタク風の大学生というのがふさわしい。ひょっとして、フリースクールの知り合いだろうか……そんなことを幸太は考えた。フリースクールには中学生だけでなく、高校生も通っているからだ。

「西峯幸太、その子を放せ！」

冬彦が叫ぶ。

双方の距離が一〇メートルになったとき、突然、幸太は女の子を突き飛ばし、猛然と冬彦に向かってきた。冬彦が慌てて立ち止まる。そこに幸太がナイフを振りかざして飛びかかってくる。中学生とはいえ、冬彦よりも体格がいい。冬彦は身長が一七〇センチ、体重は五五キロしかない。幸太の身長は冬彦と同じくらいだが、体重は少なく見積もっても一〇〇キロくらいは重そうだ。その幸太に勢いよく飛びかかられて、冬彦は背中から地面に倒れ込んだ。馬乗りになられて、ナイフが振り下ろされる。冬彦は両手で幸太の右手をつかむ。幸太が左拳で冬彦の右頬を殴る。

「うげっ」

思わず幸太の右手を放してしまう。ナイフが迫る。咄嗟に顔を背ける。間一髪、すぐ横の地面にナイフが刺さる。また幸太がナイフを振り上げる。

「やめるんだ、ぼくは警察官だ。君を助けに来たんだよ」

「……」

幸太は無言だ。目が据わり、鬼のような形相をしている。ずっと抑え込んでいた欲望が噴出し、理性や常識という制御壁を吹っ飛ばして、完全にあっちの世界に行っている。何も知らなければ、薬物で頭がおかしくなっていると疑われそうな感じだ。

（駄目だ。やられる！）

冬彦の顔から、すーっと血の気が引く。幸太に馬乗りになられて、どうにも身動きできない。警察に入ってから実技訓練を怠《おこた》ったツケが回ってきたのだと後悔した。

語学やパソコンの操作、法律に関する知識などの分野では抜群に優秀だったが、柔道、剣道、拳銃訓練、逮捕術などの、いわゆる術科教養と呼ばれる分野は、まるで駄目だった。普通、柔道や剣道に関しては、警察官として現場に出る前に初段を獲得することが努力目標として設定されるが、冬彦は初段どころか、いつまで経っても初心者レベルだった。逮捕術も苦手で、いつも犯人役の相手に組み伏せられた。拳銃に関しては苦手というより、生理的に嫌いで、特に、実弾訓練のとき、一発目の発射音にびびって腰を抜かし、その弾みで銃口を指導教官に向け、二発目を指導教官の頭上に発射するという失態を演じてからは、拳銃を見るのも触るのも嫌になった。

ちなみに、そのときの弾痕は今でも射撃場の壁に残っており、「的ではなく、壁を撃ったバカがいる」と語り草になっているという。警察大学校を出たキャリアであるにもかかわらず、普通ではあり得ない科警研への異動を命じられたのは、やはり、普通ではあり得ないほどに術科教養の成績が悪いせいでもあった。

もし柔道の黒帯で、人並みの逮捕術を身に付けていれば、いくらか体格で劣っているとしても、これほど他愛なく幸太に馬乗りになられることもなかったであろうし、逆に、幸太を組み伏せることもできたに違いない、と冬彦は悔やんだわけである。

(チャンスがあれば、心を入れ替えて、もっと体を鍛《きた》えるのに)

だが、チャンスは与えられそうにない。死が目の前にある。ナイフが振り下ろされ、冬彦は目を瞑った。次の瞬間、体がすーっと軽くなる。

(あ……死んだのかな……)

特に痛みも感じなかったが、心臓を一突きされてしまえば痛みを感じる暇もなく死ぬのかもしれない、と冬彦は思った。それにしては頭の中でまだ考え事をしているのが不思議だ、肉体は死んでも意識はすぐには消えないのだろうか……。

「警部、しっかりして下さい!」

理沙子の声だ。

冬彦が片目を開ける。

地面に転がった幸太が起き上がろうとしている。ナイフを手にして理沙子と樋村に向かっていく。二人の背後では、女の子が泣きじゃくっている。理沙子が幸太に向かって踏み出し、闘牛士が猛牛をあしらうように、さっと横に動いて幸太をかわすと、ナイフを握っている幸太の右手にぴしっと手刀を打ち込む。あっ、と叫んで幸太がナイフを落とすと、素早く幸太の懐に潜《もぐ》り込む。胸倉をつかんで足を払い、幸太を倒して押さえつける。柔道の技と逮捕術を組み合わせた、何の無駄もない、流れるように美しい一連の動作である。横目で眺めながら、冬彦は他人事のように感心した。そこに高虎も駆けつける。

「あれ、どうしたんですか、警部殿？　何で寝てるんです」

　高虎が手を差し出す。その手につかまって体を起こしながら、

「さあ、ぼくにもさっぱり……」

　冬彦が首を振る。

「危なかったですよね。安智さんが駆けつけるのが遅かったら、どうなっていたことか……。それにしても安智さんの回し蹴りは見事だったなあ」

　樋村が理沙子に賞賛の眼差しを向ける。それを聞いて、

（ああ、そうか、安智さんが助けてくれたのか）

　と、冬彦も納得した。不意に体が軽くなったと感じたのは、理沙子の回し蹴りを食らった幸太が冬彦の体から転がり落ちたせいだった。

「見事な推理でしたね。おかげで凶悪な犯罪を未然に防ぐことができたんですから」

理沙子がにこっと笑う。

「たまには役に立つんですねえ、警部殿の勘も」

高虎が肩をすくめる。

パトカーのサイレンが聞こえてくる。

二〇

「何でも相談室」から、明るい笑い声が聞こえている。この部署が発足してから、初めて事件らしい事件を解決したのでメンバーたちも気分が高揚しているし、それでなくても喧《やかま》しい保安係の藤崎慎司と刑事課の中島敦夫が加わっているから賑やかなのだ。

「いやあ、すごいっすよ、通り魔事件を未然に防いだわけですから。襲われたのが小学生の女の子で、襲ったのが中学生でしょう。これは大ニュースですよ。相談室が警戒していなければ、あわや大惨事じゃないですか」

藤崎が大きな声で言う。

「そう騒ぐなって。所詮は未遂なんだよ、未遂」

タバコをうまそうに吸いながら高虎が笑う。口では謙遜《けんそん》しながら、満更《まんざら》でもなさそうだ。

「小早川警部だって危なかったんでしょう？　ナイフで襲われたっていうじゃないですか」

「ええ、まあ」

中島が冬彦を見る。

冬彦は騒ぎには加わらず、パソコンを操作して淡々と報告書を作成している。

「危なかったなんてもんじゃありませんよ。安智さんが加勢しなかったら、たぶん、刺されてましたね。正直、ぼくは、もう駄目だと思いました」

樋村が言うと、

「さすが、アンジー！」

藤崎と中島が声を揃えて叫ぶ。

「かっこいいよなあ」

「その場で見たかったぜ」

「柔道二段」

「空手初段」

「趣味は格闘術」

「しかも、超美形」

すごいよなー、とまた二人で声を揃える。

「相手は中学生だよ。全然威張《いば》れないって」

理沙子が肩をすくめる。

「小早川君って、ウンチなわけ？　中学生にやられそうになるなんて」

三浦靖子が露骨に馬鹿にした言い方をする。

「運動は苦手です」

「少しは鍛えた方がいいんじゃないの？　線も細いしさ。見かけが柔《やわ》でも、実は裸になると筋骨隆々で喧嘩も強いっていうなら格好いいけど、見かけが柔で、中身も柔だなんて格好悪いよ。わたしみたいな事務職員ならいいけど、現場に出る警察官は柔道とか剣道で体を鍛えるわけでしょう？　頭でっかちじゃ通用しないんじゃないのかなあ」

「三浦さん、そんな言い方はよくないいんじゃないかなあ」

亀山係長が冬彦に気を遣って、三浦靖子を諭《さと》す。

「わたしは小早川君のためを思って忠告してるんですよ。だって、中学生にも勝てないようなウンチじゃ、相手が大人だったら、殺されちゃいますよ。ウンチは駄目ですよ、ウンチは」

「そ、そんなにウンチ、ウンチだなんて……」

亀山係長の額を汗が伝い落ちる。

「三浦さん、面白いことを言うんですね。小早川警部をウンチだなんて面と向かって言えるのは三浦さんくらいですよ」

あははは、と樋村が愉快そうに笑う。

「あんたもウンチでしょうが。同じ穴の狢《むじな》」

三浦靖子が樋村を睨む。

「デブウンチは、ただのウンチよりひどいよ」

理沙子が笑いもせずに言う。

「ぼく、デブじゃありませんよ。それに、ウンチでもないし」

「見栄を張るんじゃねえよ、デブウンチ」

藤崎が樋村の後頭部をバシッと叩く。

「そうだぞ、この野郎。女王さまの言葉に逆らうのは百年早いんだよ、デブ巡査」

中島は樋村の背中をどんと掌《てのひら》で強く叩く。樋村は思わず噎《む》せながら、

「ひ、ひどい、いじめだ。パワハラだ。倫理委員会に訴えますよ。皆さん、聞いてましたよね？　安智さんや藤崎さんは、ぼくをデブウンチと罵り、中島さんはデブ巡査と誹謗《ひぼう》しました。確かに、そう言いましたよね？」

周囲を見回すが、皆、知らん顔をしている。

そこに、

「相変わらず賑やかだなあ」

刑事課の主任・古河祐介が顔を出す。

「あれ、主任。もう会議、終わったんですか？」

中島が訊く。

「うん、終わった。ゴーサインが出た」

「やったじゃないですか。よく、だるまが……いや、副署長が承知しましたね」

「いつまでもお客さんたちにいてもらうわけにいかない。何かしら、手を打たないとな」

「お客さんて……いけすかねえ監察官室の二人のことか？ 何かあったのか」

高虎が訊く。

「場所を変えて話しませんか。会議で肩が凝りました。生ビールを飲みたい気分です」

古河が言うと、

「主任から誘ってくれるなんて嬉しいっすねえ」

藤崎が指をぱちんと弾く。

「さ、行きましょう、刑事課と生活安全課の合同飲み会。『何でも相談室』の結団式もまだなんでしょう、ちょうどいいじゃないですか」

中島が賛同する。

「それに警部殿の歓迎会だ。今日、手柄を立てたお祝いね」

藤崎がはしゃぐ。

「何だか盛り上がってるのは、よその部署の人間ばかりだよねえ……」

理沙子が呆れる。

「ま、こいつらの言うことにも一理ある。どうですか、係長？」

高虎が亀山係長を見る。

「まだ予算が確定してなくて……」

「とりあえず、今日のところは割り勘にしておけばいいじゃないですか」

三浦靖子が言う。

「う、うん、それもそうなんだけど……」

亀山係長の顔が引き攣る。

「わたしからも美佐江に口添えしてあげるから」

靖子が亀山係長の耳許で囁《ささや》く。

「それなら、いいけど。だけど、ちゃんと話してくれるよね？」

「大丈夫ですよ。みんな、飲みに行くぞ！」

靖子が右手を突き上げると、藤崎と中島も、おーっ、と叫ぶ。「何でも相談室」全体が盛り上がる中、冬彦は黙々と報告書の作成を続けている。わざと無視しているというのではなく、周囲の喧噪が耳に入らないほど作業に没頭しているらしい。

二一

終業時間を告げるチャイムが鳴ると、「何でも相談室」の六人と古河、中島、藤崎の総勢九人が居酒屋に繰り出した。南阿佐ケ谷駅の近くにあり、刑事課がよく使う店だ。中島が予約の電話を入れておいたので個室を用意してくれていた。仕事柄、部外者に聞かれてはまずい話題も出るので、店の方で気を利かせて、人数にかかわらず、大抵は個室を用意してくれるのだ。

中生で乾杯すると、

「おい、さっきの続きを聞かせろ」

高虎が古河に訊く。

「いきなり仕事の話ですか」

古河が苦笑いをする。

「だって、気になるじゃねえか。あの監察官室の二人、何かあるのか?」

「そうじゃないですよ」

中島が横から口を挟む。

「捜査情報を洩らしている人間がいることを疑って警視庁から内部調査に出向いてきたわ

けでしょう。だから、その情報源がはっきりすれば、あるいは、それが根も葉もない噂に過ぎないってことが明らかになれば、あの人たちがここにいる理由もなくなるじゃないですか」

「それで？」

「今日の会議で、中曾根を別件で逮捕する方針を決めたんですよ。ねえ、主任？」

中島が古河を見る。

「中曾根を突破口にして違法カジノの実態を解明しようという作戦ですよ。週明けに、うちと生活安全課が協力して動く予定です」

「中曾根は極道じゃありませんが、叩けば埃の出る体ですからね。不動産取引や税金関係、ホステスの雇用関係……ネタはいくらでもあります。揺さぶりをかけていけば吐くと思いますよ」

中島が自信ありげに言う。

「まあ、中曾根がアキレス腱だってことは前々からわかってたわけだしな。しかし、それは北征会だって百も承知だ。中曾根がパクられそうだってことを察すれば、何かするんじゃねえの？」

「それならそれでいいんですよ……」

南郷が焦ってボロを出せば、中曾根だけでなく南郷も引っ張ることができる。刑事課も生活安全課も、中曾根が南郷の傀儡《かいらい》に過ぎないことをとうに見抜いており、違法カジノ問題を決着させるには南郷の逮捕が不可欠だと承知している。中曾根の別件逮捕は南郷逮捕の布石であり、中曾根逮捕という罠を仕掛けることによって、南郷が何らかの行動を起こすことを期待しているといっていい。そんな話を中島がすると、

「うーん、それは難しいんじゃないかなあ」

冬彦がつぶやく。ビールを一口飲んだだけなのに、もう顔が真っ赤だ。下戸なのである。残りのビールを三浦靖子に飲んでもらい、オレンジジュースを新たに頼んだ。

「なぜ、そんなことがわかるんですか?」

中島が訊く。

「南郷さんは一筋縄でいかない人だと思います。何事も用意周到に準備するタイプですね。中曾根さんが逮捕されることも想定済みだろうし、その場合、どういう対策を取るか、もう考えてあるんじゃないかと思いますね。だから、慌てふためいてボロを出したりしない気がします。そんなことを期待するより、中曾根さんをさっさと逮捕して身柄を確保する方がいいと思いますよ。来週までに何があるかわかりませんから」

「何で南郷のことを知ってるんですか?」

高虎がじろりと冬彦を睨む。

「一度会ったことがあるんです」

「警部殿は、ゆうべ『モンテカルロ』に出かけたんですよ。お一人でね。中曾根から苦情の申し立てがありました。率直に申し上げますが、余計なことをしてくれたな、という感じですね」

古河が言う。

「は？」

高虎が呆れたように声を発する。

「何を考えてるんですか？　一人でのこのこ出かけるなんて。しかも、おれたちには何の関係もない事件のために」

「担当している事件でないことは確かですが、まったく関係ないとは言えませんよ。大河内警視や石嶺警部補の話では、生活安全課と刑事課の捜査員はみんな疑われているようですから。疑いがかかっていないのは異動して来たばかりのぼくだけですよ。一緒に仕事をしている人たちが疑われているとなれば知らん顔もできませんから、自分なりに調べてみようと思ったんです」

「どうして、そういう発想が出てくるかねえ。おれたちは少年探偵団じゃねえんだよ。勝手に捜査するのはやめてくれって。与えられた仕事だけしてればいいんだよ」

酒が入ったせいか、いつも以上に高虎は頭に血が上りやすくなっているようだ。顔が真っ赤で目が血走っている。

「まあまあ、寺田さん。そう怒らなくてもいいじゃないですか。警部殿だって悪気はなかったんでしょうから。で、何か、わかったんですか?」

古河が訊く。

「誰かが捜査情報を洩らしているのは確かだと思いますよ。それが誰なのか、中曾根さんは知っているようでした」

「え、マジですか?」

反対側のテーブルで馬鹿話で盛り上がっていた藤崎までが興味を示す。

「ええ、じっくり話をすれば、もっといろいろわかったと思うんですが、横に南郷さんがいたので邪魔されてしまって……。でも、別件逮捕して、時間をかけて取り調べをすれば、きっと自白すると思いますよ。何度も任意の事情聴取を受けて精神的に参っている様子でしたし」

「そうかねえ。いつ会っても、ふてぶてしく見えるけどな」

高虎が怪訝な顔になる。

「それは見せかけです。虚勢を張って強がっているんでしょうが、かなり参ってると思いますよ。今日会ったときも落ち着きがなくて、顔色が悪かったですしね」

「今日も会った? どこでだよ。朝からずっと中学生の件にかかりきりだったのによ」

酔いのせいなのか、高虎は敬語を使うのも忘れ、ぞんざいで乱暴な口を利く。

「幸太君の姿が見えなくなったとき、偶然、中曾根さんに会ったんですよ。こっちも時間がなかったので少ししか話をしませんでしたけど、何か後ろめたいことでもあるような感じでしたね」

「本当に偶然だったんですか？　そう言いながら、密かに中曾根をつけていたとか……」

古河は疑わしそうだ。

「今日に限って、それはありませんよ。それどころじゃなかったし」

理沙子が言う。

「そう言うのなら、偶然だと信じるけどね」

「古河さんたちが違法カジノ問題に全力投球するということは、連続放火事件の捜査は後回しになるわけですか？」

冬彦が訊く。

「また、それか。こだわるねえ」

高虎が呆れたように首を振る。

「週明けに中曾根を逮捕するっていうのは、単に裏切り者の正体を暴いたり、違法カジノを摘発することが目的じゃなく、むしろ、本当の目的は北征会をぶっ潰すことにあるわけだよ。さして緊急性のない事件が後回しにされるのは当たり前なんだよ」

「前にも言いましたが、この犯人は、必ず、人家への放火を始めます。そうなれば、人命に関わるんですよ」

「警察は事件が起こってから動くんだよ。事件が起こることを予想して動くわけじゃない」

「今日はちゃんとできたじゃないですか。幸太君が何か危険なことを考えているという前提で動いたんですよ。そのおかげで被害を出すこともなく、通り魔事件を未然に防ぐことができたんです」

「結果論だよ、結果論。たまたま今日はうまくいっただけのことだろう。それ以前にどれだけとんちんかんなことをしてるんですかねえ？」

「寺田さん、その言い方はひどいんじゃないですか。警察の捜査なんて、ほとんどが空振りじゃないですか。そういう世界でしょう？」

理沙子が高虎に食ってかかる。

「アンジーが言うと、説得力があるなあ。おれ、アンジーに賛成しますから」

藤崎が大きくうなずく。

「ぼくだってカジノ問題の重要性を認識していないわけじゃないんです。ただ、連続放火事件も重要だと言ってるだけですよ。それに、この犯人の行動には、はっきりとした特徴があるから、犯行の日時や場所を予想して待ち伏せすれば、逮捕するのは、そう面倒だとも思えないんですよ。古河さんたちが忙しいのなら、ぼくが自分で捜査したいくらいです」

「ああ、いいじゃないですか。そうしなさいよ。『何でも相談室』への異動を取り消して、改めて刑事課に異動させてもらえばいいんだよ。こっちは引き留めませんから」

高虎が真顔で言う。

「寺田君、その言い方はよくないんじゃないのかなあ……」

ちびちびとビールを飲んでいた亀山係長が顔を引き攣らせながら言う。高虎があまりにも無礼な口の利き方をするので慌てたのだ。

「係長！　いくら階級が上で、キャリアだからって、こんな経験もない若造に気を遣うことなんかないんだ。たまには、ガツンと言った方が本人のためにもなる。係長が何も言わないから、おれが代わりに言ってるんだよ」

高虎が怒鳴るように言う。

「ああ、うるさい、うるさい！　酒癖の悪い中年男は手に負えないわ。酒やギャンブルが原因で家庭を壊すのは勝手だけど、職場まで壊さないでよ。気に入らないことがあるなら、黙って出て行けばいいんだよ。偉そうに喚《わめ》くな！」

三浦靖子が負けじと大声を出す。

「うるせえ、永遠の処女は黙ってろ！」

「甲斐性《かいしょう》なしのＤＶ野郎！　女房子供に逃げられたからって、八つ当たりするな」

テーブルを挟んで、高虎と靖子が罵り合う。

「すごいね、寺田さんが酒乱なのは知ってたけど、三浦主任もそうだったんだ」

理沙子が目を丸くする。

「竜虎の激突って感じですかね」

へへへっ、と藤崎は面白がっている。

「あれ、係長がいない」

樋村が周囲を見回す。いつの間にか亀山係長の姿が消えている。

「せっかくの飲み会なのに、居酒屋に来てまでトイレに籠もらなくてもいいのに……」

理沙子がつぶやくと、

「こいつらがプレッシャーばかりかけるからだよ」

靖子が高虎と冬彦を指差す。

「え？　ぼく、何かしましたか？」

冬彦はポテトフライを食べながら小首を傾げる。

「いいよねえ、ここまでKYだと。自分の世界に浸りきって、きっと幸せなんだろうね」

靖子が呆れたように首を振る。


その二時間後……。

北征会の事務所にいた南郷の携帯が鳴った。

「南郷です。ああ、どうも……。ちょっと待ってもらっていいですか。場所を移動しますから」

自分の部屋に入り、一人きりになると、

「もう大丈夫です。どうしたんですか……」

南郷はソファに腰を下ろして足を組む。しばらく相手の話に耳を傾ける。

「なるほど、今度は事情聴取ではなく、別件逮捕ですか。税務関係で搾られるとやばいですねえ。帳簿の操作には、奴の女房も関わってるはずですから……。ええ、自分だけのことなら何とか耐えられるかもしれませんが、女房まで引っ張ると脅かされればどうなるか。それでなくても、この頃、弱気なことばかり口にするんで、わたしも心配してたんですよ……。え？　ああ、あの小早川とかいう若い奴、今日、中曾根に会ったのは偶然ですって？　信じられませんねえ……。前にも訊きましたけど、何かつかんでるわけじゃないんですね？　いや、本当にやばそうなら、今回の開帳は中止してもいいんですよ。こっちには痛手ですが、その場に踏み込まれてお客さんたちがパクられるようなことになったら……。ええ、脅しじゃなく、わたしら、命がありませんよ。ただねえ、中止するにしても、中曾根に目をつけられちまったんじゃ、次も開けないだろうし、それは北征会としても辛いわけですわ……。当たり前でしょう、万が一、中曾根が取り調べでお客さんたちの名前を吐いたりしたら、やっぱり、命はありませんよ。だから、逮捕なんかやめて下さいって……。できない？　もう上の判断で決まった？　なるほどねえ……理解はできますよ。仕方ないんでしょう。そっちにはそっちの事情があるんでしょうから。しかし、何度も言うようですが、中曾根が歌えば、わたしら、終わりですから……。ええ、逮捕を中止できないのなら、別の手を考えないといけませんね。そう難しいことじゃないでしょう。中曾根に消えてもらいましょうや。それともご自分が死ぬ方がいいですかね？」

第三部　捜査一課火災犯

一

七月二四日（金曜日）

冬彦は、いつもより早めに出勤した。「何でも相談室」には、まだ誰もいない。

ゆうべ、刑事課の古河や中島、それに保安係の藤崎も参加して、「何でも相談室」の結団式と冬彦の歓迎会を兼ねた飲み会が開かれたが、冬彦は下戸だし、飲み会も好きではないので、一次会が終わると、さっさと引き揚げた。他の者たちは二次会に繰り出した。亀山係長も一次会で帰りたそうな様子だったが、高虎と三浦靖子に左右から挟まれ、両脇を抱えられて二次会に引きずられていった。あの様子では三次会、いや、下手をすると四次会くらいまで付き合わされたかもしれない、と冬彦は思う。

当然、みんなは二日酔いだろうから、早出するような者はいないだろうと考えた。他のメンバーが出勤してくる前に、ある報告書に目を通しておきたかったのだ。

一昨日、水曜の夜、丸ノ内線から中央線に乗り換えようとしているとき、冬彦は、高虎が女性と二人連れで歩いているのを目撃した。その女性に見覚えがあり、ずっと気になっていた。それは火曜日の朝、何か相談があって署の受付にやってきた女性で、樋村が話を聞いた。なぜ、樋村が応対したのかといえば、その女性はＤＶ被害の相談にやって来たのだが、具体的な被害が曖昧なため、本来、対応するべき生活安全課では被害届を受理できそうになかったからである。しかし、その女性がひどく怯えていたので「何でも相談室」が対応することになった。

結局、その日、正式な被害届を提出しないまま女性は帰宅し、それ以降、署を訪れてもいない。従って、報告書も火曜日に樋村が作成した一枚しかない。火曜の夕方、外回りから戻った高虎がその報告書を読んでいたのを冬彦は覚えている。次の夜、その女性と高虎が一緒にいたのだから、冬彦ならずとも、

（どういうことだろう？）

と疑問を持つであろう。

結果的に提出しなかったとはいえ、樋村が面談した段階では、どうなるかわからなかったので、被害届の書式に従って樋村は型通りに話を聞いている。すなわち、

届け出人の住所、氏名、電話番号（印）。

被害者の住所、職業、氏名、年齢。

被害の日時。

被害の場所。

被害の模様。

犯人の住所、氏名など。


という項目順に質問したわけである。

「石坂文代《いしざかふみよ》、四〇歳……」

相談にやって来た石坂文代は杉並区の生まれで、旧姓は野中《のなか》、短大卒業後、中堅のゼネコンに入社。総務課に配属される。二四歳のとき、同僚だった石坂智宏《ともひろ》と結婚し退職、夫の実家がある千葉県市川《いちかわ》市に引っ越した。二六歳で長女・あおいを出産、あおいは今、中学二年になっている。

八年ほど前から智宏の会社の経営が思わしくなくなり、五年前に早期退職制度が導入された。形の上では希望退職制度という体裁を取っているものの、実質的には会社側が社員を選別するリストラであり、退職勧奨を拒否すると露骨な嫌がらせをされたり、通勤不能な土地への配置転換を命じられたという。智宏はリストラ対象者ではなかったが、四〇歳を過ぎると求人が減るという話を知り合いから聞き、会社の先行きに見切りをつけ、三〇代で転職する道を選んだ。三九歳のときである。文代は、会社に残るべきだと説得したが、自分の実力に自信を持っていた智宏は耳を貸さなかった。

幸い、すぐに別のゼネコンに中途採用されたが、自分が希望していた職種とは違う部門への配属を命じられたことで意欲を失い、上司や同僚との折り合いも悪く、半年足らずで退職した。このときも文代の意見を無視して独断で退職を決めている。

簡単に新しい仕事が見付かると高を括っていたが、思うようにいかず、失業保険金の給付が終了して生活が苦しくなると、マンションの管理人やビルの警備員という何の経験も知識も必要ない仕事に就かざるを得なくなった。給料も安く、仕事も面白くないというので短期間に転職を繰り返した揚げ句、二年前からは無職となった。すっかりやる気をなくしてしまい、ハローワークに足を運ぶことも滅多になく、パチンコや競馬ばかりして、昼間から酒を飲むようになった。

文代がパートに出るようになったのは五年前からで、智宏が転職して給料が下がってからは、パートの日数を増やして家計を支えた。二年前からは文代の稼ぎだけが唯一の収入になり、お金が足りなくなると貯金を切り崩した。

ゼネコンで営業職に就いていたときは、得意先を接待するために毎晩、浴びるように酒を飲んでいたが、元々、酒が好きだったので苦にならなかった。文代も智宏の酒好きは承知していたが、その頃は陽気な酒で、飲み過ぎて体を壊さなければいいが、と心配はしたものの、それほど深刻には捉えていなかった。酔って暴れるようなこともなかった。

智宏の飲み方が変わったのは転職先のゼネコンを退職した頃からで、明らかに酒量が増え、それまでは陽気な酒だったのに陰気な酒に変わった。無職になってからは、ちょっとでも気に入らないことがあると文代に手を上げたり、コップを投げつけたりするようになり、飲み過ぎを注意すると、烈火の如く怒り出し、手がつけられなくなった。顔に大きな痣ができて、恥ずかしくて外出できず、パートを休むようなこともたびたびあった。飲めば暴れる、飲むのを注意すると更にひどく暴れるという繰り返しで、文代も疲れ切ってしまった。離婚も考えないではなかったが、あおいのために歯を食い縛って耐えた。離婚すれば、他の土地に引っ越すことになる。あおいを仲のよい友達と引き離すのはかわいそうだと思ったのだ。智宏もあおいには手を上げたりしなかったので自分が我慢しようと決めたのだという。

だが、智宏の暴力はエスカレートし、生活が苦しいのに、勝手に金を持ち出して酒を買うことを繰り返した。あおいが、

「おかあさん、もう我慢しなくていいよ。このうちから逃げよう」

と言ってくれたことで踏ん切りがついた。

半年前、二人で市川から杉並に転居した。実家では兄の一家が両親と同居していたので、文代とあおいが同居するスペースがなく、実家の近くにアパートを借りた。

文代の兄が智宏に離婚を申し入れたが、智宏は拒絶した。それで弁護士を雇って離婚調

停を申請したが、智宏があおいの親権を要求したため調停は難航している。

普通に考えれば、酒乱の暴力夫が親権を認められることなどなさそうだが、暴力を振るわれた文代が病院で治療を受けたり、警察に相談に出かけたという事実が何もないため、智宏が暴力を振るった立証が難しいのだという。智宏自身は暴力を否定し、かえって、文代の方がだらしのない女で、仕事がうまくいかなくて悩み苦しんでいた夫を支えようとしなかったと非難している。

火曜の朝に石坂文代が相談に来たのは、先週の初め、家庭裁判所の調停に兄と二人で出向いたとき、文代がトイレから出てくるのを智宏が廊下で待ち伏せしていて、

「おまえには絶対にあおいを渡さない。そんなことになれば、あおいを殺して、おれも死ぬ。覚悟しておけ」

と脅されたからだ。

もっとも、周りに誰もいなかったし、咄嗟のことで携帯に録音することもできなかったので、文代の証言以外に証拠はない。

先週末、パート先のスーパーでレジ打ちをしていると、智宏が遠くから自分を見つめていたという。レジを離れるわけにいかなかったので確かめることはできなかったが、あれは智宏に違いない、と文代は断言した。

それ以外にも、深夜、アパートの窓の外に誰かが立っていたようだとか、あおいと二人

で買い物に出かけたとき、智宏につけられていた気がする、と文代は訴えた。

そんな内容が事細かに報告書に記されているのを読んで、

（樋村君は、見かけは鈍そうだし、実際、頭の回転は悪いけど、真面目に仕事をするいい警官なんだな……）

と、半ば貶《おとし》めつつ、半ば感心した。

頭の回転が悪いというのは、だらだらと石坂文代の訴えを羅列《られつ》している点で、同じことを何度も繰り返しているし、前後の文脈がおかしくなっている部分も多い。

しかし、そのおかげで、冬彦は、この報告書を読んで、あたかもその場に同席して石坂文代の肉声を聞いているような生々しさを感じた。一読して、

（これは本当のことを話している。暴力を振るわれていたことも、裁判所で脅されたことも事実だな）と直感した。

話が前後したり、筋道が通らなかったり、時に内容が矛盾することもあるが、だからこそ、真実だろうと思う。人間の記憶というのは、本来、曖昧なもので、それを正確に思い出そうとしても、どこかに矛盾点やほころびが出るのが当たり前である。何の矛盾点もないような記憶というのは作り物でない限り、あり得ない。

尾行されたり見張られたりしたというのも、すべてが事実でないにしろ、すべてが嘘だとも思えない。裁判所で脅し文句を口にしたことから考えると、智宏は文代を動揺させ、

怯えさせることで精神的にダメージを与え、離婚調停の取り下げを企んでいるのではないか、と思われる。

「よっ、ドラえもん君！」

いきなり三浦靖子に背中をばしっと叩かれる。

「お酒を飲まないで健康的な生活をしてる人は、やっぱり、朝が早いんだねえ」

「三浦さんも元気じゃないですか。早く帰ったんですか？　てっきり遅くまで飲んでいたのかと思ってましたが」

「早く帰ったと言えば、確かに朝早く帰ったよ。五時だったかな」

「え？　朝の五時ですか。ついさっきじゃないですか」

冬彦は耳を疑った。

「一次会じゃ飲み足りないからって二次会の居酒屋で飲んで、三次会がカラオケ。そこに五時までいたのよ」

「ぼく以外の八人が、みんな残ったわけですか、五時まで？」

「よく覚えてないんだけど、少なくとも係長と高虎が最後までいたことは確かだね。高虎は酔っ払うとカラオケで歌いまくりだから。マイクを放さないんだよ。マイクの取り合いで、また喧嘩よ。しかも、辛気くさい歌ばかり歌うんだよね。河島英五《かわしまえいご》の『酒と泪《なみだ》と男と女』とか、上田正樹《うえだまさき》の『悲しい色やね』とか、ガロの『学生街の喫茶店』とか、おっさんのテーマソングばっかりよ。最後には、あの顔で『22才の別れ』だもんなあ。もう引きまくり。誰も聞いてないっての」

「へえ、三浦さんはどんな歌を歌うんですか？」

「決まってんじゃない。ピンク・レディーよ。一人二役で踊っちゃうのよ。踊り疲れたら聖子《せいこ》ちゃんね、『赤いスイートピー』とかさ」

「恐妻家の係長が最後まで残ったのは意外ですね」

「好きで残ったんじゃないわよ。高虎が絡んで帰さなかったの。諦めてやけくそになったのか、係長、八代亜紀《やしろあき》の『舟唄』と森昌子《もりまさこ》の『越冬つばめ』を泣きながら何回も歌ってたなあ。全然うまくないんだけど心に沁みる歌だったよ。日常生活の悲哀が滲んでてさ」

腕組みしながら、靖子が何度もうなずく。

「おはよう」

いつの間にか亀山係長が席に坐っている。髪が乱れ、シャツもスーツもしわくちゃだ。

「係長、顔色が悪いですけど、大丈夫ですか？」

冬彦が心配そうに訊く。

「大丈夫じゃないね」

「あれ、係長？　そのネクタイ、ゆうべと同じじゃないですか。スーツもそうだし、ワイシャツもよれよれだし……。ひょっとして、うちに入れてもらえなかったんですか？」

「三浦さん、ひどいよ。女房に電話してくれるって約束したのに」

亀山係長が恨みがましい目で靖子を睨む。

「あ、そうだった。忘れてたわ」

あははは、ごめんなさーい、と笑うが、亀山係長はにこりともしない。

二

「何でも相談室」は、どんよりしている。高虎も理沙子も樋村も二日酔いだ。亀山係長も元気がない。幸いなのは、「何でも相談室」に電話が回ってこないことで、出動を要請されても、今の状態では酒気帯び運転になってしまいそうだ。みんな、目をしょぼしょぼさせ、やたらにあくびばかりしながら、見るからにだるそうに報告書を作成している。

昼休みになっても誰も動かない。食欲がないらしい。チャイムが聞こえると、冬彦は、さっと立ち上がり、出かけてきます、と言い残し、リュックを手にして部屋を出て行く。お腹が空いたわけではないが、少し運動したかったし、何より、机越しに高虎の方から酒とタバコと汗が入り混じった奇怪な臭いが漂ってくるのが耐え難かった。

冬彦が席を立ってから数分後に樋村が、

「ぼくもちょっと出てこようかな」

と机を離れたが、誰も顔を上げない。

冬彦が非常階段を下りようとすると、

「警部殿ーっ！」

後ろから呼ばれた。振り返ると、保安係の藤崎慎司だ。

「お出かけですか」

「ええ、まあ」

「いつもさわやかな笑顔ですねえ。すばらしい！」

「藤崎さんも元気じゃないですか。ゆうべ、早く帰ったんですか？」

「そんなわけないでしょ。アンジーが帰るまで残って、夜明けのコーヒーを一緒に飲みましたよ。中島と三人でですけどね。へとへとですよ」

「そうは見えませんね」

「空元気っす。朝っぱらから外回りですよ。嘘でも元気な振りをしないと倒れますって。ところで……」

藤崎が冬彦を階段の踊り場に引っ張っていき、声を潜めて、

「ゆうべ、尾行されたんですよ」

「え、尾行？」

「しっ!」

藤崎が人差し指を口に当てる。

「二次会から三次会に移動するときに気が付いたんですけどね。あいつですよ。二人組のうちの若い方、目つきも悪くて口の利き方も悪い奴」

「ああ、石嶺さんですね」

警視庁の監察官室から出向してきている石嶺三郎警部補のことに違いなかった。

「彼が藤崎さんを尾行したんですか?」

「おれをつけてたかどうかわかりませんけどね。警部殿以外は、まだ、みんなが残ってましたし。二次会からカラオケ屋に移動するときにも見たような気がするんですよねえ。たぶん、間違いないっすよ。まったく、飲み会を張り込んで何をするつもりなんだっての!ま、揺さぶりをかけてるつもりなんですかね。内輪の飲み会だから何かボロを出すとでも思ってんのかなあ。冗談じゃないよ」

「藤崎さん」

「何です?」

「北征会に捜査情報を流してるんですか? 南郷さんからお金をもらったんですか」

冬彦が藤崎をじっと見つめる。

「え」

一瞬、藤崎が息を呑む。

「まさか警部殿……。おれを疑ってるんですか？」

「質問しただけですよ。答えてもらえます？」

「おれはスパイじゃありません！　金はほしいけど、ヤクザの金なんかほしくない」

「ふうん……」

冬彦が小首を傾げる。

「警部殿は、相手の表情や動作からいろいろな情報を読み取るって寺田さんが言ってましたけど、それですか？　で、何かわかりました。おれ、嘘ついてます？」

「目の毛細血管が切れていて、ちょっと濁りがありますね。飲み過ぎですよ。まだ完全に酔いが醒めてないようですし、その状態で運転したら酒気帯びで捕まります。注意して下さい」

冬彦は、にこっと笑うと、階段を下りていく。

樋村勇作巡査は、谷本敬三副署長の机の前で直立不動の姿勢を取っている。

「昨日、飲み会だったそうだが、何か目新しいことでもわかったのかね？」

椅子に深く腰掛け、谷本副署長が樋村をじっと見つめる。

「小早川警部殿は、一次会で帰ってしまいましたので、残念ながら、あまり多くの話を聞くことはできませんでした。ご存じかもしれませんが、警部殿は下戸であります」

緊張した面持ちで、樋村が答える。

「下戸？　小早川は酒が飲めないのか」

「ビールを一口飲んだだけで真っ赤になり、その後は、ジュースばかり飲んでいました」

「面白い話だが、大して役には立たんな」

谷本がつまらなそうな顔をすると、樋村の顔が引き攣る。

「あ、そう言えば……」

警部殿は不登校で中学と高校にほとんど通っていないそうです、と言うと、

「何だって？」

谷本がぐいっと机の上に身を乗り出す。初耳だったのであろう。興味を引かれた証拠である。しかし、樋村も、それ以上、詳しいことは知らなかった。谷本の顔に失望の色が浮かぶ。

「まあ、いいだろう。小早川は私生活に問題がありそうだな。そのあたりを何とか探ってくれ。ご苦労さん」

「了解しました」

樋村は敬礼すると、緊張したまま副署長室を出て行く。

しばらく思案してから谷本は受話器を取り上げ、警察庁刑事局に電話をかけた。胡桃沢

大介理事官への直通の番号だ。

「杉並中央署の谷本です。小早川に関して面白い事実を知りまして……。ええ、不登校で中学と高校に通ってないそうなんですが……。あ、そうですか。ご存じでしたか。なるほど、大検を受けたわけですか。それから東大に……。一応、部下に、不登校の理由を探るように命じましたが、それは必要ありませんでしたか……。ほう、そちらでは不登校の理由はわからないわけですか。では、こちらで引き続き調査を進めるということで……。はい、わかりました。島本刑事局長にも、よろしくお伝え下さい。失礼します」

三

「あーっ、金曜の夜に早帰りできるとは極楽だ。これなら内勤も悪くねえなあ……」

高虎が上着を肩にかけ、お先に、と声をかけて部屋を出て行く。エレベーターホールに向かって歩いていると、

「寺田さん」

と、冬彦が追いかけてきて呼びかける。

「何ですかね、警部殿？」

「今夜、付き合ってもらえませんか」

「これ？」

くいっ、とコップを傾ける仕草をする。

「違いますよ」

「そうだよね、警部殿はオレンジジュース専門だ」

「人の命に関わることなんです」

「ふざけてる？」

「本気です」

冬彦が真剣な眼差しで高虎を見つめる。

「焼き鳥屋で一杯飲んでから麻雀……ささやかな週末の喜びを奪われるわけか」

高虎が溜息をつく。

「焼き鳥屋さんなら、行って来て下さい。お酒を飲むのはまずいですけどね。できれば九時頃から付き合ってほしいんです」

「何で、そんなに中途半端なんです？」

「こっちの都合で時間を決められないんです」

「じゃあ、九時前にここに戻ってくればいいわけですね？」

「お願いします。おいしい焼き鳥を食べて戻ってきて下さい」

「酒も飲めないのに焼き鳥屋なんかに行って楽しいわけがないでしょうが……」

高虎が首を振りながら歩き出す。

ガード下の薄暗い通路にふたつの影がある。通路内には明かりがないので黒っぽいシルエットが見えるだけで顔形は判別できない。

「月曜でしたよね、中曾根の逮捕。どうしても止められませんか？」

どうやら一人は南郷のようだ。

「無理だね」

「そうですか。となると、今日が金曜だから、明日明後日のうちに何とかしないといけないわけだ。何度も言うようですが、中曾根が口を割ることになれば、一蓮托生ですからね。わたしら、ただじゃすみませんよ」

「わかってる」

「中曾根に消えてもらうのが手っ取り早いわけですが、そんなことをすると、わたしが疑われますから、それも難しい……」

殺しで捕まるよりは賭博《とばく》罪の方がましですからね、と南郷がつぶやく。

「疑われずに済む方法があると言ったら？」

「……」

「あるんだ」

「聞かせてもらいましょうか」

南郷は相手に近付き、その言葉にじっと耳を傾ける。話を聞き終わると、ふーっと大きな溜息をつき、

「人数なら、すぐに集められますけどね。一〇人くらいでよければ」

「信用できるか？」

「タマを奪《と》ってこいと言えば、チャカを懐に入れて黙って飛び出していく連中だよ」

南郷は腹を立てたように舌打ちすると、更に相手に近付いて、

「細かい段取りを聞かせてもらいましょうかね」

と話の続きを促した。

四

高虎が「何でも相談室」に戻って来たときには九時を過ぎていた。部屋には冬彦しかいない。

「すいませんね、遅くなっちまって。もう間に合いませんか？」

「いいえ、ちょうどいい時間だと思います」

冬彦がリュックを手にして立ち上がる。

「寺田さん、飲んでませんよね?」

「何で?」

「顔が赤いですよ」

「最後に倍満を振り込んだからだね。時間を気にしながら打つと、大抵、負けるんだ」

「それならいいですけど、車を運転してもらいたいんで」

「そう言えば、どこに行くか聞いてないな」

「古賀さんのところです」

「は、古賀さんて……?」

「ほら、家の前にある電信柱に酔っ払いが立ち小便をして困ると通報してきたじゃないですか」

「ああ、思い出した。あの家か。あそこに行くんですか、こんな時間に?」

「ええ」

「おれが聞き間違えたのかな。確か、人の命に関わることだとか言ってませんでした?」

「そう言いましたけど」

「ふうん、人の命が立ち小便に変わるわけか。ひょっとして、ふざけてます?」

「ふざけてません。本気です。これは命の問題なんですよ。運転、お願いします」

高虎がカローラに装着されているデジタル時計にちらりと目を遣る。午後一〇時三〇分過ぎだ。鎌倉街道に路駐してから、すでに一時間以上経過している。古賀家から二〇メートルほど離れているが、玄関や電信柱がよく見える。

これまでに古賀家からの通報は四回あり、三回目までは、黒っぽい背広を着たサラリーマン風の中年男が電信柱に立ち小便をして困るという内容だったが、四回目は、その男が家の中を覗いているようだというものに変わっている。実際、冬彦が調べてみると、電信柱には立ち小便の痕跡はなかった。

それならば、立ち小便を装った覗きなのかと言えば、一階のリビングはカーテンを閉め切っているから覗きようがないし、二階には高校生の娘の部屋があって、カーテンを閉めずに窓を開けていることもあるが、電信柱の位置からでは角度がきつすぎて、かろうじて天井が見えるだけである。覗きにしてはおかしな点が多い。冬彦は、「謎めいた事件だ」と強い関心を示したが、高虎は、家人が神経質になっているだけだろう、とさして深刻にも受け止めていない。

カローラの位置からは古賀家の玄関だけでなく、三年坂を上って来る通行人も見える。古賀家の玄関先と三年坂を同時に見張ることができる場所に冬彦がこだわって、高虎に頼んでカローラを何度も移動させた結果である。

なぜ、三年坂にこだわるのかと言えば、その不審者が目撃されたのは四回とも深夜一二時から午前一時までの間なので、恐らく、南阿佐ケ谷駅から徒歩で帰宅する途中に違いなく、尾崎橋を渡って三年坂を上り、成田西三丁目あるいは二丁目方面に向かうと冬彦が推測したからだ。

「やっぱり、早すぎたんじゃないんですか。どうせ、その立ち小便野郎は一二時を過ぎないと現れないんでしょう？　もちろん、今夜、現れるとすればっていう話ですけどね」

「今夜が空振りなら、来週の金曜日に出直せばいいんですよ」

「何で金曜にこだわるんです？　目撃された四回のうち、金曜の深夜に現れたのは最初と最後の二回だけじゃないですか」

「月末で、しかも、週末というのが怪しい気がするんですよ」

「何が怪しいんですか？　こっちには、ちんぷんかんぷんですけどね。そもそも、人の命に関わるって言ってたけど、誰の命が危ないわけですか？　その立ち小便野郎が……」

「立ち小便をしてないことは、もう明らかになってるじゃないですか」

「それじゃ、その覗き野郎が……」

「覗きの可能性もありませんよ、たぶん」

「とにかく、そのおっさんがですね、この古賀さんの家族に恨みを持っていて、もしくは、娘とか奥さんのストーカーで、今夜、包丁を持って家に侵入する……そんなことを考えてるわけですかね？」

「いいえ、そんなことは考えていません」

「それじゃ何を考えてるんですか？」

「秘密です」

「は？」

思わず高虎が冬彦を見る。冬彦は助手席に行儀よく坐り、じっと正面に目を凝らしている。まだ、それほど遅い時間でないせいか、三年坂からは、割と切れ目なしに人が現れる。しかし、古賀家の前で足を止めることなく、そのまま歩き去ってしまう。

「何で秘密なんですか？」

「だって、寺田さんは、すぐに馬鹿にするじゃないですか」

「驚いた人だね、せっかくの週末の喜びを奪っておきながら、秘密ときたもんだ。冗談じゃない。今夜は諦めますけど、来週はお断りします。はっきり言っておきますよ。樋村か安智にでも頼んで下さい。いいですね？」

「空振りだったら、きちんと事情を説明します。そうすれば、わかってもらえるはずです」

「それなら、今、説明すればいいでしょう」

「駄目です」

「結構、頑固ですよね、警部殿」

「タバコを吸ってもいいですかね？」

「本当は嫌ですが、無理なお願いをしたのはぼくですから、それくらいは我慢します。その代わり、窓を開けて下さい」

「クーラーをかけてるのに窓を開けるんですか？」

「タバコの煙に苦しめられるより、暑さに苦しむ方がましですから」

「はいはい、吸いませんよ、タバコなんか」

高虎がふーっと溜息をついて、がっくりと肩を落とす。しばらくして、

「質問していいですかね？」

「内容によりますが」

「中学と高校にほとんど通ってないって話してましたよね、不登校で？」

「ああ、そのことですか……」

「別に詮索するつもりはないんですがね」

「こうしませんか、実は、ぼくも寺田さんに興味があるんです。だから、順番にひとつずつ質問をするんですよ」

「あまり気が進まないなあ」

「それなら尻取りでもしますか？」

「何とでも言って下さい」

「ガキじゃないんだからさ……。仕方ないな。眠気覚ましに質問ごっこでもしますか。でも、途中でやめるかもしれませんよ」

「それは、ぼくも同じです」

「どっちから質問します？」

「ジャンケンで決めましょう」

「おいおい、まじかよ……」

高虎が呆れていると、

「最初はグー、ジャンケンポン！」

冬彦が手を突き出す。釣られて高虎も手を出してしまう。

「ぼくの勝ちですね」

ふふふっ、と笑いながら冬彦がパーの掌をひらひら動かす。高虎はグーを出したのだ。

「寺田さんは頑固で、内に籠もるタイプだから、絶対にグーを出すと思ってました。わかりやすい性格ですね」

「ふんっ、いきなりだったから慌てただけだ。で、何を訊きたいの？」

「どうして奥さんに逃げられたんですか？　娘さんを連れて家を出たんですよね」

「誰に訊いた？」

高虎が冬彦を睨む。

「署内の噂で自然に耳に入ってきたんですが、ぼくは噂が好きじゃないんです。本当か嘘かわからない噂を真に受けるのが嫌なんですよ。だから、自分で判断できないときは、直接、その本人に質問するんです、噂が本当なのかどうか」

「なるほどね。だから、中曾根にも会いに行ったわけか……」

「もうやめますか？」

「いいよ、別に。陰でこそこそ噂されるより、ましだからね。どうせ、おれが酒飲みのDV男で、非番の日は家庭をほったらかしにして麻雀や競馬にうつつを抜かしてるっていうわけだよね？　それで女房に愛想を尽かされて捨てられちまった……警部殿が耳にした噂は、そんなところじゃないんですか？」

「それは聞いていています。他にも、保安係にいるとき、被疑者に暴力を振るったという話も聞いています。だから、手柄を立てても上司からは煙たがられるし、評価も低いから出世もできない。苛立ちや不満が募って酒やギャンブルで憂さ晴らしをして、家でも暴れて奥さんや子供に暴力を振るい、その結果、家庭が崩壊した……そんな感じです」

「誰だよ、そんなことを言い触らしてるのは？」

　高虎が嫌な顔をする。

「ぼくは大河内警視から聞きました」

「あの野郎」

「今の話は、大河内警視や石嶺警部補が署員から聞き取りをして集めた情報ですから、あの人たちが寺田さんを貶めるために捏造《ねつぞう》したわけじゃありません。本当なんですか、その噂？」

「全部が全部、嘘ってわけじゃない。おれは酒を飲む。依存症じゃないが、かなりの大酒飲みだ。時代遅れのヘビースモーカーだし、ギャンブルも好きだ。麻雀と競馬だけじゃなく、スロットもやる。カラオケだって大好きさ。保安係にいるとき、被疑者を殴ったり蹴ったりしたことも本当だ。一度や二度ってわけじゃない。何度もやってる。半殺しにしなかっただけでもありがたく思えと言いたいようなクズ野郎どもを叩きのめしただけだから反省もしてないが、上司が喜ばなかったのは確かだな。だけど、おれが課長や副署長に嫌われたのは、それだけが理由じゃない。今更くどくどしゃべるつもりもないけどね。他にも間違ってることがあるな。おれは出世したいなんて思ってないから、評価が低いことに腹を立てて酒やギャンブルに溺れたりもしない。酒を飲んだり、ギャンブルをするのは、それが好きだからで、他にややこしい理由なんかない。ＤＶについても、今の時代、ちょっとひっぱたいて蹴飛ばしてもＤＶだって大騒ぎされちまうから、その尺度で言えば、確かに、おれはＤＶ野郎なのかもしれない。それは否定しない。但し、娘に手を上げたことはない。本当に一度もないんだ。おれが偉かったわけじゃなく、仕事の忙しさを理由にして、育児に関わらなかったせいだろうと思う。だから、女房が娘を連れて出て行ったのは本当だが、おれの暴力が原因じゃない……」

　そこで高虎は口をつぐんで、眉間に小皺を寄せて何やら考え込み始めた。

「もういいですよ。噂は間違っていて、寺田さんの言うことが本当だと、ぼくにはわかります」

「いじめなんだ」

「え？」

「美香《みか》が……美香っていうのは小学三年生のおれの娘なんだが、三年生になってからクラスでいじめられてるって女房が言い出してな。こんな性格だから、おれもカッとなって、いじめっ子を教えろ、そいつの家に怒鳴り込んで親と話をつけてやるなんて腹を立ててたわけだ。ところが、女房の話を聞くと、誰かに暴力を振るわれるとか、物を壊されるとか、そんなことはなくて、何となく無視されているような気がするとか、二年生のときに仲のよかった子が一緒に帰ってくれなくなったとか、校外学習の班を決めるときに最後まで班が決まらなかったとか、そんな曖昧な話ばかりでね。こっちも忙しいし、そんないじめだか何だかわからないことで騒ぎ立てるわけにもいかないし、しばらく様子を見ろって話してたら、そのうちに、女房までノイローゼ気味になっちまってね。おれはあまり家にいないから、美香と二人だけで家にいると煮詰まっちまうのかなと思って、実家に帰るように勧めたんだよ。実家といっても隣の駅だし、美香も転校しないで学校に通えるからってないかと思ってさ」

「その問題は解決したんですか？」

「今になってみると、美香よりも女房の方が心配って感じだな。たまに実家に行くと、美香はだいぶ元気になったけど、女房は相変わらず元気がなくて、もう少し実家にいたいと頼むんだよ。別に構わないから、好きなだけいればいいと言ってあるんだ。おれは向こうの両親から嫌われてるし、無理して帰ることはないとか言って引き留めてるんじゃないかと疑ってるんだけどね」

「よくわかります」

「何がわかるの？」

「奥さんのご両親に嫌われているということですけど」

「はいはい、おれは嫌われ者だからね。最初の質問、これで答えになってますかね？」

「はい、それじゃ、今度は、ぼくの番ですね。不登校の話でいいんですか？」

「ま、警部殿が嫌じゃなければ」

「小学生の頃から、学校が好きになれなかったんです。自分と同世代の大勢の子供たちの中にいると身の置き場がなくて不安になるというか……他人とコミュニケーションを取るのも苦手でしたから。でも、人付き合いは駄目でも、勉強だけはいつも一番だったから、たぶん、周りからは取っつきにくくて不愉快な奴だと思われていたでしょうね」

「うん、わかる、わかる」

「中学生になると、ますます、人間関係がぎくしゃくしてきたんです。ぼくは正直に思ったことを話しているだけなのに、何だか知らないうちに相手が腹を立てるということが多くなって、そのうち、周りから無視されるようになりました。無視されること自体は、そんなに苦痛でもなかったんですが、こっちが話しかけても聞こえない振りをされたり、ここにいるのに誰もいないように振る舞われるようになったんですね。クラスという集団の中で疎外されると学校生活が成立しなくなってしまうんですよ。やたらにグループ活動が多いのに、どのグループにも入れないわけですから。だから、学校に行くのをやめたんです。それだけのことです」

「何だか不登校になってよかったと言ってるように聞こえますが、気のせいですかね？」

「いや、その通りです。ずっと家に籠もっているのは、ぼく自身にとっては、そう居心地の悪いことでもなかったんですよ。深刻な問題は、ぼくの不登校が原因で両親の関係が悪化したことです。父はぼくを責め、母はぼくを庇ってくれました。まったく意見が嚙み合わないので、顔を合わせると父と母が怒鳴り合うような生活で、その影響で、ぼくの精神状態まで不安定になってしまったほどです。何だかんだといろいろあって、ぼくが中学三年生のときに、両親が離婚したんです。父は妹を連れて家を出て、ぼくは母と二人で暮らすことになりました。父が慰謝料や養育費の支払いを拒否したので母には随分と苦労させてしまいましたが、おかげで、ぼくの精神状態は安定しました」

「高校にも行かないで、いきなり、東大に入ったわけだよね？」

「はい。基礎的なことは独学でも学べますが、やはり、専門的な分野は大学で学ばないと駄目だとわかってましたから」

「何で、警察官になったんですか？」

「それは、ふたつ目の質問です。ぼくが質問する番ですよ」

「どうぞ」

「石坂文代さんとは、どういう関係なんですか？」

「何だと？」

高虎の顔色が変わる。

「どうして、そんなことを訊くんだ？」

「気になるからです」

「誰かが噂してるのか？」

「いいえ、ぼく一人の考えです」

「あ、そう。それじゃ、質問ゲームは終わり。おれ、寝ますから」

高虎はシートを倒すと、腕組みして目を瞑る。

「いいですよ、そういう約束でしたからね。でも、ひとつだけ言わせてもらっていいですか？　美香ちゃんのことなんですけど、相手を無視するというのは精神にダメージを与える立派な暴力であり、いじめですよ。ぼくは平気でしたけど、普通の子供は平気じゃないと思います。しかも、クラス全体から無視されたりすれば、かなりのダメージのはずです。お節介ですけど、奥さんとよく話し合って美香ちゃんを守ってあげて下さい」

「……」

高虎は返事をせず、目を瞑ったままだ。

五

「寺田さん、起きて下さい」

冬彦が高虎の腕に手をかけて揺さぶる。

「もう食えないから……」

「寝ぼけてる場合じゃありませんよ」

「ああ……」

高虎がぼんやりと目を開ける。

「そう言えば、張り込み中だったな。何時ですか？」

「一二時半くらいですね。見て下さい」

冬彦が前方を指差す。古賀家の前にある電信柱に誰かがもたれている。見た目は、スーツ姿のサラリーマンだ。

「あの男が……そうなんですか？」

「まだ、わかりません」

「ふうん、あんなところにじっと突っ立って、立ち小便じゃないとすれば、やっぱり、覗きか。それとも、空き巣に入る計画でも練ってやがるのか。体格もよさそうだな。背も高いし、肩幅も広い。あれじゃあ、うっかり注意なんかできないよな」

「電信柱に手をついてますよね？」

「まさか電信柱を上って、二階の娘の部屋を覗くつもりなんじゃ……」

「行きましょう」

「もうちょっと様子を見た方がいいでしょう。何か悪さをすれば現行犯逮捕できますよ。たとえ立ち小便だとしても軽犯罪なんだから」

「駄目です。間に合わなくなるかもしれません」

冬彦がドアを開けて車を降りる。

「は？　何が間に合わなくなるって」

小首を傾げながら、高虎もドアを開ける。

冬彦が小走りに、その男に近付いていく。

「しっかりして下さい。大丈夫ですか」

「おいおい、何を間抜けなことを言ってるんだよ」

後を追いながら、高虎が呆れる。突然、電信柱につかまっていた男がずるずる膝から崩れ落ちて、地面に坐り込んでしまう。

「やっぱり、そうだ。ひどい汗をかいてる」

その男の傍らにしゃがみ込んで、冬彦が納得したようにつぶやく。

「警部殿、どういうことなんですか、おれには何が何だか、さっぱり……」

「寺田さん、救急車を呼んで下さい」

「救急車？　そいつを署に連行するんじゃないんですか」

高虎が目を白黒させる。

「一刻を争うんです。急いで下さい」

「わからねえ。まったく、わけがわからねえ……」

ぶつくさ言いながら高虎が携帯電話を取り出す。そこに騒ぎを聞きつけて、古賀家の住人が顔を出した。

「刑事さん、犯人を捕まえてくれたんですか？」

この家の主婦、古賀道子が訊く。

「いいえ、この人は何も悪いことなんかしてません。具合が悪いだけです。病気なんですよ。それも、かなり重症だと思います」

六

七月二五日（土曜日）

午前零時から午前八時までの工場勤務を終えると、甲州街道沿いにあるファミレスか牛丼屋でモーニングセットを食べるのが崎山晋也の日課だ。

しかし、今日はまったく食欲がない。体調が悪いわけではない。激しい怒りが胸の中に渦巻いていて空腹すら感じないのだ。

怒りの原因は、いつものように正社員の木村勝男だ。木村は気分にムラがあり、虫の居所が悪いとアルバイトやパートに八つ当たりして鬱憤晴らしをするような男だ。

このふた月ほど、崎山が標的にされ、陰湿ないじめを受けている。以前は木村が深夜勤務に入るのは週末だけだったから、何とか耐えられたが、この頃、平日にも深夜勤務に入るようになった。しかも、その回数が明らかに増えている。噂では競馬に凝り始めて金遣いが荒くなったので、割増賃金を目当てに積極的に深夜勤務を買って出ているのだという。平日の深夜勤務が増えたのも、土日に競馬場に出かけるためらしい。

木村の深夜勤務が増えたことで、崎山がいじめを受けることも多くなった。

（今日もひどかったな）

思い出すだけで怒りで体が震えてくる。

サンドイッチの運搬作業をしているときに木村に足を引っ掛けられてトレイをひっくり返し、みんなの前で怒鳴りつけられた。汚れた作業着を着替えるために更衣室に戻ると、木村が追って来て、いきなり背後から蹴りを入れられた。

「おっさん、さっさと辞めろって！　てめえは疫病神《やくびょうがみ》だよ。週末にあんたの胸糞悪い面を見ると、おれの運気が落ちるんだ。大して時給がいいわけでもないんだし、他にも仕事なんかあるだろう。コンビニの店員にでもなればいいじゃねえか」

崎山が黙っていると、木村がペッと唾を吐いた。唾は崎山のズボンに付着した。

「腹が立つよな。かかってこいよ。こっちが正社員だからって遠慮するな。ほら、来い」

「……」

「どうしようもねえ根性なしのウジ虫野郎だ。おとなしくしてれば、そのうち、おれが異動していなくなるとでも期待してるんだよな？　生憎《あいにく》だが、そうはいかないぞ。半期毎にパートの査定をすることになってるから、あんたには最低の評価をつけてやるよ。どんなに頑張っても九月いっぱいでクビだからな」

「一年契約ってことになってるんですけど……」

「バーカ、ただの紙切れだよ、そんなもん」

「どうして……どうして、嫌がらせばかりするんですか?」

「嫌いだからだよ。その顔も嫌いだし、その態度も嫌いだ。三〇を過ぎて、だらしない生活をしてるのも嫌いだ。あんたを見てると、むかむかする」

「何も知らないくせに……」

「お、こいつ、初めて一人前に口答えしやがったな。あんたのことなんか知りたくもないよ。どうせ、いずれはホームレスにでもなるんだろうが」

「……」

おれにだって言いたいことがある、腹の中に溜まっている不満をぶちまけ、怒りを爆発させて、思い切り木村を殴りたい……そう崎山は思ったが、結局、何もできなかった。木村への憎悪を感じると共に、木村に面罵《めんば》されながら、何もできなかった自分自身も情けなくてたまらない。

(おれは木村なんかに馬鹿にされる男じゃない。おれには力があるんだ。みんながそれを知らないだけで……)

木村に思い知らせてやりたい、あいつを焼き殺してやりたい、と崎山は思う。木村が炎に包まれて悶《もだ》え苦しむ姿を想像するだけで興奮し、気分がよくなる。自分のためだけではない。木村に泣かされているアルバイトやパートは他にもいるし、木村のいじめに耐えかねて辞めていった者も少なくない。彼らの恨みを晴らしてやるのだ。木村を焼き殺すのは、みんなのためになることなんだ……次第に崎山の気分は高揚してくる。

実は、先月の中頃、木村にひどく罵詈雑言《ばりぞうごん》を浴びせられて殺意を抱き、会社が社員寮として借り上げている木村のアパートを下見した。かなり綿密な計画も立てたが土壇場で腰《こし》砕《くだ》けになって中止したことがある。そのときは、人を殺すという一線を踏み越えることができなかった。

（今度こそ焼き殺してやる）

金曜に木村が深夜勤務に入ると、土曜は、そのまま競馬場に直行するという話を前に小耳に挟んだことがある。崎山は競馬に詳しくないのでよくわからないが、東京競馬場や中《なか》山《やま》競馬場で開催がないときは、福島や新潟にまで足を延ばすそうだ。

徹夜で競馬場に出かけるのなら、競馬が終わるとさっさとアパートに戻ってきて、夜更かしせずに寝てしまうのではないか、と崎山は考えた。日曜も競馬場に行くつもりなら、きっと、そうするに違いない。つまり、今夜はアパートで早寝をするということだ。火が回ったことにも気が付かずに熟睡し、目が覚めたときには火達磨《ひだるま》だ……そんな想像をして、ようやく崎山の顔に笑みが浮かんだ。

七

おはよう、と声をかけながら、三浦靖子が「何でも相談室」に入って来る。パソコンを操作している冬彦を見て、

「お。やっぱり、いたね。熱心だよねえ。経験なんかなくたって、ドジばかりしたって、とにもかくにも警部なんだから、給料だっていいわけだし、休日出勤なんかしないで、何か雑用があるのなら樋村にでもやらせればいいのに、きちんと自分でやるもんねえ。うん、あんたは偉い。もっとも、やる気が空回りしてるような気もしないでもないけどね」

わたしだって好きで休出してるわけじゃないのよ、事務職員なんて暇そうに見えるだろうけど、いきなり新設部署なんか立ち上げられて、そこの事務を一人でやれなんて言われたら、こっちだって慌てるわよ……靖子がぶつくさと文句を言う。

「どうしたんですか、三浦さん。ひょっとして酔ってますか?」

パソコンの画面を見つめたまま、冬彦が訊く。

「酔ってないわよ。もっとも、いくら飲んでも、酔いを残して仕事に出て来るなんて醜態をさらしたことはないけどね。今日は土曜なんだから、二日酔いだったら、うちで寝てるっての。そうじゃなくて、朝っぱらから嫌なものを見ちゃったわけ。それで気が昂《たか》ぶって

るのかも」

「嫌なもの？」

「寺田高虎」

　靖子が顔を顰める。

「わたし、最寄り駅が阿佐ケ谷なのよ。大した距離じゃないから、時間に余裕があって、元気なときは歩くんだけど、そうじゃないときは、バスで南阿佐ケ谷まで通勤してるわけ。ロータリーでバスを待ってたら、よれよれした男が歩いてくるわけよ。いかにも、週末の夜、酒を飲みました、麻雀をやりました、気が付いたら朝でした、お金も気力も体力も使い果たしました……そんな感じで、全身から酒と汗とタバコの臭いが漂ってきそうなだらしのない男。うわ、嫌だなあ、こっち来るなバカ、あっち行け、しっしっ、空気が汚れるじゃねえか……もちろん、口に出したりしないわよ、心の中で思っただけなんだけど、いきなり、その男が顔を上げたわけ」

「寺田さんだったんですか？」

「そう、高虎。げーって感じ。話しかけられたら大変だと思って、大急ぎでバスに飛び乗ったわよ。幸い、気が付かれなかったみたいだけどね」

「ひどいなあ、同僚じゃないですか」

「職場では普通に応対するわよ。少しくらいなら嫌なことでも我慢する。だけど、休みの日にまで関わりたくないわよ。何だか、見るたびに薄汚くなっていくんだねえ、高虎は」

女房に逃げられるような男は駄目だわ、と靖子が腕組みして、うんうん、とうなずく。

「それは違いますよ」

「何が？」

「奥さんに逃げられたわけじゃないんです」

「じゃあ、何でよ？」

「それは……いろいろあるんです」

冬彦が口籠もる。

「何か知ってるのなら教えなさいよ」

「それは言えませんが、少なくとも、寺田さんが阿佐ケ谷の駅前をしょぼくれた格好で歩いていたのは、徹夜麻雀をしたからじゃありません。ゆうべは、ぼくと一緒でしたから」

「いつの間に、そんなに仲良くなったわけ？」

靖子が目を細めて、じっと冬彦を見つめる。

「だから、そうじゃなくて、別に遊んでたわけじゃなくて、ゆうべは二人で張り込みをしたんです。で、その後、阿佐ケ谷の救急病院に行って、お医者さんに事情を説明したり、患者さんのご家族に連絡したり、何だかんだとばたばたしているうちに、とっくに終電もなくなっていました。大して疲れも感じていなかったので、始発を待つ間、署に戻って報告書を作成してしまおうと思ったんですが、寺田さんが居酒屋で飯でも食おうと誘ってくれたんですよ。ぼくもきちんとした夕食を摂っていなかったので、お腹がぺこぺこでした。居酒屋に行って、ぼくはおにぎりと唐揚げを食べて店を出ました」

「高虎は？」

「残りました」

「飲んだんだよ、一人で」

「確かに、病院には車で行ったわけだから、素面《しらふ》だったら電車に乗るはずがありませんよね。そうか、居酒屋で飲んだから駅前にいたのか」

「酒酔い運転をしなかっただけでも、いくらか正気を保ってたってことだね。副署長からも課長からも嫌われてて、ずっと評価も低いわけだし、飲酒運転なんかしたら一発でクビだもんね。ん？　病院って言った？　高虎、どこか怪我でもしたの？」

「違います。ぼくたちじゃありません。夜中にうちの前で立ち小便をしている不審者がいる、立ち小便の振りをして家を覗いているのかもしれない……そんな通報があったじゃないですか。実は、立ち小便でも覗きでもなく、その人は病気だったという話なんです」

「犯人が病気？」

靖子が眼鏡を触りながら、パソコン画面に顔を近付ける。

「立ち小便及び覗き等の不審な行為をしているという嫌疑をかけられていた岸和田康光《きしわだやすみつ》氏

は、実は重度の糖尿病を患っており……ふうん、全然わかんないんだけど、これが張り込みと何の関係があるの？」

「これは下書きですし、まだ途中なのでわかりにくいんですよ。きちんと仕上げて月曜の朝に亀山係長に提出するつもりです」

「いい心懸けだねえ」

靖子が冬彦の肩をぽんぽんと軽く叩く。

「ひとつでもふたつでも事件を解決して係長の不安の種を減らしてあげてよ。そうすれば、トイレに籠もる時間も減るだろうからさ。何しろ、ちょっと目を離すと、すぐに席を離れるんだよねえ。事務処理が手間取って困るのよ」

さあ、ぼちぼち仕事を始めるか、と大きく伸びをしながら、靖子が自分の席に着く。

「三浦さん、ひとつ質問していいですか？」

「あら、東大出のキャリア君に教えてあげられることがあるかしら」

「寺田さんの誕生日を知りたいんですけど」

「は？」

靖子の目が点になる。

「まさか、誕生日プレゼントでもするつもり？」

「違いますよ」

「それなら本人に訊けばいいじゃん」

「教えてくれませんよ」

「昭和四三年九月一六日。えーっと西暦で言うと……」

「一九六八年ですね。何で、すぐに言えるんですか?」

「昭和五七年一一月三日。ほら、君の誕生日だって覚えてるよ。係長や樋村の誕生日も知りたい?」

「いや、結構です。もうひとつ、どこの高校を出たか教えてもらえませんか?」

「小早川く〜ん、何を探ってるの? ひょっとして、警視庁の監察官室の手先になった?」

「あの人たちなら、それくらいのことは、とっくに調べてあると思いますよ」

「でも、個人情報だからねえ」

「黙ってうなずくか、首を振るだけでいいですから。杉並東高校ですか?」

「知ってるなら訊くなって」

靖子が肩をすくめる。

「もうひとつ質問していいですか?」

「何よ」

「三浦さん、ここの署員から『鉄の女』と呼ばれてますよね」

「ああ、そうらしいね」

「それは当たってると思うんですけど、『永遠の処女』と呼ばれるのは変じゃないですか？」

「オードリー・ヘップバーンみたいに美しいってことかしらね、おほほほっ……」

靖子が腰をくねらせながら、「ムーン・リバー」を歌い始める。

「だって、三浦さん、処女じゃありませんよね。結婚してたでしょう？」

「高虎がしゃべったの？」

「左の薬指に指輪の痕が残ってますよ。よほど痩せるか太ったりして体形が大きく変わらないと、指輪の痕って何年も残りますからね」

「余計なことを勘繰るんだねえ」

「お子さんもいますよね」

「……」

靖子が真顔になる。

「何を言ってんの？」

「やっぱりか。ご主人と離婚して、お子さんは……たぶん、息子さんだと思いますが、どちらについていくかを決めなければならなくなったとき、ご主人を選んだんですよね」

「あんた……」

「それくらい想像がつきますよ。毎日、三浦さんの毒舌にさらされていたら誰だって、うんざりしますからね。その点、三浦さんと寺田さんはよく似ていると思いますよ。言うなれば、同じ穴の狢っていうか……」

「小早川君」

靖子が冬彦の正面に仁王立ちになる。両手で冬彦の顔を挟み、ぐいぐいと力を入れる。

「君さあ、わたしを敵に回したいわけ？　それとも、これからも仲良くやっていきたい。ふたつにひとつだよ。どうする？」

「あふあふあふ……」

顔を圧迫されているので言葉が出てこない。

「仲良くしたいわけね？」

「あふあふ……」

冬彦が大きくうなずく。

「よろしい」

手を離して、靖子がにっこりする。

おしゃべりがウォーミングアップ代わりだったのか、それから靖子は猛然と仕事を始めた。仕事に集中しているときは、ほとんど無駄口を叩くこともない。冬彦も黙々と報告書の作成に励んだから、部屋の中は静かなものだ。

「小早川君」

「はい」

「おにぎりかサンドイッチでも買ってこようか？」

「え？」

「もう昼だよ」

「そんな時間ですか」

時計を見ると、一一時三〇分過ぎだ。

「コンビニに行くから何か買ってきてあげる。外に食べに行くなら、いいんだけどさ」

「ありがとうございます。でも、大丈夫です」

冬彦はリュックの中をごそごそ掻き回すと、スティックタイプのバランス栄養食と紙パック入りの野菜ジュースを取り出した。

「用意がいいんだねえ。ドラえもん君は」

それじゃ行って来るから、と靖子が席を立つ。

冬彦はパソコン画面に視線を戻すと、

「参ったなあ、夢中になって長く書きすぎた。短くしないとなあ……」

重大事件の報告書というわけでもないから、どんなに長くても二枚程度に収めなければならないのに、冬彦の報告書は三〇枚もある。それだけ長いと短くするのも大変だ。こことここを削って、でも、それだと文脈の流れがおかしくなるし……ぶつくさ言いながら冬彦が首を捻っていると、誰かが部屋に入ってくる気配がする。靖子が戻ってきたのだと思い、振り返らずに、

「何か忘れ物ですか？」

「忘れ物っていうより、落とし物を拾ったみたいな感じとでも言えばいいのかしらね」

「何のことですか？」

冬彦が椅子をくるりと回転させて、入り口の方に体を向ける。

ドアのそばに靖子が立っている。一人ではない。麻田さやかと手を繋いでいる。火曜日に迷子で保護された五歳の幼稚園児だ。

八

「さやかちゃんだよね？」

「うん」

さやかがうなずく。

「正面玄関の前にぽつんと立ってたのよ。放っておけないから、ここに連れて来た」

「ここに一人で来たの？」

冬彦は椅子から立ち上がり、さやかの前にしゃがみ込む。

「落とし物」

「え、落とし物？」

「これ」

さやかがキーホルダーを差し出す。イルカを象《かたど》ったかわいらしいデザインだが、安物ではなく、かなりの高級品だ。素材は銀に違いない。

「ふうん、届けてくれたんだ」

「うん」

「どれどれ……」

冬彦がキーホルダーを手に取り、目を瞑って、うーんと唸る。

「おやおや、見えるぞ。顔がぼんやりしてるなあ。このキーホルダーの持ち主は、とても退屈しているようだ。宝石箱から何かを取り出してポケットに入れたぞ。パパとママはいないのかな。一人でおうちを出て電車に乗るみたいだなあ……。あ、こっちに来る。うーん。顔が見えた」

冬彦は目を開けると、にこっと笑いかけながら、

「はい、さやかちゃんに返すね」

キーホルダーをさやかに渡す。

「すごいじゃないの、どうしてわかるわけ？」

靖子が目を丸くする。冬彦は黙って、キーホルダーの裏側を指差す。そこに「ＳＡＹＡＫＡ」と刻印されている。途端に靖子が、何だ、とつまらなそうな顔になる。

「わたしのこと、怒る？」

「ううん、怒らないよ。でも、一人で電車に乗るのはよくないと思うなあ。危ないから。パパとママは知ってるの？」

冬彦が訊くと、さやかが黙って首を振る。

「小早川君」

靖子が電話をかけるという素振りをする。先達て、母親の麻田知佳子が署にさやかを迎えに来たとき、自宅の住所、固定電話の番号、携帯電話の番号などを用紙に記入していったから、すぐに連絡が取れる。冬彦は、お願いします、とうなずくと、

「何か食べる？」

「食べる」

さやかがこっくりとうなずく。

「あ、そうだよね、お昼だもんね。コンビニで何か買ってくるわよ。それじゃ、嫌でしょう。子供向けじゃないもんね」

靖子が冬彦のバランス栄養食を見る。

「卵サンド、好きかな?」

「好き」

「はい、どうぞ」

冬彦がリュックから卵サンドを取り出す。

「イチゴミルクは好き?」

「好き」

「はい、どうぞ」

また、リュックから取り出す。

「ありえね～」

首を振りながら、靖子が自分の席に戻る。

食事をさせながら、冬彦はさやかに手品を見せてやる。右手にあったゴムボールが一瞬のうちに左手に移ったり、二〇センチくらいの長さの棒が鼻の穴の中に入ってしまったりという、種明かしをされれば拍子抜けしてしまいそうな他愛のないものばかりだが、さやかは嬉しそうに声を上げて喜んだ。

しばらくすると、靖子が二人のそばにやって来て、

「駄目だわ」

と首を振る。

「どっちもですか？」

「うん、どっちも」

つまり、固定電話も携帯電話も繋がらないということだ。

「ねえ、さやかちゃん。今日は土曜だけど、お父さんは仕事？」

靖子が訊く。

「……」

さやかが黙って首を振る。

「お母さんは、どこにいるのかな？」

「……」

また首を振る。明らかに表情が暗くなる。それを見て、何か事情がありそうだと察し、

「三浦さん、ぼくがさやかちゃんを送っていきますよ。報告書、すぐには終わりそうにないので、明日、うちで考えますから」

「無理しなくてもいいのよ。生活安全課にも当番の刑事が出勤してるんだし」

「さやかちゃんは迷子じゃありませんから。落とし物を届けてくれたんですよ。ね？」

「うん」

さやかが大きくうなずく。

九

麻田さやかの自宅最寄り駅は西荻窪だ。丸ノ内線で荻窪に出て、中央線に乗り換える。乗り換えのとき、雑踏の中に冬彦は高虎の顔を見つけた。早朝の阿佐ケ谷駅前で三浦靖子に目撃されたときには酔っ払ってふらふらしていたという話だったが、確かに遠目にも疲労しているように見えるものの、酔っているようには見えない。てっきり家で爆睡しているのだろうと思っていたので、昼過ぎに荻窪駅で何をしているのか不思議だった。一言くらい、ゆうべのお礼を言いたいと思ったが、さやかが一緒なのでためらった。雑踏の中を慌てて追いかけて、さやかが転んで怪我でもしたら大変だと気遣ったのだ。月曜にお礼を言えばいいかと歩きかけたとき、高虎の横を石坂文代が歩いているのに気が付いた。

(また、あの人と一緒にいる……)

水曜の夜に二人が一緒にいるのを目撃して以来、何となく気になって石坂文代の相談内容をまとめた報告書をこっそり読んだりしていた。なぜ、夫からのＤＶ被害を相談に来た中年女性に高虎が関わるのか疑問だったからだ。

それにしても、わずか四日の間に二度も偶然、二人を見かけるというのは普通ではない。見かけた時間帯も、まるで違っている。よほど頻繁に二人が会っているとしか考えら

れない。自分が立ち入るべき問題なのかどうか迷ったが、このまま見て見ぬ振りもできない気がして、

「さやかちゃん、ちょっとだけ寄り道していいかな？」

「うんうん」

さやかは、ぴょんぴょん跳びはねながら大きくうなずく。その反応を見て、

（よっぽど、うちに帰るのが嫌なんだな）

と、冬彦は察した。


人混みの中を急ぐのは、さやかが危険ではないのか、という冬彦の心配は、まったくの杞憂《きゆう》だった。雑踏の中では小さいさやかの方が大人の間をすいすい通り抜けられるのだ。しかも、さやかはすばしこいから、うかうかしていると冬彦が置き去りにされてしまう。

「どっちに行くの？」

と訊いて、冬彦があっちだよ、と教えると、さーっと走り出す。さやかを見失わないように後を追うのが大変だった。さやかは鬼ごっこでもしているつもりらしく大いに楽しそうだったが、冬彦は疲れる。徹夜で仕事を続けたツケが今になって回ってきたらしい。

駅を出てからは、一五メートルほどの距離を置いて、高虎と石坂文代を尾行する。さやかが勝手に走り出さないように手を繋いだ。

駅前は人通りが多かったが、裏通りに入っていくと、次第に人通りもまばらになる。高虎が振り返ったら、まともに顔が合いそうなほどだが、高虎と石坂文代は何やら深刻そうな顔で話しながら歩いていて、背後にはまったく無警戒だ。突然、高虎が足を止め、前後左右を見回したので、咄嗟に冬彦とさやかは自販機の陰に隠れた。

「ねえ、かくれんぼしてるんでしょ？　誰から隠れてるの」

「そりゃあ、悪い人さ」

「ふうん、楽しいね」

「それは、よかった」

そっと顔を出して様子を窺うと、二人の姿が消えている。

「あ。まずい」

さやかの手を引いて、冬彦が駆け出す。突き当たりまで一気に走ろうとするが、高虎が立ち止まったあたりで急ブレーキをかけて足を止める。道路沿いにあるラブホテルの入り口が目に入った。周囲を見回しても他に二人が入りそうな場所はないし、そのまま歩き続けたのなら、まだ後ろ姿くらいは見えるはずだ。ここに入ったと考えるのが自然である。

「こういうことになるのか。参ったなあ……」

冬彦が溜息をつく。

電車が西荻窪駅に着くと、ホームで、

「さあ、ここからは、さやかちゃんに案内してもらおうかな。頼めるよね？」

もちろん、冬彦は、さやかの自宅住所や電話番号を控えてあるから、別に案内してもらう必要はないのだが、敢えて、さやかに道案内を頼むことにした。なぜ、さやかが一人で勝手に家を出てくるのか、なぜ、家に帰るのを嫌がるのか、その理由がわからないので、さやかには悪いと思ったが、もう少し試してみたかったのだ。

「うん、いいけど」

気の乗らない表情でさやかがうなずく。

現金なもので、駅を出た途端、さやかの歩みが露骨に遅くなる。帰宅を少しでも遅らせたいという表れだ。さやかの家は松庵《しょうあん》三丁目で、普通に歩けば駅から一〇分くらいで着くはずなのに、二〇分以上もかかった。さやかが遠回りをしたせいだ。

（これは、かなり深刻だな……）

本当なら、パパとママが大好きで、パパが休みの日には一緒に遊んでもらったり、家族で出かけたりして楽しく過ごすべきなのに、家にいるのが嫌で電車を乗り継いで警察にやって来るというのは、やはり、普通ではない、と冬彦は思う。今日はたまたま冬彦と三浦靖子が休日出勤していたからよかったものの、知らない人ばかりだったら、さやかはどうするつもりだったのだろう……そこまで考えて、

「ねえ、さやかちゃん。今日は土曜日だよね。ぼくたちも土日は休みなんだよ。今日は仕事をしてたけど、いつもそうだとは限らないんだ。ぼくがいなかったら、どうするつもりだったの？」

「わかんない」

さやかが首を振る。

「ぼくに会いに来てくれたんじゃないの？」

「手品……」

「え？」

「手品、面白かったし、トランプも楽しかったし、お菓子もおいしかったから」

「そっか」

火曜日にさやかが保護されたとき、母親が迎えに来るのを待つ間、お菓子を食べながら手品を見せたり、一緒にトランプをしたりして過ごした。それがよほど楽しかったからこそ、さやかは杉並中央署にやって来たのだ。裏返して考えれば、その程度のことが強い記憶として甦るほど、他に楽しいことが何もないということでもある。

家にいても楽しいことがないから、家にも帰りたがらない……さやかの仕草や表情を観察すると、家を嫌っているのは間違いないようだが、その原因が何なのかは依然として不明だ。父を嫌っているのか、それとも母を嫌っているのか、あるいは、何らかの虐待でも受けているのか、それをさやかのボディランゲージだけから読み解くことはできない。

「ここ」

　さやかが足を止める。

「ふうん……」

　ロココ調の真っ白な洋館である。建て売りではなく、注文住宅なのであろう。周囲の一戸建てとは、まるで雰囲気が違っている。良くも悪くも目立つ家である。それほど広くはないが庭もあり、二台止められるカーポートもある。麻田家はかなりの資産家なのだと冬彦は察した。

　インターホンを押してみるが応答はない。

「誰もいないよ。車、ないでしょ」

「そうだね」

　夫婦がそれぞれ車に乗って外出したということらしい。

「うちで遊ぼうよ」

　さやかが家の鍵をポケットから取り出す。

「それは無理だね」

　冬彦が首を振る。両親の留守中に勝手に家に上がり込むわけにはいかない。

「……」

見るからに意気消沈して、さやかが目を伏せる。冬彦としても、家に誰もいないのに、さやかを一人で残していくのは心配だった。冬彦が帰った途端、またどこかに出かけてしまうかもしれない。それでは何のために連れ帰ったのかわからなくなる。通りすがりに公園があったことを思い出し、

「パパかママが戻るまで、近くの公園で遊ぼうか」

と提案すると、

「うん！」

さやかが目を輝かせてうなずく。

住宅街の一角にぽつんとある小さな公園で、遊具も少ない。ブランコ、鉄棒、滑り台、ジャングルジム、砂場がある程度だ。さやかは冬彦の手を引いて足取りも軽く公園に駆け込むと、滑り台を二回滑り、ジャングルジムに登り、鉄棒にぶら下がり、砂場でお城を作った。遊びながら、絶え間なく冬彦の方をちらちらと眺めて、手を振る。一人遊びばかりさせられている子供の特徴で、自分が置き去りにされるのではないかという不安感のせいで、冬彦がいることを確かめずにいられないのだ。冬彦が砂場にしゃがみ込んでお城作りを手伝い始めると、ようやく、さやかも安心する。

「お友達と遊ばないの？」

「いないもん」

「いないの？」

「幼稚園で遊ぶ友達はいる。でも、近くにはいないの。幼稚園、遠いから」

「ふうん……」

遠くの私立幼稚園に通っているので近所に友達がおらず、パパとママが相手をしてくれないと遊び相手がいないのだな、と冬彦は察する。

「ブランコに乗る」

さやかは立ち上がると、いきなり、お城の上でジャンプして、お城を壊してしまう。それから、ブランコを目がけて走り出す。

「まだ五歳なのに、随分、重たいものを背負ってるみたいだなあ……」

家を一人で出て電車に乗って遠くに行こうとするのは、一種の逃避行動に違いない。それだけでも深刻な問題だが、そこに暴力的な傾向が加わると、更に問題は複雑になり、深刻度を増す。

自分でうまくブランコを漕ぐことができず、さやかは足をぶらぶらさせている。冬彦がゆっくり背中を押してやる。

「さやかね、犬が飼いたかったの」

「動物が好きなんだね」

「でも、駄目だって。散歩させるのが大変だから。さやかが散歩させるって言ったけど、まだ小さいから無理だって」

「ワンワンうるさく吠えるし、一日中まとわりついてくるしね。とにかく、犬はべったりだからなあ。ぼくは小学生のときに近所のブルドッグに嚙まれてから犬が大嫌いになったよ。いいんじゃないのかな、犬なんか飼わなくても。毎日、朝と夕方、雨が降っても雪が降っても散歩させるわけだし」

「猫でもいいよって言ったの。でも、駄目だって。猫は壁とか家具を引っ搔くんだって」

「あんまり懐かないしね。自己中心的っていうか、人間を召使いみたいに考えてるんだよなあ。うちで飼ったことがあるけど、何か気に入らないと、すぐに毛を逆立てて、フーッと睨むし、爪で引っ搔くし。かわいいっていうより、憎たらしかったよ。犬も嫌だけど、猫も嫌だよなあ」

うんうんと納得したように冬彦がうなずく。

「ハムスターを飼ってる子が幼稚園にいるから、ハムスターでもいいって言ったの」

「最悪だよ。あの臭いがなあ……。小学校で飼育してたけど、飼育当番になるのが嫌だったなあ。全然懐かないし、ちっともかわいいと思えなかった。テレビのハム太郎は好きだったけど、本物のハムスターは大嫌いだった」

「ママもそうだって。臭いから嫌いなんだって」

「パパは？」

「パパは何も言わない。ママが駄目って言えば、駄目だから」

「そうなんだ」

「本当は犬か猫がいいんだけど、ママが駄目だって言うし、ハムスターも駄目なら、小鳥でもいいかなって思ったの、インコ」

「インコを飼ったこともある。妹がかわいがってたけど、ぼくは嫌いだった。家の中で放し飼いにすると、よく頭の上にフンをされた。妹にはしないのに、なぜか、ぼくの頭ばかり狙ってフンをするんだ。あれも嫌なインコだったなあ……」

「インコも駄目だって。世話が大変だから。さやか、がんばるのに」

「どっちかというと、ぼくもペットは勧めたくないけど、それは、さやかちゃんの問題でぼくが口を出すことじゃないから」

「うちには何もいない。犬も猫もいない。ハムスターも小鳥もいない。金魚なら飼ってもいいって言うけど、金魚じゃ、お友達になれないもん」

さやかが淋しそうにつぶやく。

冬彦は黙ってブランコを押してやる。

しばらくすると、

「あ、パパだ」

公園の前を走り過ぎたＢＭＷを見て、さやかがブランコを飛び降りて駆け出す。

一〇

カーポートにＢＭＷが停まり、ゴルフウェアを着た三〇代半ばくらいの年格好の日焼けした男がトランクからゴルフバッグを取り出している。さやかの父・麻田秀和《ひでかず》だ。

「パパ！」

さやかが叫ぶと、秀和が顔を上げ、白い歯を見せて笑う。抱きついてくる娘を軽々と抱き上げ、さやかの頭をくしゃくしゃにしながら、

「どこで遊んでたんだ」

「おまわりさんと遊んでた」

「おまわりさん？」

秀和が怪訝な顔になったのは、門扉の前に立っているのがリュックを背負い、ジーンズにＴシャツ姿のオタクっぽい青年だったからだ。秀和の戸惑いを察知した冬彦は、

「杉並中央署・生活安全課の小早川と申します」

と、警察手帳を出して見せた。

「ああ、刑事さんでしたか……」

冬彦が警察官だと納得したものの、なぜ、ここにいるのかわからないという顔をしている。

「火曜日にさやかちゃんをうちの署で保護したことは、ご存じですよね？」

「え、ええ……そうでしたかね。そう言えば、妻から聞いたような気が……」

その曖昧な言い方と、無意識のうちに視線が右上に泳ぐのを見て、

（何も聞いてないのか）

と、冬彦は秀和の嘘を見抜いた。

「今日も署に来たんですよ、電車を乗り継いで」

「さやかがですか？」

「ええ」

「年の割に大人びているところがあって、電車やバスくらいなら一人で乗れるんです。でも、最近は収まっていたはずなんですけど……」

「というと、以前から、たびたび、そういうことがあったんですね？」

「そう頻繁にというわけではありませんが……」

また秀和の右目が泳いだのを冬彦は見逃さなかった。

「ご両親と連絡を取ろうとしたんですが、固定電話にも携帯電話にも繋がらなかったんです。携帯は奥さんの番号です」

「おかしいな、そんなはずはないんですが……」

秀和が首を捻る。

「一人で帰すわけにもいきませんので、わたしが付き添ったようなわけです」

「それは、お手数をおかけしました」

秀和が深く腰を屈める。

「パパ、中に入ろうよ。さやか、喉が渇いた。カルピスが飲みたい」

「あ、ああ、そうだね」

「一緒に」

さやかが冬彦の手を引っ張る。

「よかったら、あがって下さいませんか。わざわざ送っていただいて、何のお礼もできませんが、せめて、お茶くらい飲んでいって下さい」

「ありがとうございます。では、ちょっとだけ」

本当なら遠慮して立ち去るべきだとわかっているが、この家庭にどんな秘密があるのか興味を引かれたので、秀和の誘いを断ることができなかった。

（ふうむ、不思議だなあ。どういうことなんだろう……）

さやかが家を嫌う原因は父親にあるのではないのか、と冬彦は想像していた。火曜日に母の知佳子が迎えに来たとき、さやかは嬉しそうな顔をしていたからだ。知佳子にまとわりつく様子を見て、母子関係に問題はなさそうだ、と判断したのである。そうなると、三人家族なのだから、父子関係の悪さを疑うのが筋というものだ。

ところが、今、目の前でさやかと秀和を見ていると、とても仲のいい父と娘に見える。さやかは秀和が大好きだし、秀和もさやかをかわいがっている感じだ。そうだとすると、他に原因があることになる。それが何なのか、冬彦は興味を引かれたのだ。


秀和とさやかが並んでソファに坐り、テーブルを挟んで冬彦が坐っている。三人の前にはさやかが作ってくれたカルピスが置いてある。最初、秀和はコーヒーを淹《い》れようとしたが、コーヒー豆の在処《ありか》を見付けるのに苦労した揚げ句、コーヒーメーカーの使い方がわからなくて諦めたのである。たった、それだけのことを見ただけでも、秀和が家事に関しては無能な男なのだと冬彦にはわかった。

「パパの番だよ」

「あ、そうか」

秀和がカードを引くと、さやかがソファにひっくり返って笑う。秀和がジョーカーを引いたのだ。さやかがどうしてもやりたいというので三人でばば抜きをしているのである。三人でやるばば抜きなど面白くもなんともなさそうだが、さやかは喜んでいるし、冬彦は秀和を観察するのを楽しんでいる。秀和は心ここにあらずという感じで、時間ばかり気にしている。早く帰ってほしいのだとわかっているが、わざと冬彦は気付かない振りをしている。

ばば抜きを一〇回くらいやると、さすがに秀和も不機嫌さを隠しきれなくなってきたのか、露骨に溜息をつき始める。そんな秀和の変化を観察しながら、

(飽きっぽい性格のようだな。子供は好きだけど、子供べったりというタイプではなく、自分の時間を大切にするタイプらしい……)

と、冬彦は考える。

そこに知佳子が帰ってきた。

「あら、お客さまだったの?」

「警察の方だ。さやかが一人で電車に乗って行ったらしい。わざわざ送って下さった」

秀和が舌打ちしながら言う。

「そう言えば、あのときの……」

「生活安全課の小早川です」

冬彦が立ち上がって挨拶する。

「嫌だわ、さやかったら……。お留守番するって約束したのに」

戸惑い顔で知佳子がソファに坐る。両親に挟まれて坐るさやかは何となく嬉しそうで、両手で父と母の手を握っている。

「どこに行ってたんだ？」

「いちご組のおかあさんたちとランチ会よ。前々から決まってたんだもの、ちゃんと話してあったのに、あなたが急にゴルフなんかに行くから……」

「仕事だよ、接待だよ。遊びじゃないんだ。ランチ会にしても帰りが遅いじゃないか」

「だって、エステの予約も入れてたんだもの。キャンセルしたってお金は取られるし、もったいないじゃないの」

秀和と知佳子が刺々《とげとげ》しい言葉の応酬《おうしゅう》を始めると、さやかの目から輝きが失われ、視線が下を向き始める。

「……」

冬彦は二人の言葉にはまったく注意を払っていない。仲のいい夫婦でも恋人同士でも口喧嘩くらいはする。言い争っているから不仲だと決めつけることはできない。

こういった場合、足許を観察するのが鉄則だ。言葉や表情は嘘をつくが、下半身、特に足は嘘をつかないからだ。

（やっぱりなあ……）

秀和と知佳子の爪先は相手と反対の方を向いている。足だけでなく、体の向きまで反対を向いているから深刻だ。そばにいるだけで虫酸《むしず》が走る、できれば、さっさとこの場から立ち去りたいという明確なサインである。

しかも、知佳子が帰宅してリビングに入ってきてから、知佳子と秀和は一度も目を合わせていない。どちらも視線を合わせようとせず、意識的に避けているのだ。これは相手に対する嫌悪感の露骨な表れといっていい。

ふと、冬彦は、ある有名な写真を思い出した。

それは離婚直前のチャールズ皇太子とダイアナ妃のツーショットだが、隣同士で坐っているのに、互いの体が反対側を向き、視線を交わそうともしない。まるで二人が別々の人間と会話でもしているようだが、実は、そのとき二人は同じ人物から取材を受けていたのである。そうであれば、同じ方を向くのが当たり前なのに、少しでも相手の姿を目にするのが嫌なので、まったく見当違いの方に視線を向けているのである。

(さやかちゃんは、パパのこともママのことも大好きなんだな。だけど、パパとママは犬猿の仲だ。大好きな二人が顔を合わせれば言い争いばかりだとすれば、どちらに味方することもできなくて、家にいるのも嫌になるだろうなあ。だけど、今日は二人とも留守だったのに、どうして家を抜け出たのかな。一人でいるのが淋しかったのか、それとも、他に理由があるのか……)

何となく見当はつくものの、事が深刻なだけに簡単に結論を出すことを冬彦もためらってしまう。ひとつだけはっきりしているのは、さやかがまたプチ家出をするに違いないということだ。それも遠い話ではない。何とか手助けしたいとは思うものの、そこまで踏み込むと、警察官としての領分をはみ出すことになってしまう。なぜなら、麻田家が抱えている問題は犯罪とは次元の違う問題だからだ。純粋に家庭の問題なのである。

二

今朝、崎山晋也は木村勝男を焼き殺してやろうと思った。木村に対する腹立ちと怒りを抑えようがない。ついに堪忍袋の緒が切れたのだ。

アパートに帰り、一眠りして昼過ぎに起きた。眠りは浅く、嫌な夢まで見たせいで、まったく疲れが取れた気がしない。あまり食欲はなかったが、今朝も食べていないので無理にでも食べることにした。自分で作る気はしないので外出し、近所の牛丼屋で焼き魚定食を食べた。食事中も、ずっと、

(本当にやるのか?)

と自問を繰り返した。これまで何度も放火をしてきたが、人の命を奪うつもりで放火したことはない。火が燃え上がるのを見ると気持ちが晴れやかになって楽しいから放火してきただけのことで、罪を犯しているという自覚もなかった。

しかし、今度は違う。明確に殺人を意図しているから、これまでの放火とは、まったく違う。

木村は、会社が社員寮として借りているアパートで暮らしている。下手なことをすると他の社員まで巻き添えにしてしまう恐れがあるわけだが、その点に関して、崎山は何も心配していない。苦心して作り上げたファイヤーボールを使えば、どんな場所にでも短時間で火災を発生させることができるし、火災の発生範囲を限定することもできる。木村はアパート一階の角部屋に住んでいるから、そこだけを集中的に燃やすようにすればいい。木村の部屋から他の部屋に燃え広がるには時間がかかるから、木村以外の者が逃げ出す余裕は十分にあるはずだ。綿密な計画が頭の中で出来上がっているのである。自分でも惚れ惚れするような完璧な計画だ。

つまり、木村を焼き殺すのに技術的な問題は何もない。あとは崎山の気持ちの問題だけである。放火殺人に踏み出す覚悟さえあれば、間違いなく木村を焼き殺すことができる。

食事を終えても決心がつかず、崎山は当てもなく歩いた。歩きながら、これまでの木村との因縁を思い返した。よく今まで耐えてきたと自分で感心したくなるほど辛く不愉快な記憶ばかりだ。記憶が甦るにつれ、木村に対する憎しみがむらむらと湧いてくる。中央公園のベンチに腰を下ろしたときには、もう迷いも消えていた。

（木村なんかに馬鹿にされる覚えはない。目には目を、歯には歯を、だ。思い知らせてやるぞ。おれを怒らせた報いを受けさせてやる）

そう決めた。崎山が真剣に悩んだのは木村が死に値するかどうかの判断だけだ。おかしいのは、その放火によって、自分が逮捕されるかもしれないとは、まったく考えなかったことだ。捕まるはずがない、と当たり前のように信じていた。

これまでの放火で崎山が身の危険を感じたのは五日前の月曜日、バイクカバーを焼こうとしているのを家人に見咎《みとが》められたときだが、結局は逃げ切ることができた。

木村を焼き殺せば放火殺人であり、ぼや騒ぎとは違い、警察の捜査が格段に厳しいものになるのは誰にでもわかるのに、当事者である崎山の頭からは、その事実が完全に欠落している。


その夜、崎山は一〇時前にアパートを出た。工場は和泉三丁目の最も南側にあり、そこから井ノ頭通りを渡って永福二丁目に入れば、木村のアパートまではすぐである。いつも通りに通勤することが木村に接近することになるのだ。

途中、公衆電話を見付けたので、木村の部屋に電話をした。一〇回くらい呼び出し音が続いて留守電に切り替わったので電話を切った。

（まさか、いないのか……？）

木村が部屋にいないのでは、計画が根底から狂ってしまう。放火する意味がない。念のために、もう一度、電話することにした。番号を間違えた可能性もあるからだ。呼び出し音が続く間、心臓の鼓動が速くなるのがわかる。また留守電に切り替わるのかと崎山が諦

めかけたとき、

「はい」

という不機嫌そうな木村の声が聞こえた。

（いた）

思わず喜びの声を上げそうになる。その声を必死に堪《こら》えていると、いたずら電話だとでも思ったのか、

「誰なんだよ？　おい、聞こえてんのか。ふざけんなよ、バカ野郎！」

いきなり、ガチャンと電話を切られた。

恐らく、木村は寝ていたのだ。電話の音で睡眠を妨《さまた》げられて不機嫌だったのに違いないと崎山は推測する。

土曜の夜、独身男が寝るには早すぎる時間だが、朝から競馬場に出かけていたのなら、そして、明日も早くから競馬場に出かけるのだとしたら、さっさとベッドに入っていたとしても不思議はない。

これで木村が部屋にいることは確認できた。もう一回くらい嫌がらせで電話してやろうかと思ったが、そんなことをして木村の眠気が飛んでは困るので自重した。みみっちい嫌がらせをしなくても、もうすぐ木村を地獄に送ることができるのだ。

午後一一時過ぎ、崎山は永福二丁目、御嶽《みたけ》神社の近くを歩いている。静かな夜で、人通

りもほとんどない。にもかかわらず、何度も立ち止まって振り返ったり、周囲に視線を走らせたりする。どうにも落ち着かなかった。初めて意図的に人家に放火するせいで神経質になっているのだろうとは思うが、誰かに後をつけられているような気がするし、どこから監視されているような気もする。そんなはずはないとわかっているものの、気になって仕方がなかった。ならば、放火などやめて、さっさと職場に行けばよさそうなものだが、この期に及んで放火を中止しようという考えもない。それは、これから先も木村の陰湿ないじめを受けることを意味するからだ。木村を焼き殺すと決意した瞬間、

（これからは、あいつの嫌な顔を見なくて済む）

と胸がスッとした。その解放感と爽快感を味わってしまった今となっては、もはや、後戻りなどできるはずもない。

念入りに周囲の様子を窺い、誰にも尾行などされておらず、誰にも監視されていないことを確認して、崎山は木村のアパートに近付く。二階建ての古ぼけた木造アパートで、一階と二階に四部屋ずつある。明かりがついているのは二階の二部屋と一階の一部屋だけだ。木村の部屋を含めて、他の五部屋は暗い。木村は寝ているのだろうが、他の四人も寝ているとは限らない。独身男性ばかりが住む社員寮だから、週末の夜、恋人とデートでもして帰宅していない可能性もある。

アパートの隣に木造二階建ての一軒家があり、これがアパートの大家である。この一軒

家とアパートは二メートルほどの高さのブロック塀で囲まれている。道路に面して入り口があるが、門扉などは設置されておらず、誰でも自由に出入りができる。

(よし、行くぞ。六〇秒だ)

準備を整えて火をつけるまで六〇秒で完了させるつもりでいる。月曜の夜、ガレージでバイクカバーに放火しようとしてしくじった後、なぜ、しくじったのかと自分なりに検討して、時間をかけすぎたのが最大の失敗だったと思い至った。何に火をつけるかという最も大切なことをガレージに入ってから考え始めたので、少なく見積もっても二分以上、あのガレージにいた。一分以内にガレージを出ていれば放火は成功していたはずなのだ。

もちろん、時間は短ければ短いほどいいわけで、例えば、ゴミステーションに放火するときには、通りすがりにゴミ袋を目がけてファイヤーボールをひとつかふたつ投げつけてやれば、ほんの数秒で済むが、火災の大きさや範囲まで操ろうとすれば、そんな大雑把《おおざっぱ》なやり方をするわけにはいかない。

しかも、木村が決して逃げられないように脱出路を封じる必要がある。頭の中で何度もシミュレーションして、どうしても六〇秒程度の時間は必要だと結論付けた。

ある意味、ギャンブルといっていい。六〇秒をオーバーして誰かに見付かれば、自分の手際が悪いと諦めるしかないが、では、六〇秒以内なら安全かと言えば、決して、そうとも言えない。どんなに時間が短くても、見付かるときは見付かるものだ。そのときは運がなかったと言うしかない。つまり、六〇秒という時間に特に大きな意味があるわけではない。リミットを設定したのは、崎山のプライドの問題といっていい。おかしな話だが、崎山は自分の放火技術にプライドを持ち始めているのである。

ふーっと大きく息を吸うと、崎山は、リュックからコンビニのビニール袋を取り出して木村の部屋に近付く。その袋には細かい木片が入っている。その木片をベランダの窓と側壁の窓の下に手早く撒《ま》き散らす。角部屋なので二ヶ所に窓がある。風呂場の窓の下と玄関ドアの前にも撒く。心の中で数えながら作業しているが、まだ二〇しか数えていない。

次に灯油を詰めたペットボトルをリュックから取り出し、ベランダから玄関まで切れ目なく灯油を撒く。撒き散らした木片には特に念入りに振りかける。

（四〇、四一、四二……）

ほぼ予定通りだ。二本目のペットボトルを取り出し、玄関ドアの新聞入れを押し、そこから玄関に灯油を流し込む。作業完了。最後にポケットからファイヤーボールを取り出し、火をつけて新聞入れから放り込む。火の手が上がる。ふたつ目のファイヤーボールを玄関ドアの前の木片に落とすと、一瞬のうちに燃え上がり、撒いた灯油を伝って炎が走る。それを見て崎山も出入り口に向かって走る。走りながら次々にファイヤーボールを投げる。次々と火の手が上がる。あっという間に周辺が真昼のように明るくなる。道路に飛び出して肩越しに振り返ると、すでに木村の部屋は猛火に包まれていた。

「やった……」

崎山の全身を恍惚《こうこつ》感が包み、強烈な達成感が体を震わせる。できることなら、この場にとどまって木村が炎に包まれて焼け死ぬのを見届けたかった。

だが、それはできない。急いで職場に向かう必要がある。木村が焼け死んだ夜に崎山が無断欠勤したとなれば、それを怪しむ者がいないとも限らないからだ。名残惜しげに崎山が走り出そうとしたとき、脳天に凄まじい衝撃を感じて膝から崩れ落ちそうになる。倒れなかったのは、誰かに腕をつかまれたからだ。両脇から支えられ、引きずられるように車に押し込まれた。車が急発進する。朦朧《もうろう》とする意識の中で、

「例の放火魔を捕まえました」

誰かが携帯で話している声を聞いた。

そこで崎山の意識がなくなった。


「よくやった」

北征会の若頭・南郷正敏が電話を切って、携帯をジャケットのポケットにしまう。子分がベンツを運転し、神田川沿いに和泉四丁目から二丁目にかけて走っているところだ。南郷は後部座席に坐っている。一人ではない。

「アパートに放火して逃げようとしたところを捕まえたそうですよ」

南郷が横を向く。

「今夜のところは、うまくいったか。次は明日の夜だ。うまくやれよ」

「ええ、もちろん」

「どこか駅のそばで下ろしてくれ。人目に付かない場所でな」

「わかってますよ……」

京王《けいおう》線の駅に行け、ここからだと代田橋《だいたばし》か明大前《めいだいまえ》だろう、と南郷が子分に指図する。

「それにしても大したもんじゃないですか」

「何が？」

「あの小早川って若造ですよ。小早川の言った通りだ。おれたちだって、こんなに簡単に放火魔を捕まえられた。警察が動けば、もっと早く捕まえられたんじゃないんですか？」

「どうでもいいだろう、そんなことは」

「まあ、それもそうですが」

南郷が肩をすくめる。

一二

七月二十六日（日曜日）

休日出勤して、朝早くから冬彦が事務処理に取り組んでいると、

「小早川警部」

と後ろから声をかけられた。振り返ると、刑事課の主任・古河祐介が立っている。

「誰かいるかと思って覗いてみたんですが……。よかった、警部がいらして。今、ちょっといいですか？」

「ええ、構いませんよ。古河さんも休出ですか？」

「現場から戻ったところです」

古河が部屋に入ってきて、高虎の椅子に坐る。

「ゆうべ、永福二丁目で火事があって、木造アパートが全焼しました。住人の一人が逃げ遅れて、重体です。病院で治療を受けていますが、予断を許さない状態だそうです」

「まさか……放火ですか？」

「現場で、例のファイヤーボールが見付かりました。それに木片ですか。連続放火事件の現場で見付かったものと同じだそうです」

古河は立ち上がって背筋を真っ直ぐに伸ばすと、

「小早川警部、申し訳ありませんでした」

と深々と頭を下げる。

「どうして、ぼくに謝るんですか？」

「連続放火犯は、いずれ人間を狙うようになる、だから、すぐに手を打つべきだ、と何度も警告して下さったのに、今のところ人的被害は出ていないという理由で他の事件への対応を優先し、放火事件の捜査を後回しにしてしまったことです。そのせいで、とうとう、人家が狙われ、被害者が出てしまいました。警告していただいたときに、もっと真剣に、もっと迅速に対応していれば、被害者を出さずに済んだかもしれません。今更何を言うのかと、お叱りを受けそうですが、刑事課が犯人逮捕に全力を傾けることをお約束します」

「何から始めるつもりですか？」

「捜査の基本として、まずは怨恨《えんこん》の線から洗うことになります」

「被害者に恨みを持つ者がいなかったかどうか、職場やプライベートでトラブルを抱えていなかったかどうか、そのあたりを聞き込むわけですね」

「もちろん、警部からお預かりしたプロファイリング資料を基にした捜査も並行して行っていきます。これ以上、新たな被害者を出さないためにも」

「それは大切なことだと思いますよ。連続放火犯は自分の意思で犯行を止めることができませんから、逮捕する以外に犯行を止める手立てがありません。しかも、人がいることを承知で意図的に人家に放火したのだとしたら、次もまた同じことをやるはずです。犯行をエスカレートさせるのも、この種の犯罪者の特徴ですから。何か手伝えることはありませんか？」

「綿密にプロファイリングして下さっただけでも十分すぎるほどの貢献《こうけん》です。それを捜査に生かすのは刑事課の仕事です。何か進展があれば、すぐにお知らせしますので、また知恵を貸して下さい」

「ええ、喜んで」

古河はもう一度、丁寧に頭を下げると部屋から出て行く。

一人になると、冬彦はリュックから野菜ジュースの紙パックを取り出し、ストローを差して飲み始める。

(何だか意外だったなあ……)

連続放火事件が発生し、被害者が出たことが意外だったのではない。犯人を逮捕しなければ、遅かれ早かれ、そういう事態が発生することになると、前々から口を酸っぱくして警告してきた。やっぱりな、ぼくが言った通りじゃないか、と思うだけだ。

意外だというのは古河の態度である。

初めて会ったときから、何となく胡散臭《うさんくさ》さを感じていた。あまりにも爽やかで、人当たりがよくて親切だったからだ。そういう人間は警察では珍しいし、大抵は腹に一物あって、何か悪巧みを隠すために上辺を取り繕《つくろ》っていることが多い。

実際、古河の表情や仕草を観察すると、笑顔を見せていても、それは作り笑いに過ぎず、目が笑っていない。裏表のある腹黒い人間なのではないか、と推測していた。なぜなら、警察という組織で「あいつは、できる」と評価される人間は、ほとんどがそういうタイプだからだ。お人好しが出世できるような甘い世界ではないのだ。

しかし、さっきの古河の言葉には真摯な反省が込められており、決して上辺だけの謝罪ではなかった。表情にも仕草にも嘘は見付からなかった。

（時と場合によって、いろいろな仮面を使い分けているのかなあ……）

そんな気もするが、そうだとすれば、古河はかなりの曲者《くせもの》ということになる。深読みしすぎている可能性もないではないが、まだ結論を出すには早すぎるな、と冬彦は考える。

今朝の古河の態度を見る限り、犯人逮捕に全力を傾けるという言葉に嘘はなさそうだ。自分が出しゃばるまでもなく、きっと古河が逮捕してくれるだろうと思う。それは、自分が作成したプロファイリングに自信を持っているということでもある。あのプロファイリングを手掛かりに犯人を追っていけば、ましてや刑事課が全力で取り組めば、犯人逮捕は、そう難しくないはずだ。

「ここには面白い人ばかりいるよなあ」

野菜ジュースを飲みながら、冬彦がつぶやく。

古河だけではない。

例えば、安智理沙子もそうだ。

アンジェリーナ・ジョリーに似ていると噂され、同世代の男性刑事たちから「アンジー」と呼ばれて憧憬《しょうけい》の的であり、捜査中にモデルにスカウトされたという逸話《いつわ》を持つほどの美貌の持ち主だ。しかし、短気で、すぐに犯人に暴力を振るうという悪癖があり、刑事としての経歴は優秀なのに「何でも相談室」に左遷されてしまった……理沙子に関して冬彦が耳にした噂である。

冬彦自身は女性としての理沙子にあまり魅力を感じないものの、藤崎や中島の態度を見ていると、なるほど、理沙子が若い男性に人気があるのは事実だとわかる。

相棒の樋村を蹴飛ばしたり、ほっぺたを抓《つね》る姿を何度も見ているから、短気で手が早いのもうなずけるが、だからといって、本当に暴力刑事なのかどうか判断はできないと思っていた。犯人を追跡して、逮捕する際に抵抗されれば、当然ながら格闘が起こるわけであり、そのときに犯人を殴ったり蹴ったりしたからといって暴力刑事だと決めつけることはできないからだ。

ところが、その噂が事実かもしれない、と冬彦に思わせるような事態に遭遇した。西峯幸太がナイフを手にして冬彦に襲いかかってきたとき、間一髪、理沙子が助けてくれたのだが、幸太を取り押さえるとき、目を爛々《らんらん》と輝かせ、悦楽の表情を浮かべているのを目撃したのである。

いくら相手が中学生だとはいえ、普通、刃物を手にした相手と対峙《たいじ》しているときに嬉しそうな顔などするものではない。そのとき、理沙子のそばには樋村もいたが、緊張で表情が強張り、青白い顔をして、汗をかいていた。樋村が臆病《おくびょう》なのではなく、それが普通の反応なのだ。幸太に襲われたとき、冬彦自身、似たような反応をした。樋村や冬彦の反応が正常だとすれば、理沙子の反応が異常だということになる。

断定するには情報が乏しすぎるのは承知しているものの、それでも、

（あの人は暴力を楽しんでいる。暴力を振るう衝動を抑えることのできない人なんだな）

という見立てに間違いはなさそうな気がする。

野菜ジュースを飲み干して、紙パックをゴミ箱に放り投げたとき、

「精が出ますねえ。まだ若いんだから、休みの日くらい遊べばいいのになあ。ひょっとして仕事が趣味ってわけですか？　そういえば、小学校にも中学校にもいたなあ、勉強が趣味って奴らが。そういう連中に限って、友達もいなくて、何もすることがないから仕方なく勉強してるって感じだったよ。そのくせ成績のいいのを鼻にかけたりしてな」

高虎が部屋に入ってくる。

「へえ、そうなんですか。ぼくは趣味っていうほどでもありませんでしたよ。学校の勉強なんか授業を聞いていれば、ほとんど理解できたし、取り立てて試験勉強なんかしなくても、いつも試験では一番でしたから。それがすごいことだと鼻にかけたことはありませんね。ぼくにとっては、ごく当たり前のことだったので。試験に出ないようなことでも、関心のある分野を深く学ぶ方が好きでしたね。小学生の頃から岩波新書はよく読んでました

し、中学一年の夏休みに中公文庫版の『日本の歴史』を、冬休みに『世界の歴史』を全巻読破しました。それは、ちょっと自慢だったかもしれませんね。それに……」

「あ、もういいですから。聞きたくないんで。何を言っても憎たらしい返事しか戻ってこないよねえ。下手に嫌味も言えないよ。逆手を取られて自慢話を聞かされる羽目になっちまう」

「別に自慢してませんよ。ぼくと寺田さんの偏差値には、比較するのが空しいほどの開きがあるはずですから自慢にもなりません。ところで、どうしたんですか？　今日は日曜ですよ。まさか曜日を間違えて出勤してきたなんてことは……」

「あるはずがないでしょうが」

高虎が嫌な顔をしながら自分の席に坐る。

「役満大将から電話がありましてね」

「ええっと、それは、五日市街道と鎌倉街道が交差する地点にある交番に勤務している内海巡査長のことですか？」

「そんな回りくどい言い方をしなくても、おれの麻雀仲間の内海さんですよ」

「内海さんから電話があると、どうして寺田さんが休日出勤するんですか？　まさか勤務中に麻雀なんかできないでしょうし」

「当たり前ですよ。ほら、この前のばあさん、警部殿が虐待されてるんじゃないかと大騒ぎした、名前は確か……」

「沢田邦枝さんのことですか？」

「そう。そのばあさんが、また迷子になって交番で保護されてるらしいんだけど、家族と連絡が取れないらしいんですよ。内海さんも忙しいから、ばあさんを見張ってるわけにもいかないけど、目を離すとどこに行っちまうかわからないから……」

「だから、寺田さんに手を貸してくれという電話ですか？」

「そういうこと」

「何だか無茶な頼みですね。断ればいいじゃないですか。日曜なんだから」

「この前、国士無双に振り込んだ分の支払いを待ってもらってるからね」

「あ、それはまずいでしょう。警察官が賭け麻雀をしていいんですか？」

「賭け麻雀をしたとは言ってないよ。ま、そういうわけですから。ここには車のキーを取りに来ただけなんで。それじゃ」

高虎が部屋から出て行こうとすると、

「ぼくも行きます」

パソコンをシャットダウンして、冬彦が高虎の後を追う。

一三

「あれ、寺田ちゃん、どうしたんだい？」

交番に入ってきた高虎を見て、内海が驚いたような顔になる。

「金がないなら仕事を手伝えって、あんたが言ったんじゃないか」

「冗談だったんだけどな。ヤクザじゃないんだから麻雀の貸しを取り立てたりしないさ」

「あ、まずい」

高虎が口の前で人差し指を立てる。

「は？」

そこに冬彦もやって来る。

「小早川警部殿」

内海が椅子から立ち上がって敬礼する。今のは軽い冗談でして……しどろもどろに言い訳しようとする。

「いいですから。聞かなかったことにしておきます。こういうことに目を瞑るのがよくないことはわかっていますが、今は他に大事なことがあって、寺田さんの麻雀どころじゃないんです」

冬彦は見張り所を通り抜けて奥に向かう。ドアを開けて待機室に入る。沢田邦枝がぼんやりした表情でパイプ椅子に坐っている。部屋の隅からもう一脚、別のパイプ椅子を引っ張ってきて、冬彦は邦枝の正面に坐り込む。何も言わずに、黙って相手の目を見つめる。

そこに高虎も来て、

「何をしてるんですか？」

「沢田さんと話してるんですよ」

「話してる？　おれには睨めっこでもしてるようにしか見えないんですけどね」

「黙って、そこで見てて下さい」

「あ、そうですか。どうぞ好きにして下さいな。まだ家族と連絡が取れないみたいだし、すぐに自宅に連れ帰るわけにも行かないから」

壁にもたれて、高虎が腕組みする。

（なるほどなあ……）

冬彦は、じっと沢田邦枝を観察する。

一見すると、その表情には何の変化もないようだが、実際は、そうではない。待機室に入ってきた冬彦を見て、邦枝は、ごくりと唾を飲み込んだ。それは邦枝が冬彦を認知したことを意味している。強い意識の表れなのだ。ちゃんと冬彦を覚えていて、しかも、いくらか警戒しているから反射的に唾を飲み込んだのである。邦枝の喉が動くのを見て、冬彦は、ほくそ笑んだ。

重い認知症を患っていて、だから、一人で家を出て、ふらふらとさまよい歩いて迷子になってしまう……今まで、ずっと、そう決めつけられてきたが、それは間違っていて、邦枝は認知症の振りをしているだけなのではないか、と冬彦は推測している。初めて会ったとき、その推測の正しさを裏付ける証拠をいくつも見付けた。問題は、なぜ、そんなことをするのかということで、最初、冬彦は家族の虐待から逃れるためにSOSのシグナルを発しているのではないかと考えたが、それは的外れだった。ならば、どんな理由があるのか、冬彦は探り出そうとしている。それが明らかにならない限り、これから先も邦枝は迷子として交番に保護されることになるからだ。

（ああ、やっぱり……）

邦枝は両膝の上に別々に置いていた手を徐々に自分の臍《へそ》のあたりに移動させると、そこで左右の手を重ね、指を組み合わせた。それは防御の姿勢で、無意識のうちに冬彦と自分の間に壁を作ろうとする象徴的な仕草である。二人の間にテーブルがあって、その上にコップや灰皿が載っていたとすれば、邦枝は、それらを冬彦と自分の間に並べて壁を作ろうとしたはずであった。しかし、現実にはテーブルもコップもないから、その代わりに自分の腕を壁に見立てているのだ。

それだけではない。邦枝の爪先が横を向いている。これは、この場から逃げ出したいという明確でわかりやすいサインである。もちろん、本人はまったく意識していない。無意識のうちに示されるサインだからこそ信憑性《しんぴょうせい》が高いのだ。それらのボディランゲージを確認してから、

「沢田さん」

冬彦は笑顔で話しかける。

邦枝は虚《うつ》ろな表情でぼんやりしている。話しかけられても何の反応も示さない。

「ぼくのことを覚えてますよね？　ぼくの話していることも、きちんと理解できますよね？　なぜ、何もわからない振りをするんですか」

相手を十分に観察した上で、今度は露骨に質問をぶつける。その質問にどんな反応を示すか、それをまた観察しようというのだ。

「……」

邦枝は身じろぎもしない。

「何にもわかってないんですよ」

高虎が欠伸《あくび》をしながら言う。

（そんなことはない。やっぱり、沢田さんは認知症じゃない。振りをしているだけだな）

冬彦に質問をぶつけられた邦枝は、ほんの少しだけ肩を右に動かし、同時に視線も右に逸らした。つまり、体の向きも視線も更に冬彦から遠ざけようとしたということだ。胸の

中に渦巻く不快感や嫌悪感が反射運動となって肉体に表れたのである。真正面から具《つぶさ》に観察していた冬彦だからこそ、そのわずかな動きを見逃さなかったのだ。

尚も質問をぶつけようとしたとき、

「すいません、ちょっといいですか？」

内海がドアを開けて待機室を覗き込んだ。

「家族と連絡が取れたのかい？」

高虎が訊く。

「いや、お孫さんが直接、迎えに来てくれた。留守電を聞いて駆けつけてくれたそうだ。さあ、どうぞ、こちらへ」

内海が呼ぶと、二〇歳くらいの若者が、

「あ、どうも。すいません」

と頭を下げながら待機室に入ってくる。金髪で鼻にピアスをしている。イギリスのロックバンドのロゴが白地に黒でプリントされたTシャツの上にブルーのダンガリーシャツ、くたびれたジーンズにオレンジ色のスニーカーという出で立ちだ。

高虎が内海を見て、

「マジ？」

と小さくつぶやく。こんな奴が本当に孫なのか、と疑うような目で、じろじろと若者を見る。

「ええっと、清一《せいいち》さんだったよね？」

「はい、沢田清一、二〇歳です」

はきはきと答える。

「明治《めいじ》の二年生だってさ。だよね？」

内海が訊く。

「そうです」

「沢田君は、バンドでもやってるの？」

冬彦が訊く。

「いや、バンドはやってません。おれが、いや、ぼくがやってるのは芝居です」

「へえ、そうなんだ。演劇部？」

「大学とは関係ない小さな劇団です」

「どんな芝居をやるの？」

「加藤《かとう》さんが……。あ、加藤さんていうのは劇団を主宰してる人で、時々、テレビにも出てる人なんですけど、加藤さんのオリジナルで、なんていうか、ミステリーなんだけど、ちょっとシュールっていうか、予定調和的じゃないっていうか、あらかじめ結末ができているる芝居じゃなく、舞台で演じながら、どんどん筋も変わっていって、結末はお客さんにも一緒に考えてもらうという趣向で、口ではうまく説明できないんですけど……」

「面白そうだね。どこでやってるの？」

「次の舞台は上北沢《かみきたざわ》です。あ、そうだ」

清一がポケットからくしゃくしゃのチラシを取り出し、それを広げてから冬彦に渡す。

「もし興味があったら来て下さい」

「ありがとう。このチラシ、もらっていいのかな」

「どうぞ、どうぞ」

「警部殿」

冬彦と清一のやり取りにうんざりしたように、高虎が声をかける。

「沢田君、ここまでどうやって来たの？」

パイプ椅子から立ち上がりながら、冬彦が訊く。

「歩いてきました」

「歩きか。大変だったね」

「和田堀公園から善福寺《ぜんぷくじ》川公園に川沿いに来るだけですから。昔、よく歩いた道だし。最初はチャリで来るつもりだったんですけど、チャリだと、ばあちゃんを連れて帰れないから歩きにしました。それで遅くなっちゃって、すいませんでした」

清一がぺこりと頭を下げる。

「よかったら送っていこうか？」

「大丈夫です。タクシーを拾って帰るんで」

さ、ばあちゃん、帰ろう、と清一が邦枝の肩に手をかける。それを冬彦がじっと見つめている。

「あーっ、無駄足だったなあ。役満大将の冗談を真に受けた、おれが馬鹿だったぜ」

車を運転しながら、高虎がぼやく。

「そんなことありませんよ。いろいろわかったじゃないですか」

「何がわかったんですか？　あのばあさんの認知症が深刻で、さっさと介護施設に入れないと、迷子になってうろうろしているうちに交通事故にでも遭って入院するだろうってことですか？」

「全然違います。そもそも、沢田さんは認知症じゃありません。ぼくの見立てでは、頭はかなりしっかりしてると思います。そうでなければ、あれだけ見事に認知症を演じられるはずがありませんからね」

「演じてるだって？　孫が芝居をやってるから、ばあさんも芝居がうまいっていうわけですか」

「うーん、そうなんですよ。清一君、彼こそが、この事件の謎を解く鍵ですよね。すぐにわかりました。清一君が待機室に入ってきたときの沢田さんの顔を見ましたか？」

「見てませんね。孫の奇抜な格好に驚いてたから……。それにね、これを事件と呼ぶのは、やめてもらえませんかね。認知症の年寄りが迷子になったくらいで事件だなんて大騒ぎされちゃ困るんですよ。何でもかんでも事件にしたがるからなあ、この人は」

「喜びを隠しきれないという表情だったんですよ。それまでは自分を押し殺して、何の感情も表に出さないように厚い殻に閉じこもっていたのに、あのときは、その殻から本当の自分をさらけ出したんです。事件解決の大きなヒントを手に入れたと確信しましたね」

「だから、事件じゃないんだよ……」

ああ、何だって、おれは、せっかくの日曜にこんな人に付き合わないといけないのかねえ、と高虎が大きな溜息をつく。そんな高虎の嘆きに気付いていないのか、それとも、気付きながら無視しているのか、冬彦は外の景色を眺めながら自分の推理に没頭している。

その夜、午後一一時過ぎ、和田二丁目で火災が発生し、休業中の写真スタジオが燃えた。発生から三時間後に消し止められたが、現場から男性の焼死体が見付かった。焼失を免れたファイヤーボールと多くの木片も発見された。

一四

七月二七日（月曜日）

早朝、警視庁捜査一課の管理官・村山正四郎《むらやませいしろう》警視が、同じく捜査一課火災犯捜査第一係係長・島尾忠行《しまおただゆき》警部を伴って杉並中央署に現れた。土曜、日曜と連続して放火の疑いが濃厚な火災が発生し、死者が出たことを受け、この事件を本庁の捜査一課が扱うかどうかを協議するためにやって来たのだ。杉並中央署の方からは白川署長、谷本副署長、刑事課の横田《よこた》課長が出席し、応接室で話をした。

「放火というのは間違いないわけですよね？」

村山管理官がにこりともせずに訊く。捜査一課に一三人いる管理官のうち最も優秀だと評価されており、読みが鋭い切れ者なので「ウィルキンソン村正《むらまさ》」とあだ名されている。同時に、捜査第一主義で、無能な人間には情け容赦《ようしゃ》のない冷血漢という意味合いも込められている。

「現場から採取された証拠から、まず間違いありません」

谷本副署長がうなずく。

「それなら直《ただ》ちに特捜本部を設置しましょう。放火で二人も仏が出ているわけですから、一刻の猶予もなりませんからね」

和田二丁目の死者に加え、昨夜遅く、予断を許さない状態が続いていた木村勝男も死亡したので死者は二人になったのだ。和田二丁目の遺体は損傷がひどく、まだ身元が割れていない。失礼、と断って村山が携帯を取り出す。所轄署に管理官が出向いて特別捜査本部を設置する必要性を認めれば、捜査一課の課長に連絡し、それを受けて課長が刑事部長と協議して特別捜査本部の設置が決定される手順になっている。村山は携帯を切ると、ゴーサインが出ました、戒名《かいみょう》をお願いします、と白川署長に頭を下げる。

「わかりました」

白川署長は珍しく頬を紅潮させてうなずくとソファから腰を上げる。戒名というのは特別捜査本部が設置された部屋の前にかけられる看板で、署長が命名して毛筆で記される。今回だと「杉並連続放火殺人事件特別捜査本部」というような形になるはずだ。

「高倉《たかくら》たちを呼んで下さい」

村山管理官が島尾係長に命ずる。言葉遣いが丁寧なのは、村山が四〇歳で島尾が四六歳だからだ。わかりました、と返事をして島尾係長が応接室を出て行く。警視庁を出るとき、特別捜査本部が設置されることを見越して火災犯捜査第一係第一班の班長・高倉健二《けんじ》警部補に待機命令を出してある。島尾係長からの連絡が入り次第、高倉班に属する刑事たちを引き連れて杉並中央署に乗り込んでくるはずだ。

「ここで待たせてもらう間に、この事件に関して、できるだけ詳しい事情を知りたいんですが」

　村山管理官が言うと、

「横田君、誰に説明させればいいかね？」

　谷本副署長が訊く。

「古河主任が適任かと思います」

「呼んできたまえ」

　はい、と横田課長が立ち上がる。

一五

「何だか、朝っぱらから、ばたばたしてるなあ」

　部屋に入ってきた高虎が言うと、

「寺田さん、知らないんですか？　特捜本部が設置されるらしいですよ。もう本庁から管理官が来てるそうです」

　樋村が興奮気味に説明する。

「特捜本部ってことは殺しだよね？」

理沙子が訊く。

「例の連続放火犯の仕業ですよ。とうとう人を殺しました。しかも、二人も」

樋村が指を二本突き出す。なぜか、それがピースサインに見える。ゆうべの被害者は焼死体として発見され、一昨日の被害者は病院で亡くなったんですよ、と付け加える。

「詳しいじゃないの、樋村」

「ぼくには親切な友達が多いんです」

樋村が自慢げに鼻の穴を膨《ふく》らませる。

「警部殿の予言が的中したわけだ。どうしたんですか、むっつりしちゃって。こんなときくらい偉そうな顔をして威張ってもいいんですよ。どうだ、おれの言った通りになっただろうってね」

高虎が冬彦を見る。冬彦は我関せずとばかりにパソコンで報告書を作成している。

「別に威張るようなことは何もありませんよ。きちんと一連の放火を分析すれば、こうなることは誰にでも予想できたはずですからね。細かいことを言うようですが、『予言』ではなく、『予想』ですから。今になって、取り立てて、ぼくが言うことは何もありません。二日続けての放火は予想外でしたが、プロファイルした資料を古河さんに渡してありますから、犯人が捕まるのは時間の問題でしょうからね。古河さんが全力で捜査すると約束してくれましたから、特捜本部なんか設置しなくても今日か明日には犯人が捕まるだろうと思いますよ。少なくとも、犯人の特定くらいはできるはずです」

「自信満々だねえ。せっかく誉めようかと思ったのに癇に障るよなあ。損した気分だぜ」

独り言にしては大きすぎる声で高虎が言う。

「係長、うちも捜査に協力するんですか？」

理沙子が亀山係長に訊く。その表情に期待感が表れている。やはり、殺人事件の捜査ともなると刑事としての血が騒ぐのであろう。

「今のところ、そういう話は来てないけどね」

「うちは『何でも相談室』だぜ。雑用係なんだよ。連続放火殺人の捜査なんていう晴れ舞台に呼んでもらえるはずがないだろうが」

高虎が吐き捨てるように言う。

「やあ、皆さん、お揃いですね！」

入り口から藤崎慎司が顔を覗かせる。

「呼ばれないのに現れました！」

藤崎の横から顔を出したのは中島敦夫だ。

「ああ、またバカが現れた」

理沙子が首を振る。

「藤崎はいいとしても、中島は油を売ってる暇があるのか？　特捜本部が設置されるんだ。本庁のお嬢さんたちをお迎えする準備で忙しいんじゃないのか」

　高虎が訊く。

「顔合わせが二時間後ですから、それまでは暇ですよ。特捜本部が動き出せば、それこそ油を売る暇なんかなくなるでしょうから、最後の息抜きってところですかね」

　中島が答える。

「かっこいいよなあ、殺人だもんなあ。しかも、連続殺人で、その上に、放火のおまけ付き。連続放火殺人事件……テレビドラマになりそうだ。刑事になったからには、一度くらい、そんなヤマを担当したいよ。不法就労の外国人ホステスの相手は、もううんざり」

　藤崎が愚痴をこぼすと、

「あんたには、それがお似合いよ」

　理沙子が、ふんっ、と鼻で笑う。

「クールだねえ、痺れるう～」

「バーカ」

「あまり邪険にすると、ビッグニュースを教えてあげないもんね。なあ、中島?」

「うんうん」

「何だよ、ビッグニュースって?」

　高虎が訊く。

「ゆうべの焼死体、身元が割れたんですよ」

中島が言う。

「あんた、そんな捜査情報を洩らしていいわけ？」

理沙子が呆れたように首を振る。

「まだ洩らしてないし。それに聞きたくないなら黙ってるし。どうせ、最初の捜査会議で報告されるから、二時間後にはマスコミにも流れるし」

中島が口を尖らせる。

「おい、もったいつけないで、さっさと言え。おまえらの漫才にはうんざりなんだよ」

高虎が怒鳴る。本気で怒り出す寸前だ。

「寺田さんには遊び心が足りないよなあ……。中曾根だったんですよ」

中島が言う。

「あ？」

「ですから、ゆうべの焼死体、中曾根達郎だったんです。遺体の状態がひどかったので、身元確認に時間がかかったみたいですが、ついさっき確認が取れました」

「おいおい、ちょっと待てよ。今日、引っ張るはずだった中曾根がゆうべ、放火殺人の被害者になったっていうのか？　おかしいじゃねえか」

「そう言われても事実ですから……」

「変だ！」

いきなり、冬彦が立ち上がる。皆が驚いて冬彦を見る。

「中島さん、ゆうべの放火現場、和田二丁目でしたよね？」

「ええ、そうです」

「で、被害者が中曾根さん？」

「はい」

「しかも、土曜、日曜と二日続けて放火……。おかしい、絶対におかしい。変だぞ」

冬彦が腕組みして首を捻る。

「変なのは自分じゃないのかね」

高虎がつぶやく。

「係長、しばらく席を外します」

冬彦はリュックをつかむと、部屋から出て行く。

一六

万歩計が三千歩にもなっていないことを確認すると、冬彦はエレベーターを使わずに階段を下りていく。一日に最低一万歩は歩くことを目標にしているから、できるだけ歩かなければならないのである。一階に下りると、応接室に向かう。大河内昌平監察官と石嶺三郎監察調査官のために応接室のひとつが提供されているのだ。

「おはようございまーす」

挨拶しながら、冬彦がドアを開ける。

応接室には大河内一人しかいない。ソファに坐って、朝刊を読みながら、お茶を啜《すす》っている。

「小早川君か」

「お忙しいのでなければ、少しお話しさせてもらえませんか？」

「忙しそうに見えるかね？」

「暇そうに見えます」

冬彦が後ろ手にドアを閉め、大河内に向かい合ってソファに坐る。

「お茶を淹れようか？」

大河内が腰を上げようとする。

「あ、結構です。飲み物は持参してますから」

リュックから紙パック入りの野菜ジュースを取り出し、ストローを差して飲み始める。

「お一人なんですか？」

「石嶺君なら、すぐに戻ってくるだろう」

と、大河内が口にしたとき、ドアが開いて、石嶺が部屋に入ってきた。見るからに不機嫌そうな顔で、何かに腹を立てているのか顔が火照《ほて》っている。

「どうだった、石嶺君？」

「駄目です。さっぱりです。特捜本部が設置されるまで情報を流すわけにはいかないなんて杓子定規《しやくしじようぎ》なことを言いやがって。うちへの嫌がらせですよ」

石嶺が舌打ちする。

「ゆうべの放火事件のことですか？」

冬彦が訊く。

「何か知ってるのかね？」

「被害者が中曾根達郎だということなら知ってます」

冬彦が言うと、大河内と石嶺が顔を見合わせる。

「間違いないのかね？」

大河内が念押しする。

「刑事課からの情報です。遺体の損傷がひどいので身元確認に手間取ったようですね」

「くそっ」

石嶺が顔を顰めながら大河内の隣に坐る。

「中曾根の逮捕がなくなったって言うから、どういうわけだと問い合わせても、みんな知らんぷりだ。容疑者が死んだら逮捕もできない。それなら、そう言えばいいのに」

「仕方ないですよ。大河内さんと石嶺さんは嫌われてますから」

「何だと」

石嶺の目尻が吊り上がる。

「まさか好かれてるなんて思ってなかったでしょう？　みんな言ってます。さっさと本庁に帰れって。そこまで毛嫌いされてるんだから、ちょっとくらい嫌がらせされても仕方ないですよ」

「あんたなあ……」

「よせよせ、小早川君に悪気はないんだ。正直すぎるだけだよ。他にも何か知ってるんだろう？　教えてくれないか。だから、ここに来たんじゃないのかね？」

「変なんですよ」

「何がだね？」

「土曜日曜と二日続けて同一犯による放火事件が起こり、二人の命が奪われた。どうも、しっくりこないんです。何て言うか……ほら、よく言うじゃないですか、下品な刑事なんかが、えーっと、そうそう、ケツの穴がむずむずするって。そんな感じです。大河内さんや石嶺さんも、そう思いませんか？」

「署内に捜査情報を洩らしてる奴がいるのは確かだが、内部調査では特定に至らなかった。だから、情報を受け取っていた中曾根を締め上げるつもりだった。もちろん、取り調べをするのは刑事課で、うちが直に手出しできるわけじゃないが……。その逮捕予定が今朝で、中曾根はゆうべ死んだ。誰だっておかしいと思うだろうさ」

石嶺が言う。

「話がうますぎますよね。ぼくは、こんな偶然を信じません。お二人は、どうですか？　運が悪かったと諦めますか」

「何が言いたいんだ？」

石嶺がじろりと冬彦を睨む。

「誰かが仕組んだんでしょうね。中曾根さん、きっと消されちゃったんですよ」

「南郷がやったと言いたいのかね？」

大河内が訊く。

「怪しいですよねえ。だって、中曾根さんが死ぬことで誰よりも得しそうですから」

「なぜ、ここに来たんだね、小早川君？」

冬彦がうなずく。

「ミスターXを特定するお手伝いをするためです」

「は？　何だ、ミスターXって？」

石嶺が怪訝な顔になる。

「捜査情報を流している人のことです。この署にいるはずですよね。たぶん、刑事課か生活安全課に。疑わしい人はたくさんいるけど、お二人は、それを特定できていない。しかも、向こうに先手を打たれてしまった」

「中曾根は連続放火の被害者ではなく、南郷に消されたとでも言いたいのか？　怪しいのは確かだが、想像が飛躍しすぎだろう。テレビドラマや小説じゃないんだ。殺人の偽装は、そう簡単にできることじゃないんだ」

「石嶺さんの言う通りです」

冬彦がうなずく。

「明確な証拠が見付かっていない段階で決めつけたくありませんが、連続放火の被害者に見せかけて中曾根さんを消しちゃったんだと思います。でも、それは南郷さんだけではできないことなんです」

「そうなのかね？」

大河内が訊く。

「ええ、ぼくが連続放火犯のプロファイリングをしたんです。ミスターXは、それを参考にして連続放火を偽装したんだと思うんですよね」

「それで？」

「揺さぶりをかけたらどうでしょうか？　プロファイリングした資料を刑事課の古河主任

に渡しましたが、ミスターXは、その資料に近付くことのできる人間に間違いありません。つまり、ぼくの周辺にいる誰かです」

「古河がミスターXじゃないのか?」

石嶺が訊く。

「その可能性はありますが、証拠がありません。古河さん以外の人たちも同様です。これまで大河内さんと石嶺さんが徹底的に調べたにもかかわらず尻尾をつかませていないわけですから、証拠を手に入れるのは容易なことではないと思います。だからこそ、ぼくたちが力を合わせる必要があると思うんです」

「聞かせてもらおうか、君の考えを。なあ、石嶺君?」

「はい」

石嶺も冬彦の方にぐいっと身を乗り出す。強く興味を引かれている証である。

一七

「いったい、何ですか? そんなに急がなくてもいいでしょう」

高虎がぶつくさ文句を言う。冬彦に手を引っ張られて駐車場に向かうところだ。至急、確かめたいことがあるから一緒に来てくれ、と「何でも相談室」から連れ出されたのである。どこに行くのかと訊いても、秘密です、車に乗ったら教えます、と繰り返すだけだ。

カローラに乗り込むと、

「さあ、行き先を教えてもらいましょうかね」

高虎が冬彦を見る。

「南郷さんに会いたいんです」

「は？　北征会の南郷のことですか？」

「そうです」

「何のために会うんですか？」

「訊きたいことがあるからです」

「何をですか？　まさか、今度は違法カジノ問題に首を突っ込もうとしてるんじゃ……」

「違います。すぐに済みますし、寺田さんに迷惑をかけたりしませんから」

「その言葉、全然信用できないんだよねえ」

首を振りながら、高虎がカローラを発進させる。

三〇分後、冬彦と高虎は北征会の事務所で南郷とソファに向かい合って坐っていた。

「どういうご用件でしょうか、これでも忙しい身なんですがね」

南郷は冬彦ではなく、高虎に言う。

「用があるのは、ぼくなんですよね。中曾根さん、ゆうべ、死にましたよ」

「……」

南郷が冬彦に顔を向ける。

「聞こえました？　死んだんですけど」

「嘘だろう……」

南郷がつぶやくと、冬彦が、ぷっと噴き出す。

「どうしたんですか、警部殿？」

高虎が怪訝な顔になる。

「だって、南郷さんが見え透いた嘘をつくから、つい笑ってしまったんですよ」

「ふざけるな、中曾根が死んだことが笑える話なのか？　不愉快だ。もう帰ってもらおうか」

「もうひとつだけ質問させて下さい。そうしたら、すぐに帰りますから」

「何だ？」

「中曾根さんを殺したんでしょう？」

「は？」

「ふうん、そうなんだ。やっぱりね。思った通りでしたよ。南郷さんが殺したのか。でも、一人でやったわけじゃありませんよね？　うちの署に協力者がいるでしょう。捜査情報を流している警察官。ぼくは、ミスターXと呼んでるんですけど、それって寺田さんですか？」

「帰れよ」

南郷が腰を上げる。

「おい、そういう口の利き方はないだろう」

高虎が腹を立てる。

「いいんですよ、帰りましょう、寺田さん。もう用は済みましたから。どうせ明日になれば、すべてわかるんです」


北征会の事務所を出て、コインパーキングに停めておいたカローラに戻る。車に乗ると、

「何なんですか、さっきのは？　中曾根が死んだことまでしゃべっちまって。まだ正式に発表もされてないってのに」

「南郷さんは、とっくに知ってましたよ。当然ですけどね。自分が殺したんですから」

「おれの目には驚いていたように見えたけどね」

「あの人は一筋縄ではいかない人です。そう簡単にボロを出したりしません。でも、嘘をついていることは、すぐにわかりましたよ。中曾根さんが死んだと伝えたとき、間を空け

てから『嘘だろう……』って言いましたよね。あのとき、瞬きと瞬きの間がそれまでより、ちょっとだけ長かったんです。それは、さあ、嘘をつくぞっていうサインなんです」

「サインねえ……」

「口を開くとき、ぼくをじっと見ていましたけど、おれは本当のことを言うから信じてくれという訴えなんですよ。普通、嘘つきはすぐに目を逸らすと言われてますけど、それは誤解なんです。子供が親に嘘をついて目を逸らすことはありますけど、それは根が正直なので、自分の行為を恥じて目を逸らすわけです。だけど、筋金入りの嘘つきは目を逸らしたりしません。逆に、相手を見つめるんです。ただ、どんな嘘つきもコントロールできないことがあって、それは反射運動である瞳孔《どうこう》の大きさなんですけど、あのとき南郷さんの瞳孔には何の変化もありませんでした。ぼくを真正面から見つめていたから、正確に観察できました。それは、ぼくの言葉にまったく驚かなかったという証拠なんです。もうひとつあります。ぼくが笑った後、南郷さんの口調が変わりましたよね？」

「笑われて腹を立てたんじゃないの？」

「違いますね」

冬彦が首を振る。

「嘘が上手な人というのは、大抵、断定口調なんですよ。『～だ』とか『～である』とか。自分に自信があるように見せて、相手を信頼させるわけです。突然、南郷さんの口調が変わったのは、本心を偽って腹を立てているように見せようとしたことの証だと判断できます」

「本当は怒っていなかったというわけですか？」

「ええ、怒ってはいません。いくらか焦っていたというのが正確でしょうね。せっかく連続放火の犠牲者に見せかけたつもりだったのに、こんなに早く偽装がばれるとは予想していなかったでしょうから。ぼくたちを追い出そうとしたのは、きっとミスターXと連絡を取るためですよ」

冬彦がにこっと笑う。

「安心しました」

「何がです？」

「実は、寺田さんがミスターXである可能性も捨てきれなかったんですが、さっきの南郷さんの反応を観察して、その可能性はないと確信しました。疑いを持ったままだと寺田さんの力を借りることができませんから」

「何だか嫌な予感がするなあ。いったい、何をするつもりなんですか？」

「ミスターXの正体を暴くことで、連続放火殺人事件も、違法カジノ問題もすべて解決できると思うんです」

「ちょっと待って下さいよ。中曾根を殺したのは連続放火を装った南郷の仕業だとしても、土曜日の放火は、どうなんですか？　木造アパートを放火して、住人を死亡させたのも南郷の仕業なんですか？」

　高虎が首を捻る。

「土曜の放火は、一連の放火魔の仕業だと思うんです。ぼくのプロファイリングにきちんと一致しますから。だけど、日曜の放火は、そうじゃない。プロファイリングと一致しない点がいくつかあります。南郷さんとミスターXが仕組んだ偽装です」

「何だか、ややこしくなってきたな。えーっと何か気になるな。あ、そうか。偽装したってことは本当の放火魔は野放しになってるってことでしょう。万が一、その放火魔が、おれはやってない。日曜の放火は別の人間の仕業だなんて騒いだらどうなるんですかね？　例えば、マスコミに声明文を送るとか……。そんなこと、しないのかな」

「そこなんですよ、そこ」

　冬彦が膝をぽんと叩く。

「肝心なのは、そこです。南郷さんとミスターXが放火殺人を偽装したとしても、本物の放火魔が野放しのままでは困るわけです。この放火魔が逮捕されるのは時間の問題ですから、取り調べを受けて、土曜の放火は認めるが日曜の放火は認めないなんてことになったら困るわけじゃないですか」

「なるほど、困るよね。放火魔に罪をなすりつけることができなくなるわけだから」

「罪をなすりつけるには、どうすればいいと思いますか？」

「そりゃあ、放火魔の口封じをするのが一番でしょうよ」

「ぼくも、そう思います。たぶん、放火魔は、もう南郷さんに捕まってますよ。ぼくのプロファイリング資料を利用すれば、放火魔を待ち伏せすることは難しくありませんから」

「つまり、土曜の放火事件の後に南郷とミスターXが放火魔を捕まえて、日曜に自分たちの手で連続放火を利用して中曾根を殺したってことですか？」

「そうです」

「てことは、その放火魔は、どうなるんだ……」

「自殺に見せかけて殺すんじゃないですかね。死人に口なしと言いますから。今日か明日……。いや、今日ですね。ぼくに真相を見抜かれたことで焦っているはずですから」

「で、おれたちは、どうすればいいんです？　そう言えば、さっき妙なことを言ってましたよね。明日になれば、すべてわかるって。あれは、どういう意味なんですか？」

「それは南郷さんが、ぼくの言葉をどれだけ深刻に受け止めるかによって変わりますね」

　冬彦が肩をすくめる。

　一人になると、南郷は携帯を取り出し、あるアドレスに空メールを送った。その相手こそ、冬彦が言うミスターXだ。南郷はソファに深くもたれて、ミスターXから電話がかかってくるのを待った。

一八

杉並中央署に戻ると、冬彦と高虎は四階の「何でも相談室」ではなく、五階の講堂に向かった。冬彦が高虎と一緒にエレベーターに乗ったのは気が急いていたからで、いつもは一人だけ階段を使うのだ。

講堂の入り口には「杉並連続放火殺人事件特別捜査本部」と毛筆で記された看板がかけられている。ドアが開け放たれているので、講堂の中から人の声が洩れ聞こえている。

冬彦と高虎が講堂に入ると、この事件の指揮を執《と》る村山正四郎管理官がマイクを握り、一連の連続放火事件に関するブリーフィングを行っていた。警視庁捜査一課火災犯係の刑事たちと杉並中央署の刑事たちが坐り、メモを取りながら村山管理官の説明に耳を傾けている。火災犯捜査第一係の島尾忠行係長が村山に近付き、何事か耳打ちした。

「新しい情報が入った。土曜の夜のアパート放火について、被害者の木村勝男に恨みを持つ者の一人として、サンドイッチ工場の契約社員・崎山晋也の名前を挙げたが、日曜の放火現場から崎山の指紋が検出された……」

現場で発見されたライターについていたのだという。

講堂にいる刑事たちから、おおーっというどよめきが起こる。

捜査本部を設置した直後に重要参考人が浮上したのだから驚くのも無理はない。

「指名手配ですか？」

刑事のひとりが手を挙げて質問する。

「崎山晋也は土曜の夜も昨日の夜も工場を無断欠勤している。そんなことは今まで一度もなかったそうだ。アパートにも戻っていない。そこにきて、日曜の放火現場から指紋が出たとなれば……」

村山管理官が言葉を切って、ぐるりと刑事たちの顔を見渡す。刑事たちの間からは、

「決まりだな」

「そいつが、ホンボシだ」

という声が上がる。

「これから本庁と協議するが、すぐに逮捕状を取って指名手配することになるだろう。君たちには崎山晋也の居所を突き止めてもらう。逮捕状が出たら、すぐに逮捕できるようにな。さきほど決めたペアリングに従い、二人一組で早速……」

「それは、まずいんじゃないかなあ」

村山管理官の説明を遮るかのように、大きな声が講堂に響き渡った。冬彦の声だ。刑事たちが一斉に振り返る。

「生活安全課総務補助係、通称『何でも相談室』所属、小早川冬彦です」

「君は？」

冬彦が敬礼する。

「小早川君！　口を慎んで、さっさと出て行きたまえ。ここは君なんかが来るところじゃない」

谷本副署長が顔を真っ赤にして立ち上がる。

「待って下さい」

村山管理官が谷本副署長を制する。それから冬彦に顔を向け、

「何がまずいんだね？」

「だって、その崎山さんが中曾根さんを殺したわけじゃないからです。土曜の放火については何とも言えませんが、ゆうべの放火については崎山さんがやったわけではないと断言できます」

「自信たっぷりじゃないか。どうして、そんなことが言えるんだね？」

目を細め、口許を歪めて訊く。これは相手をやり込めてやろうとするときの村山の癖である。

「簡単なことです。プロファイリングに合致しないからですよ」

「何だと、プロファイリング？」

村山管理官が怪訝な顔になる。

そのとき、最前列に坐っていた古河主任が立ち上がり、

「今朝、管理官にお渡ししてご説明した資料は、小早川警部が作成したものなんです」

と言うと、本庁の刑事たちが、

「おい、警部だってよ」

「あの若さでか」

「てことは、キャリアじゃないのか」

「何で、キャリアが所轄の生活安全課にいるんだ?」

と、ひそひそ話を始める。

「ふうむ、あの資料を君が……。で、何が合致しないんだね?」

「土曜に放火したのだとしたら、これまでの犯行パターンから考えて、少なくとも一週間程度は間を空けるはずです。二日続けて放火するとは考えられません。しかも、放火した直後に工場を欠勤するなんて、自分が犯人だと名乗っているようなものです。そんな愚かしいことをするはずがありません」

「ふんっ、それだけか。和田二丁目の火災現場から指紋が出たことを、どう説明するんだね?」

「簡単なことです。ゆうべの放火の犯人が崎山晋也のライターを現場においたのでしょ

う。そもそも和田二丁目で放火をするはずがないんです。彼のテリトリーは環七通りの西側です。環七通りを渡って放火するなんてあり得ません。ナンセンスです。中曾根さんを殺した罪を崎山さんになすりつけるために、誰かが彼の手口を真似て放火したんですよ」

「信じられないくらい荒唐無稽《こうとうむけい》な話だな」

村山管理官が呆れたというように首を振る。

「いったい、誰がそんなことをするというんだ？」

「北征会の南郷さんとミスターXですよ」

「は？　ミスターXだと？」

「捜査情報を北征会に流している杉並中央署の警察官です。ご存じだと思いますが、ミスターXの正体を暴くために本庁の監察官室から大河内警視と石嶺警部補がやってきて調査を進めているところです。本当なら、中曾根さんは今日、逮捕されるはずだったんですよ。厳しい取り調べを受ければ、たぶん、ミスターXの正体を自供したと思うんですよね。そんなことになったら南郷さんもミスターXも破滅です」

「口封じされたというのか？」

「筋道の立った説明だと思いますけど」

「君は何でもわかっているようだが、それなら、ミスターXとやらの正体もわかっていると言うんじゃないだろうな？」

「わかってます」

冬彦が自信たっぷりにうなずく。

講堂の中が静まり返る。谷本副署長ですら息を止めて冬彦を見つめている。やがて、

「それは誰なんだね？」

村山管理官が訊く。

「明日、言います」

「なぜ、今、言えないんだ？」

「これは重大なことです。名前を出して、後から、あれは間違いだったなんてことになったら大変です。自分としては確信を持っていますが、あとひとつだけ、どうしても確かめておきたいことがあるんです。今日中に確かめて、明日の昼までに名前を公表するつもりでいます」

「……」

村山管理官は、じっと冬彦を見つめていたが、ふっと息を吐くと、

「まあ、いいだろう。明日の朝、改めて話を聞くことにしよう。しかし、たとえ君の説が正しかったとしても、崎山晋也が土曜の放火殺人の重要参考人であることに間違いはない。さっきの方針に従って捜査を進める」

一九

高虎と冬彦が「何でも相談室」に戻ると、

「やりましたね、さすが警部殿！」

保安係の藤崎慎司が大きな声を発した。

「本当なんですか、捜査本部で管理官の捜査方針に駄目出しをしたって？」

理沙子が怪訝な顔で訊く。

「おまえたち、何で知ってるんだ？」

高虎の方が驚く。

「中島が逐一、メールで報告してきたからですよ」

藤崎が答える。

「怖いもの知らずだよねえ、本庁の管理官に楯突《たてつ》くなんて。ドラえもんじゃなくて、ドン・キホーテだったのか……」

三浦靖子が呆れたように首を振る。

「特捜本部の一員でもないのに捜査方針に口出しするなんて、無茶もいいところですよ。もう少し保身を考えた方がいいんじゃないですか。たかが巡査風情のぼくの忠告なんか馬の耳に念仏でしょうけど」

樋村が言う。

「ところで、警部殿、本当なんですか、ミスターXが誰なのかわかってるって？」

藤崎が訊く。

「ノーコメント」

冬彦は机に向かってパソコンを起動させる。

「こっそり教えて下さいよ。誰にも言いませんから……」

藤崎が耳に手を当てて、冬彦に近付く。

と、突然、

「え！」

と大きな声を発する。

「ミスターXは、今、この場にいるんですか？」

「ぼくじゃありませんから！」

間髪を容れずに樋村が叫ぶ。

「誰もおまえだなんて言ってないだろうが。そもそも、樋村がミスターXである可能性は限りなくゼロだってことは誰にでもわかる。下っ端の巡査じゃ、捜査情報を知りようもないしな」

藤崎が肩をすくめる。

「じゃあ、誰なの？」

理沙子が訊く。

「それは、おれじゃなく、警部殿に訊いてもらわないとね」

藤崎が理沙子にウインクする。

「何だ、ふざけないでよ」

理沙子が口を尖らせる。そこに、

「小早川警部」

と、古河主任と中島もやって来た。

「何だよ、おまえたちまで来たのかよ」

高虎が言う。

「すぐに行きますよ。崎山の足取りを追わなければなりませんからね」

古河は冬彦に歩み寄ると、

「さっきの話、本当ですか？　捜査情報を流している者が誰だかわかっているということですが」

「本当ですよ。ミスターXの正体は明日の朝、明らかになります」

冬彦がうなずく。

「なぜ、今じゃないんですか？」

「村山管理官に言った通り、もうひとつだけ確かめたいことがあるからです」

「わたしたちに手伝えることはありませんか？」

「ありません」

冬彦が首を振る。

「心配しなくても明日の昼にはミスターXも南郷さんも一網打尽《いちもうだじん》です。中曾根さんを殺した件も、違法カジノ問題も、捜査情報の漏洩《ろうえい》問題もすべて解決します。ですから、古河さんたちは、崎山晋也の行方を追って下さい。もっとも、ぼくの推測が完全に正しければ、崎山晋也は南郷さんに捕まっている可能性が強いので、うまくいけば、明日の昼、崎山晋也の居場所もわかるかもしれません。そうなれば、連続放火殺人事件もすべて決着することになります」

「そんなにうまくいくんですか？」

理沙子が首を捻る。

「アンジーは警部殿を疑うわけ？」

藤崎が訊く。

「そうじゃないけど……。捜査って、頭で考えるようにうまくいくものじゃないでしょう。思いがけないことが起こったりして、うまくいかないこともある……ていうか、うまくいかないことの方が多い。警部殿が自信満々なのはわかるけど、明日の昼にはすべて解決ですなんて言い切っていいのかなあ、と思って」

「警部殿が講堂を出て行ってから、本庁の捜査員たちが『島流しにされたキャリアさんのお手並み拝見だな』みたいなことを言ってた。あ、警部殿、すいません、余計なことを言って」

中島が慌てて口を押さえる。

「いいんですよ。ぼくの言うことなんか素直に信じられないでしょうからね。でも、明日になればわかりますから」

「それが大法螺《おおぼら》でないことを祈りたいね。管理官や副署長の前で大見得を切ったんだ。やっぱり、駄目でした、なんて言い訳は通用しない。だるまが黙ってるはずがない。警部殿が処分されるだけじゃすまないね。下手をすれば、この『何でも相談室』全体が処分されることになりかねない。だるまは、そういう陰湿なことをするタイプだからね。そうですよね、係長？」

高虎が亀山係長の机に顔を向ける。空だ。誰もいない。

「あれ、さっきまでいたよな、係長？」

「青い顔をして出て行ったわよ。無理もないでしょう。キャリア君が性懲りもなくプレッシャーばかりかけるんだから」

三浦靖子が冬彦を睨む。

冬彦は我関せずとばかりにパソコンのキーを叩いている。

「おれたちも行くか」

古河と中島が出て行くと、それに釣られるように、藤崎も、おれもやり甲斐のある仕事がしたいなあ、とぼやきながら出て行く。

「少し早いけど、飯でも食いに行くか。警部殿は弁当持参ですか?」

「はい」

「安智、行くか?」

「やだ。寺田さん、くちゃくちゃ音を立てながら食べるでしょう。あれ、耐えられないんです」

理沙子が首を振る。

「仕方ねえな。樋村、行くぞ」

「遠慮させて下さい」

「あ、そう」

付き合いの悪い奴らだ……ぶつくさ言いながら高虎が席を立つ。その後、理沙子と樋村も部屋を出たので、あとには冬彦と三浦靖子の二人だけが残った。

二〇

携帯が鳴り、南郷が電話に出る。ミスターXからの電話だ。

「遅かったじゃないですか」

「まずいことになった」

「こっちもですよ。あの小早川っていう若造、ここに来ましたよ。寺田と一緒にね」

「何だと、そっちに行ったのか？」

「中曾根を殺しただろうと言われましたよ。あいつ、何かをつかんでるんですか？」

「特別捜査本部で、おれたちが口封じに中曾根を殺したと言った。連続放火を偽装した、とな」

「あんたの正体を知ってるんですか？」

「ミスターXと呼んでいたな。それだけじゃない。本物の放火犯は、たぶん、南郷に捕らえられているはずだとまで言い切り、明日の昼までに、おれの名前を公表するそうだ……」

畜生、特捜本部が崎山を犯人だと断定した段階で、崎山を「自殺」させれば、それで事件は幕引きになるはずだったのに……とミスターXが悔しそうに言う。

「やっぱり、正体を知られてるってことじゃないんですか？」

「ブラフかもしれないが……。何とも言えない」

「無視するんですか？」

「それも危険だ。この際、小早川にも消えてもらうしかないだろう」

「警察官を始末するのはリスクが大きすぎるんじゃありませんかね？」

「あの放火魔を使えばいい。追い込まれて放火魔が自殺。その巻き添えを食って小早川も焼死。遺書を書かせて、二人にガソリンを浴びせて火をつけるだけのことだ。こうなると、何にでも嘴《くちばし》を突っ込みたがる小早川の性格がありがたい。生活安全課の小早川が放火殺人犯を追いかけても、あいつならやりかねないと思われるだけだ。それに、放火魔のプロファイリングを作成したのも小早川だから、誰よりも早く放火魔の居場所を特定できたとしても不思議はない」

「なるほどね。どうせ放火魔には死んでもらうしかないわけですから、小早川も一緒に殺せば、一石二鳥ということですか」

「時間がないぞ。明日の昼には名前を公表すると言ってるんだ。出勤してしまえば、もう手出しできない」

「それなら今夜、片を付けるしかありませんね」

二

三浦靖子と亀山係長は、ほぼ定時に退署した。

高虎と樋村、理沙子の三人は一時間くらい残っていたが、別に仕事をしていたわけではない。連続放火殺人事件に関して、樋村がコネを駆使して掻き集めてきた情報を聞き、あでもない、こうでもない、と駄弁《だべ》っていただけだ。これほどの大事件の捜査が同じ署内で行われているのに「何でも相談室」は蚊帳の外なのである。

「さあ、そろそろ帰るかな……」

高虎が大きく伸びをして椅子から立ち上がる。

「おい、安智、樋村、うまい焼き鳥屋に連れて行ってやるから、たまには付き合え」

「嫌です。うちに帰って昇進試験の勉強をしなければならないので」

樋村が冷たく断る。

「わたしも、ノーサンキュー」

「あ、そう。警部殿は……」

ちらりと冬彦を見るが、冬彦は忙《せわ》しなくパソコンのキーボードを叩いて熱心に報告書を作成している。

「それならいいけどよ。駅まで一緒に帰ろうぜ。まさか、それも嫌だとは言わねえだろうな？」

「それくらいならいいですけど、変な下心があるんじゃないでしょうね？　念のために言っておきますけど、わたしの趣味は格闘術で、柔道二段、空手初段ですからね」

「まだ素面だよ。誰がセクハラなんかするか」

ちっ、と舌打ちして高虎が部屋を出て行く。理沙子と樋村もお先に失礼します、と挨拶して帰ってしまう。あとには冬彦一人が残る。

一時間ほど残業を続けると、冬彦もパソコンの電源を落として帰り支度を始めた。部屋の明かりを消し、ドアを閉める。廊下に出ると、しんと静まり返っている。「何でも相談室」以外に四階にある部署は警備課と会計係なので、普段から帰宅時間が早いのだ。特別捜査本部の置かれている五階からは話し声や足音が聞こえている。恐らく、ほとんどの捜査員は夜遅くまで仕事を続け、六階の道場に泊まることになるはずだ。

署を出て、駅に向かう。まだ九時前なので人通りは少なくない。

「小早川さんじゃありませんか」

すぐ横に黒っぽい車が停まり、後部座席から二人の男が降りてくる。

「あれ、あなたは……？」

一人は、中曾根の経営する「モンテカルロ」を訪ねたとき、ＶＩＰルームにいたパンチパーマのゴリラ男だ。南郷のボディガードだ。もう一人の顔に見覚えはないが、ゴリラ男に負けず劣らず人相が悪い。これ見よがしに金のネックレスをちゃらちゃらさせている。

「久し振りじゃないですか。ちょっと付き合って下さいよ」

ゴリラ男が馴れ馴れしく肩に手を回してくる。

「いや、別にあなたと話す理由はないし……」

ゴリラ男から離れようとしたとき、ネックレス男が冬彦の鳩尾《みぞおち》にパンチを入れた。

「うげっ」

一瞬、体が浮き上がり、そのまま両脇を二人に挟まれて車に押し込まれてしまう。何とか抵抗しようとするが、

「おとなしくしなよ」

ゴリラ男のエルボーが冬彦の顎に炸裂《さくれつ》する。

冬彦は目の前が真っ暗になり、何もわからなくなってしまう。

二二

どれくらい時間が経ったものか……。

「う、ううーん……」

冬彦は呻き声を発しながら、薄く目を開ける。

周囲は真っ暗だ。どこにも明かりがない。かろうじて床が冷たいコンクリートだとわかるだけだ。体を動かそうとして両手を後ろ手に縛られ、足首のところで両足も縛られているとわかった。これでは身動きできない。

（どこかの倉庫だろうか……？）

ゴリラ男とネックレス男に拉致されたことは覚えているが、車に押し込まれてすぐに気を失ったので、ここがどこなのか、まったく見当がつかない。

と、いきなり、明かりがつく。冬彦は咄嗟に目を瞑る。

「目が覚めたか、小早川さん」

「あ……」

その声に聞き覚えがある。ゆっくり目を開けると、南郷がにやにや笑いながら冬彦を見下ろしている。二階に事務所があり、そこからゴリラ男とネックレス男が下りてくるところだ。二人は誰かを引きずっている。やがて、冬彦の前に来ると、二人は、その男を放り出した。ひどい暴行を受けたらしく、顔には血がこびりつき、目の周りや頬に青痣がある。意識が朦朧としているのか、白目を剝き出して、口から呻き声を洩らしている。

「崎山晋也だね」

冬彦がつぶやく。

「嬉しいだろう。プロファイリングとかで、熱心に捜してたそうじゃないか。ようやく会えたな、放火魔に」

「何をしたんですか？」

「こっちの頼みを聞いてもらうため、少しばかり聞き分けがよくなるようにしただけだ」

「痛めつけたわけですか」

「遺書を書いてもらった。この放火魔は警察に追われ、もう逃げられないと観念して自殺することになる。もちろん、放火魔らしい最期だ」

南郷がうなずくと、ネックレス男がビニール袋に詰めてある木片を冬彦と崎山の上にばらまき始める。

「自殺に見せかけて崎山を殺し、崎山の仕業に見せかけて、ぼくも始末するつもりか」

「勘がいいじゃないか。その通りだ」

南郷が顎をしゃくると、ゴリラ男がナイフを手にして冬彦に近付いてくる。

「……」

冬彦が顔を引き攣らせて逃げようとするが、手と足を縛られているので動きようがない。

ゴリラ男は冬彦の襟元をつかんで自分の方に引き寄せると、

「じたばたするんじゃねえよ、こら！」

「あの……」

「何だ？」

「息が臭いんですが」

「てめえ……」

ゴリラ男のパンチが冬彦の顔面に炸裂する。

冬彦がうげっ、と呻いて仰《の》け反《ぞ》る。鼻血が出た。

「余計なことを言うんじゃねえ。次は殺すぞ」

ゴリラ男は冬彦の手足を縛っているビニール紐をナイフで切る。

「手足を縛られた焼死体じゃ都合が悪いから紐を切るわけですか」

顔を血まみれにした冬彦が南郷に訊く。

「妙な考えを起こさない方がいいぞ。そいつは、あんたのことが嫌いだ。逃げようとすれば、喜んで殴り殺すだろうな」

「いや……」

冬彦がごくりと生唾を飲み込む。

「大丈夫です。逃げませんから」

「それが賢明だな」

南郷がふふふっと笑う。

ゴリラ男と入れ替わるようにネックレス男がポリタンクを手にして近付いてくる。キャップを外すと、ポリタンクの中身を冬彦と崎山に浴びせかける。

(ガソリンだ！)

南郷は、冬彦と崎山にガソリンをかけて焼き殺すつもりなのだ。

「仕上げは、これだ」

南郷がポケットからいくつものファイヤーボールを取り出す。

「これを使えば、火をつけたのは、そこにいる放火魔ってことになる。しかも、遺書まであるしな。誰も自殺を疑ったりしないだろう」

おい、と南郷がうなずくと、ゴリラ男がライターを差し出して点火しようとする。

「ちょっと待って下さい！」

冬彦が叫ぶ。

「往生際が悪いな。この期に及んで命乞いか？」

「逆です。南郷さんを助けてあげようと思ってるんですよ」

「は？　こいつ、頭がおかしくなったらしいぞ」

南郷たちが声を上げて笑う。

「うまい手を考えましたよね。崎山にすべての罪をなすりつけて自殺を偽装する、しかも、目障りなぼくも一緒に殺してしまう。それが成功すれば、南郷さんもミスターXも安泰ですよね。だけど、ひとつだけミスをしましたね」

「何の話だ？」

「放火にはガソリンを使ってはいけないんですよ。もし、ガソリンでなく、これが灯油だったら完全犯罪が成立していたかもしれないな。ほら、もうかなり臭ってるでしょう、ガソリンが？」

「そんなの当たり前だろうが！」

ゴリラ男が吠える。

「全然当たり前じゃないんだよね。ガソリンはね、とても気化しやすいんだ。気化ってわかりますか？　液体が気体になることです。ガソリンを撒くと、あっという間に気化して空気中に充満するんですよ。だから、こんなにガソリン臭いんです。ライターをつけたら、その瞬間に空気中のガソリンに引火して、この建物、爆発しますよ。それくらいの破壊力がありますからね」

「騙すつもりか？」

南郷が冬彦を睨む。

「注意した方がいいですよ。ガソリンの引火点は、とても低いんです。静電気にさえ反応します。ちょっとでも火花が飛べば終わりです」

「……」

「こうしている間にも、どんどん気化し続けていますからね。この建物全体が小型爆弾みたいなものですから。ぼくたちは爆弾の中にいるんです。それでも試してみますか？」

「おい、それをしまえ。ゆっくりだぞ」

南郷がゴリラ男に命ずる。

「はい」

ゴリラ男が青ざめた顔でライターを慎重にポケットにしまう。冬彦の言葉を信じた証拠だ。

「行くぞ」

南郷が後退りを始める。

「ドアの外からファイヤーボールを投げ込むつもりなんでしょう？　うまくやらないと巻き添えを食らって吹っ飛ばされますよ。ドアを開けるときにも注意した方がいいですよ。荒っぽく開けると、火花が飛びますから」

冬彦が言ったとき、倉庫のドアの開く音がした。

南郷がハッとしたようにドアの方に顔を向ける。

倉庫に飛び込んできたのは高虎、理沙子、樋村、それに石嶺の四人だ。

「この建物は包囲した！　諦めろ」

高虎が叫びながら、南郷に向かっていく。

それをゴリラ男が阻止しようと立ちはだかる。

高虎に殴りかかるゴリラ男の拳を横から理沙子が受け止め、手首をつかんで捻る。ゴリラ男の腹に続けざまに突きを入れる。

しかし、相手は筋肉の塊のような大男だから、大したダメージではない。両手を広げて理沙子に襲いかかる。

「寺田さん、南郷が逃げます！」

ゴリラ男の攻撃をかわしながら、理沙子が叫ぶ。

南郷は倉庫の奥に向かって走る。奥にも非常口があるのだ。高虎に続いて樋村も追いかけようとするが、ネックレス男に首根っこをつかまれてしまう。抵抗を試みるが、横っ面を殴られて、あっさりノックアウトされてしまう。ネックレス男は、背後から理沙子に迫ろうとするが、石嶺に跳び蹴りされる。石嶺とネックレス男の取っ組み合いが始まる。

ゴリラ男は、ハアハアと肩で息をしている。目許が腫れ上がり、鼻血を出している。理沙子のパンチが的確に決まっているせいだ。

「さあ、いらっしゃいよ」

理沙子がゴリラ男を挑発する。うおーっと叫びながら、ゴリラ男が突進する。理沙子はくるりと一回転しながら強烈な回し蹴りをお見舞いする。右の踵がカウンター気味にゴリラ男の顎に炸裂する。ゴリラ男が仰け反りながら後退る。理沙子は素早く間合いを詰め、ゴリラ男の足に自分の足を引っ掛けて床に倒す。すかさず正拳を鳩尾に食らわせると、ゴリラ男は白目を剝いて気絶してしまう。

理沙子は、ネックレス男と組んず解《ほぐ》れつの格闘を続けている石嶺の助勢に走る。

ネックレス男が石嶺に馬乗りになり、拳を振り上げたとき、

「おい、こっちが相手だよ」

理沙子が怒鳴ると、ネックレス男が肩越しに振り返る。その顔に理沙子の蹴りが決まる。

「大丈夫ですか」

「ああ、すまんな」

理沙子の手を借りて石嶺が立ち上がる。

南郷は高虎と揉み合っていたが、ゴリラ男とネックレス男がやられたのを見て、どうせ倉庫は警官隊に包囲されているというし、抵抗を続けても無駄だと悟ったのか、両手を上げた。

「おれが中曾根を殺したなんていう証拠はないはずですけどね」

「ふんっ、勝手にほざけ。現職の警察官を拉致して焼き殺そうとしただろうが。それだけでも、かなりの重罪だぜ。お、そこに、もう一人いるじゃないか。怪我をしてるように見えるぞ。傷害罪を追加だな。しばらくは檻《おり》の中だ。じっくり取り調べさせてもらうぜ」

高虎がふふんっと鼻を鳴らしながら、南郷に手錠をかける。

その間に、理沙子と石嶺もゴリラ男とネックレス男に手錠をかける。樋村がようやく意識を取り戻して、体を起こそうとしている。

「それにしても、何でここがわかったんです？　警官隊が包囲してるんですよね？」

南郷が高虎に訊く。

「それは初耳だな。おれたち四人だけしかいないけどな」

「くそっ、騙したのか」

南郷が顔を顰める。

「樋村、署に連絡しろ。捜査本部に残っている連中を呼ぶんだ。念のために消防も呼んだ方がいいな。ガソリン臭くてたまらねえよ。それに救急車だ」

はい、と返事をして樋村が携帯電話を取り出す。

高虎は南郷を理沙子に預けて冬彦に歩み寄る。冬彦は床にぼんやりと坐り込んだまま、事の成り行きを眺めている。

「ひどい顔ですねえ……」

鼻血で血まみれになっている冬彦の顔を見て、高虎がつぶやく。冬彦の鼻を親指と人差し指でつまみ、

「大丈夫だね。骨は折れてないみたいですよ」

「どうして、もっと早く来てくれなかったんですか。この人たちがガソリンを撒くなんてドジを踏んでくれたからよかったものの、これが灯油だったら、ぼくと崎山は今頃、焼死体になってますよ」

「おれのせいですか？」

高虎が顔を顰める。

「いきなり、わけのわからない計画を打ち明けられても、頭がよくないから、咄嗟に対応できないんですよ」

そこに理沙子も近付いてきて、

「びっくりしましたよ。小早川警部が囮《おとり》になって、犯人を誘い出すなんて寺田さんが言うから。最初は冗談だと思いました」

「まったくです。それならそうと、もっと早く言ってほしかったですよ」

樋村がうなずく。

「それは、できなかったんだよ。誰がミスターXかわからなかったからね。だから、ぎりぎりまで安智さんにも樋村君にも話せなかった」

冬彦が言う。

「最後には、ぼくたちを信用してくれたわけですか？」

「藤崎さんが指摘した通り、樋村君がミスターXのはずがないもんな。あまりにも下っ端過ぎて、南郷さんが必要とする情報なんか流せるはずがない」

「何かイヤな言い方ですねえ。それじゃ、安智さんのことは、どうして信用したんですか？」

「そうせざるを得なかったんだ。監禁場所に乗り込んで北征会の猛者《もさ》たちと渡り合えるのは安智さんだけだからさ。実際、目の前で見て、自分の判断が正しかったと確信したよ」

「樋村は何の役にも立たなかったもんね」

理沙子が樋村の後頭部をばしっと叩く。

「しかし、警部殿が監察官室なんかと手を組むとはなあ……。今更、何を言っても仕方がないけど、次に同じことをするときは、もう少し性能のいいGPSを用意してもらうんですね。到着が遅れたのは、そのせいもあるんだから」

そうだよね、と高虎が石嶺を見る。

「面目ありません」

石嶺が殊勝《しゅしょう》に詫びる。

「いいんですよ。元はと言えば、ぼくが言い出したことなんですから」

ミスターXは、放火犯のプロファイリング資料に近付くことのできる人間だと冬彦は考えた。つまり、冬彦の身近にいる者に違いない。

しかし、何の証拠もないので罠を仕掛けることにしたのである。ミスターXの正体はわかっている、明日になったら名前を公表すると大袈裟に吹聴《ふいちょう》することでミスターXを慌てさせるのが狙いだ。本当に冬彦が名前を知っていて、それを公表すれば、ミスターXは破滅である。だから、きっと南郷を使って口封じしようとするに違いないと考えた。冬彦は石嶺の用意した遠距離通信装置を身に付けて、南郷たちが現れるのを待った。石嶺一人で対応するのは難しいと思ったので高虎の力も借りることにし、最終段階で、樋村と安智にも協力してもらったわけである。その思惑が当たり、冬彦は拉致された。想像していた通り、崎山も囚われていた。

誤算は、高虎たちの到着が遅れたことで、もう少し遅ければ、冬彦と崎山は焼き殺されていたに違いなかった。

「で、どうなんですか？　肝心のミスターXとやらの正体は、わかったんですか？」

高虎が訊く。

「そうですね。わかったような気がします」

冬彦はうなずきながら、石嶺を見て、

「南郷さんたちを逮捕したことを明日の朝までマスコミに伏せておくことは可能ですか？」

「なぜですか？」

「南郷さんが逮捕されたことをニュースで知れば、ミスターXは逃亡するかもしれません」

「大河内警視に相談してみましょう」

石嶺が携帯を取り出す。

二三

七月二八日（火曜日）

翌朝、「何でも相談室」には朝礼の一五分前にはメンバー全員が顔を揃えていた。全員といっても、たった六人に過ぎないが、それにしても、これは珍しいことだった。そこに、古河、中島、藤崎の三人もやって来た。

「何よ、あんたたち、もうすぐ朝礼だよ。こんなところで油を売っててもいいわけ？」

三浦靖子が怪訝な顔になる。

「だって、警部殿に呼ばれたから来たんですよ」

藤崎が口を尖らせる。

「小早川君、どういうことだね！」

谷本副署長までやって来る。その後ろには、例の如く「コバンザメ」とあだ名される生活安全課の杉内課長が付き従っている。

冬彦がパソコンのカバーを閉じて椅子から立ち上がる。

「お忙しいところ、お呼び立てして申し訳ありません。でも、あと三〇分もすれば、いや、二〇分くらいかもしれませんが、特別捜査本部も解散ということになるでしょうから、いつものように大して忙しくもない警察署に戻ります」

「それは、どういう意味だ？」

谷本副署長が訊く。

「言葉通りの意味です。事件が解決すれば捜査本部を設置しておく理由はありませんからね」

「昨日話していたことか？　スパイの正体を明らかにするとか言っていたが……？」

「そうです。ミスターXの正体を暴くつもりです。だから、皆さんに集まってもらったわけです。監察官室の大河内警視と石嶺警部補が嘆《なげ》いていました。怪しい者はたくさんいる。しかし、証拠がない、と。刑事課と生活安全課に所属する警察官の中で、間違いなく無罪潔白なのは、ぼく一人だと話していたくらいです。なぜなら、ここに異動してきたばかりだからです」

冬彦が皆の顔をぐるりと見回す。誰もが冬彦の言葉に強い関心を示している。

「大河内警視は、特に疑わしいのは、この場にいる人たちだと話していました。これから順を追って話そうと思うので、谷本副署長と杉内課長にも同席を願ったわけです」

「わかった。聞こうじゃないか」

谷本副署長が大きくうなずく。

「大河内警視と石嶺警部補が最も疑わしいと考えたのは寺田さんでした。それは、ぼくにもわかります。疑わしい点がたくさんありますからね。趣味は麻雀と競馬で、負けてばかりですから、いつもお金に困っています。酒癖が悪いのにお酒も大好きだから、飲み代だって馬鹿にならないはずです。出世すれば給料も上がるでしょうが、あまり賢くないので昇進試験に受かる見込みはありません。どう考えても万年巡査長止まりです。依怙地《いこじ》で臍曲《へそま》がりな性格が災いして上司にも毛嫌いされていて、この『何でも相談室』に送り込まれたのだって、要は肩叩きのようなものでしょう。実際、寺田さん本人も奥さんと娘さんが実家に戻ってからやる気をなくしてますし、退屈でつまらない人生に自暴自棄になりかけていましたから、ぼくとペアを組まなければ、何かの弾みで腹立ち紛れに辞表を提出していたかもしれません。杉内課長も谷本副署長も決して慰留などしなかったと思います。あくまで状況証拠に過ぎませんが、寺田さんがミスターXである疑いは濃厚だと言わざるを得ませんでした。しかし、証拠がない。だから、ぼくは北征会の事務所に寺田さんを連れて行って南郷さんと鉢合わせさせたんです。そのとき、寺田さんではなく、南郷さんの反応を観察して、なるほど、寺田さんはミスターXじゃないんだな、と確信しました。濡《ぬ》れ衣《ぎぬ》が晴れてよかったですね、寺田さん」

冬彦は高虎ににこりと笑いかけるが、高虎は今にも冬彦に殴りかかりそうな凶暴な顔つきだ。

「それに樋村君もミスターXではないよね。樋村君のような下っ端の巡査では捜査情報を知りようがないからです。もちろん、階級だけが問題なのではありません。たとえ下っ端であろうと、頭の切れる人間であれば、どうにでもやりようはあるはずです。実際、ぼくなら、捜査情報くらい簡単に入手することができるでしょう。しかし、残念ながら、樋村君は、ぼくほど偏差値が高くありません。いつも熱心に昇進試験の勉強をしているように見えますが、たまにテキストを見ると、馬鹿馬鹿しいくらい低レベルの問題に悪戦苦闘しています。あれでは勉強するだけ無駄です。巡査部長になれば給料も上がるし、女性警察官からもモテると夢見ているようですが、それは本当に夢のまた夢に過ぎません。樋村君の場合、物覚えも悪いわけだし、昇進なんか諦めて他のことに時間を有効に使うべきだと思います。巡査部長になるより、体重を二〇キロ減らす方が樋村君の夢が実現する可能性は高まるはずですから。もっとも、五%の可能性が一〇%になるという程度に過ぎませんが……。樋村君、君がデブで不細工なのは本当のことだから諦めるしかないけど、今は整形技術も進歩していることだし、容貌に関するコンプレックスを解消するのは、そう難しいことじゃない。まあ、それにはお金が必要だから、無駄遣いせずにコツコツ貯金するんだね。そうすれば、いつかは手術を受けられる。というわけで、樋村君の潔白も証明されたと言っていいと思います」

「……」

樋村は瞬きすることも忘れて、ぽかんと口を開けて石のように固まっている。

「正直なところ、安智さんのこともいくらか疑っていました。しかし、西峯幸太を取り押さえるのを見て、これは違うんじゃないかと思うようになったんです。ゆうべ、北征会の猛者を倒す姿を見て、ぼくは確信しました。安智さんはお金なんかに興味はない。合法的に暴力を振るうために警察にいるのだ、と」

「ちょっと何を言い出すんですか」

理沙子の表情が険しくなる。

「他人に暴力を振るうことによって、何から逃れようとしているのでしょうね。恐らく、幼少期、もしくは思春期に辛い経験をしたことが原因だと思います。可能性として考えられるのは、親からＤＶ被害を受けたとか、ネグレクトによって児童養護施設に預けられたとか、そうでなければ、性犯罪被害に遭ったとか……」

「ふざけるな！」

理沙子のビンタが冬彦の頬に炸裂する。冬彦はよろめいて後退りながら、

「すいません。気を悪くしないで下さい。とにかく、そういうわけですから、安智さんも

ミスターXではありません。中島さんと藤崎さんも、疑おうと思えば疑えないこともないんですが、すべての捜査情報にタッチできるかと考えると、どうしても無理があるんですね。その点、古河さんは、そうではない」

冬彦が古河を真正面から指差す。

「あなたがミスターXだ」

「え！」

「まさか！」

「ウソだろう！」

中島と藤崎が悲鳴のような声を発する。

「そう、ウソです」

冬彦がうなずく。

「は？」

「どういうことですか？」

「寺田さんと同じくらい古河さんが怪しいと思ってたんですよ。寺田さんは、ある意味、馬鹿正直というか、本心を隠すほどの器用さがないというか、だから、上司からも嫌われていますが、古河さんは、まるで逆ですよね？　後輩の面倒見もいいし、仕事もできて、切れ者という評判です。検挙率も高いし、いずれ本庁に引っ張られるのではないかという噂もある。でも、ちょっとできすぎですよね？　ぼくは何でも疑ってかかる人間なので、何か裏があるんじゃないか、みんなが知っている古河さんの顔は仮面に過ぎず、本当の顔は別なんじゃないかと考えました。しかし、日曜の朝、古河さんがぼくに謝りに来たとき、もしかすると、この人は本当に裏表のない優秀な刑事なのかもしれないと考えました。そういう刑事は警察組織の中ではかなり珍しい部類といっていいでしょうが、まったく存在しないわけではない。その稀有《けう》な一人が古河さんかもしれないと思ったわけです」

冬彦はリュックからペットボトルのスポーツドリンクを取り出して飲む。一人でしゃべり続けているので喉が渇くらしい。

「古河さんの疑いも晴れてしまうと、誰がミスターXなのか、ぼくにもわからなくなってきました。まったく想像もしていなかった人物がミスターXである可能性が強まったわけです」

冬彦が皆の顔を見回す。

「やだ！　わたしじゃないよ。そもそも、女なんだからミスターXのはずがないじゃん」

三浦靖子が叫ぶ。

「三浦さんがスパイだったら、ミセスXということになりますが、さすがに三浦さんを疑ったことはありませんよ。職種が違うと、捜査情報に近付くことができませんからね」

「安心したわ」

靖子がほっと溜息をつく。

「すると、残るのは……」

皆の視線が亀山係長に注がれる。

「え……」

亀山係長の顔色が変わる。

「そう言えば、何か重大な情報が届くと、すぐにトイレに籠もってたもんなあ……」

樋村がつぶやく。

「管理職なんだから、捜査情報にも近付けるな」

高虎がうなずく。

「でも、刑事課の捜査情報に近付くのは無理じゃない？」

理沙子だけが庇うような言い方をする。

「そうだよ、係長がそんなことをするはずないじゃないの。この人は本当に胃腸が弱いんだから。昔から、そうなんだよ。気が弱いくせに、恐ろしく気の強い女と結婚しちゃったせいで、家でも尻に敷かれて居場所がないくらいなんだから。奥さんの美佐江のことはよく知ってるけど、本当に気が強いからね。わたしより気が強いんだから」

「大丈夫です、三浦さん。ぼくも係長のことは疑ってません。しかし、今の三浦さんの言葉にはひとつだけ間違いがあるので訂正させて下さい」

「何が間違ってるって言うのよ？」

「傍《はた》から見ると、職場では様々なプレッシャーをかけられ家庭でも邪険にされて辛そうに見えますが、案外、係長本人は、その環境に馴染んでるんですよ。はっきり言ってしまえば、係長はマゾヒストです。誰かにいじめられることを本心では喜んでいるんですよ」

「こ、小早川君、何てことを言うんだ……」

亀山係長の顔からは滝のように汗が噴き出している。

「言いたくなかったんですが、係長の潔白を証明するためですから許して下さい」

「う、うん……」

亀山係長が、それなら仕方ないかな、うふふふっ、と薄ら笑いを浮かべる。もっとも、その顔はかなり引き攣っている。

「でも、そうなるとよ……」

高虎の視線が谷本副署長の顔で止まる。

「おいおい、マジかよ。これは意外だな。しかし、刑事課と生活安全課の両方の捜査資料にいつでも目を通すことができるのは副署長とお地蔵さんだけだもんな。お地蔵さんは実務にほとんどタッチしないから、やっぱり……」

他の者たちも、まさか、そんなことが……という目で谷本副署長をじっと見つめる。

冬彦は谷本副署長をじっと見つめて、

「そうです。谷本副署長であれば、すべての条件にあてはまるんです。この署内のどんな情報にも触れることができるわけですから。刑事課と生活安全課の捜査情報に誰よりも早く接することができます」

「驚いたな。だるまがミスターXだったのかよ」

高虎が目を丸くしながらつぶやく。

「馬鹿なことを……」

谷本副署長は怒りで顔が蒼白になり、唇をわなわなと震わせている。

「それほど馬鹿なことでもないんですが、やはり、谷本副署長はミスターXではないんですよ。理由のひとつは、副署長というポストに就いていて、すでにかなりの高給取りなので、お金のために危険を冒す必要がないことです。この点は寺田さんと対照的ですよね。とはいえ、お金というのは、いくらあっても困るものではありませんから、いくら高い地位にあったとしても、欲に目がくらむことがないとは言えません。でも、谷本副署長がミスターXでない理由は、もうひとつあるんです。安智さんがお金よりも暴力に強く魅《ひ》かれているように、谷本副署長はお金よりも出世に強く魅かれていることです。警察社会で出世するには、スキャンダルは命取りです。どんな小さなスキャンダルでもマイナスなのに、暴力団に情報を流してお金を受け取っていたなんてことになれば、警察官としてのキャリアは終わりです。というか、刑務所に入れられてしまうから出世どころじゃありませんよね。出世欲の権化のような谷本副署長がそんなリスクを負うとは考えられません。割に合わないからです」

「何だよ、もったいつけてよ」

　高虎がちっと舌打ちする。

「そういうつもりじゃないんですが、ぼくがどういう風にミスターXを絞り込んでいったのか知ってもらう方がいいと思っただけです」

「でも、みんな消えちゃったじゃないですか。刑事課と生活安全課の両方の捜査情報を同時に、しかも、即座に手に入れられるような人間はもういませんよね？　署長も違うということだし……」

　藤崎が言う。

「ぼくも、そう思ったんです。でも、よく考えると、そうじゃない。谷本副署長が目にする情報に容易に近づける人がいることに気が付きました。あたかも谷本副署長の影のように付き従っているので、誰も不審に思わない……」

「コバンザメかよ」

　高虎がハッとしたように生活安全課の杉内課長に顔を向ける。その瞬間、杉内課長が脱《だっ》兎《と》の如く部屋から走り出そうとする。

　しかし、ドアの外には大河内警視と石嶺警部補が待ち構えている。その背後には、村山管理官と島尾係長も立っている。

「……」

それを見て、杉内課長はがっくりと肩を落とす。

「ようやく見付けましたよ、ミスターXを」

冬彦がにこっと笑う。

二四

「落ち着きがないっていうか、じっとしていられない人ですよねえ、警部殿は」

高虎が呆れたように溜息をつきながら、カローラのエンジンをかける。

「ゆうべ、南郷を逮捕して、今朝は、ミスターXの正体を暴いたわけでしょうが。崎山も捕まえたから、連続放火事件も解決だ。大手柄なんだから、しばらくさぼっても誰も文句は言いませんよ。まあ、うちの係長は、いつだって文句なんか言わないけどね」

「終わったことなんか、どうでもいいじゃないですか。次のことを考えないと」

「次のことねえ……」

カローラを発進させながら、高虎が小首を傾げる。

井の頭線・池《いけ》ノ上《うえ》駅近くの雑居ビルの地下に、加藤紫苑《しおん》という俳優の主宰する小さな劇団の稽古場がある。狭い階段を下りていくと、頑丈そうな鉄の扉がある。それを開けると、人の声が聞こえてきた。

「ほら、言った通りでしょう。舞台公演の前だから、朝から稽古してるんですよ」

「わからないのは、重大事件を解決した直後に、何だって、こんなところに足を運ばなければならないのかってことで、稽古してるかどうかなんてことは、どうでもいいわけで……」

高虎がぼやくが、それを無視して、冬彦は、さっさと稽古場に入っていく。一二畳ほどの広さのがらんとした稽古場で一〇人くらいの若者たちが芝居をしている。腕組みして、若者たちの動きに厳しい視線を注いでいるのが加藤紫苑だ。その顔をテレビで何度も見たことがあるから、冬彦もすぐにわかった。

「あの、すいません……」

「ストップ、ストップ！」

加藤が芝居を止め、険しい表情で冬彦を睨む。

「何だ、あんたらは？」

「ぼくたち警察なんですが」

冬彦が警察手帳を開いて見せる。

「警察？」

「沢田清一君とお話ししたいんです」

「おい、沢田！」

加藤が怒鳴ると、若者たちの中から沢田清一が走り出てくる。

「やあ、沢田君」

冬彦が手を上げて挨拶する。

「他に用は？」

加藤が訊く。

「しばらく沢田君をお借りしたいだけです。構いませんか？」

「ああ、好きにしてくれ。稽古を続けたいから、さっさと出て行ってもらえないかな」

加藤が合図すると、また若者たちが芝居を始める。

冬彦たちはドアの外に出て、踊り場で話をする。

「何の用ですか？　また、ばあちゃんが何か……」

「おばあちゃんのことが心配かい？」

「ええ、それは、もちろん……。刑事さん、いったい、どういうことなんですか？」

「じゃあ、一緒に来てほしい。君に頼みたいことがある。とても大切なことだよ」

沢田清一をカローラに乗せて、冬彦と高虎は永福四丁目の沢田家に向かう。コインパーキングにカローラを停めると、清一は一人で自宅に行き、冬彦と高虎は図書館に行くことにした。

「何のためにこんなことをするのか、おれには、さっぱりわからないんですけどね」

冬彦と並んで歩きながら、高虎が言う。

「これは何なんですか？　事件でも何でもないでしょう。つまり、警察が口を出す問題じゃないってことだよね？」

「いいじゃないですか、ただの人助けだとしても。午前中に大事件を解決したんだから、これくらい副署長だって大目に見てくれますよ」

「まあ、確かに。サウナで半日さぼっても今日は文句を言わないだろうけどさ……。それにしても意味がわからねえ。こんなことが何で人助けになるんだ？　ただ時間を無駄にしてるとしか思えないけどねえ。警部殿のやることは、いつだって時間の無駄にしか思えないが……」

高虎が首を捻る。

やがて、二人が図書館に着く。玄関の近くで三〇分ほど待っていると、沢田清一と祖母の邦枝の姿が見えた。

「隠れましょう」

「何で？」

「ぼくたちの姿を沢田さんに見られない方がいいからですよ」

「でも、あのばあさん、認知症なんだから、おれたちを見たところで何も……」

「早く！」

冬彦が高虎の腕をつかんで物陰に身を隠す。

その直後、邦枝の手を引いた清一が図書館の前を通り過ぎる。清一は何か邦枝に話しかけているが、邦枝は無表情だ。

「わかんねえ……」

高虎がつぶやく。

これまでに邦枝は何度となく迷子になって警察に保護されているので、その目撃情報を調書から丹念に拾っていくと、自宅を出て、どういうルートを辿って保護されるに至るか、おおよその見当がつく。そのルートをメモしたものを、カローラの中で冬彦は清一に渡し、

「おばあさんを連れて、このルートを辿って下さい」

と頼んだのである。

「行きましょう」

冬彦が高虎を促す。すでに清一と邦枝は三〇メートルほど先を歩いている。二人を見失

わない程度に距離をおいて尾行を始める。

図書館から大宮八幡宮、そこから和田堀公園に向かい、和田堀池をぐるりと一周してから善福寺川沿いに善福寺川公園の方に歩いて行く。

やがて、成田西二丁目の児童交通公園に入る。ここの公園管理事務所の職員が裸足でうろうろしている邦枝を見付けて警察に通報するというのが、これまでのパターンといっていい。

今日は、清一が一緒だし、邦枝もサンダルを履いているので周囲から不審な目で見られることはない。邦枝と清一は野球場の前にあるベンチに腰を下ろした。そこに冬彦が歩み寄っていく。今度は高虎が冬彦の腕をつかむ。

「何をするんですか？　姿を見せるのは、まずいんでしょう？」

「もういいんですよ。さあ、行きましょう」

冬彦がすたすた歩いて行く。

「まったく、わけがわかんねえ。全然わかんねえ」

またもや首を捻りながら高虎がついていく。

「沢田君」

冬彦がベンチの前に立つ。

（お……）

すぐ後ろにいる高虎が驚いたのは清一が涙ぐんでいたからだ。その隣で、邦枝がぼんやりと遠くを眺めている。

「何か気が付いた？」

「はい」

洟を啜《すす》りながら、清一がうなずく。

「家を出てから、ここまで……この道は、ぼくが子供の頃、ばあちゃんと二人で散歩した道です。両親が共働きだったので、学校が休みで何もすることがないときは、ばあちゃんが散歩に連れて行ってくれたんです。認知症で何もわからなくなってるのに、今でもそんなことだけは覚えてるのかと思うと、何だか、涙が出てきちゃって……」

「沢田さん」

冬彦が邦枝の前にしゃがみ込む。

「ぼくには詳しい事情は何もわからないんです。だから、これから話すことは、ぼくの推測に過ぎません。耳障りかもしれませんが、聞いてもらえますか？」

「……」

邦枝は何の反応もしない。

「清一君が小さいときは、ご両親に代わって、沢田さんが世話をしていたんですよね？

だけど、清一君も大きくなって、だんだん手がかからなくなった。今は大学生だし、演劇に打ち込んでいるようですから、家にいる時間も少ないだろうと思います。日中、沢田さんは一人きりでうちにいるわけでしょう？　淋しいですよね。自分が誰からも必要とされていないと感じるかもしれませんよね。この家にいても仕方がない、でも、一人暮らしは不安だし、できれば施設に入って家族に迷惑をかけずに暮らしたい……そんなことを考えたかもしれません。でも、今は介護施設に入るのも大変です。民間の施設であれば簡単に入所できるけど、多額の費用がかかります。できれば、公立の施設に入りたい。それなら年金で何とか賄える。重度の認知症だと診断されれば優先的に入所させてもらえるんじゃないか……そう考えても不思議はありません。それで何度も迷子になる。裸足で家を出て、公園までふらふら歩いて行く。だけど、家を出ると、楽しかった頃の記憶が甦ってきて、つまり、清一君と過ごした思い出が甦ってきて、二人で散歩したことを懐かしみながら、昔歩いたのと同じ道を歩いてしまう。その気持ち、よくわかるつもりです。でも、もうやめませんか。清一君を見て下さい。沢田さんのために泣いていますよ。優しいお孫さんじゃないですか。悲しませていいんですか？　清一君、今度、上北沢で芝居をするそうです。沢田さんが興味があれば、きっと招待してくれますよ。ぼくも招待されたので、よかったら一緒に行きませんか？　認知症の振りをするより、その方がずっと楽しいじゃないですか」

冬彦が口をつぐんで、じっと邦枝を見つめる。

「……」

邦枝の表情は変わらない。

が……。

やがて、目に涙が溢れたかと思うと、一筋の涙が邦枝の頰を伝い落ちる。

「ばあちゃん……」

清一が驚いたように両目を見開く。

「ごめんよ」

邦枝は両手で顔を覆って泣き出す。それに釣られて清一も子供のように泣き始める。

「行きましょう」

冬彦が高虎を促して、ベンチから離れていく。

「いいんですか、あのまま放っておいて？」

「だって、これは事件じゃありませんからね。沢田さんは迷子になっただけで、罪を犯したわけじゃありませんし」

「ふうん、そういうものなんだ……。じゃあ、ばあさんの認知症もどき迷子事件は一件落着ってことですか？」

「それは……」

冬彦が首を捻る。

「これで一件落着なのかどうか、ご家族の問題なので、ぼくには何とも言えません。でも、清一君、悪い奴じゃないから、きっと大丈夫ですよ」

「ふうん、年寄りには優しいんですねえ」

「ぼくもおばあちゃん子だったので。沢田さんを見て、おばあちゃんを思い出したんです」

しばらく二人は黙って歩き続ける。永福四丁目のコインパーキングまでカローラを取りに行かなければならないのだ。

「文代のことですけどね……」

不意に高虎が口を開く。

「え？」

「石坂文代。この前、おれに訊いたでしょうが。しかも、土曜日には尾行の真似事までしてたよね。迷子の幼稚園児を連れて」

「気が付いてたんですか？」

「これでも、一応、刑事なんでね。で、警部殿は、おれと文代がラブホテルに入るのを見て、いやらしい想像をして、そそくさと立ち去ったわけだ」

「個人的な問題に立ち入るつもりはありません」

「文代は、亭主と離婚調停をしている最中なんですよ。知ってますよね、どうせ樋村の報告書を読んだだろうから」

「はい。知ってます」

「その亭主、文代のパート先のスーパーにまで姿を見せるようになって、すっかり文代は怯えちまった。で、スーパーを辞めたんだけど、仕事をしないと生活に困る」

「まさか、ラブホテルなら、ラブホテルの仕事を紹介したんですか？」

「ラブホテルなら、スーパーと違って、そう簡単に中には入れないからね。あそこの社長とは知り合いなんだよ。清掃業務をするパートを募集してたから、ちょうどよかった」

「寺田さんと石坂さんが高校の同級生だということはわかっていますが、なぜ、そこまで肩入れするんですか？」

「文代とは高校のとき、付き合ってたんだ。うちの女房とも友達だ。おれが文代の相談に乗ってることは女房も承知してるよ」

「そうだったんですか……」

冬彦が納得したようにうなずく。

「いろいろ詮索されるのは嫌だから、正直に話しておきますよ」

「すいません。詮索するつもりじゃなかったんですが……」

「まあ、いいよ。おれがミスターXかもしれないと疑ってたわけだからね」

「それじゃ、なぜ、話すんですか？　もうミスターXでないことはわかってるのに」

「相棒に隠し事はしない主義だからさ。ごく内輪の家庭の問題まで話すわけじゃないけど」

「え」

冬彦が驚いたように高虎を見る。

「ぼくを相棒として認めてくれるんですか？」

「さあね」

冬彦を置き去りにして、高虎がすたすたと歩いて行く。慌てて冬彦が高虎を追う。

「何でも相談室」に戻ると、

「小早川君と高虎にお客さんよ」

三浦靖子が言う。

「誰だよ、客って？」

「廊下にいなかった？　岸和田さんていう女性なんだけど」

「岸和田？」

高虎が首を捻る。

「例の立ち小便事件の人です」

冬彦が言う。

二人が廊下に出ると、廊下の突きあたりに置いてある椅子に上品な感じの中年女性が坐っていた。冬彦が、

「岸和田さんですか？」

と話しかけると、その女性が立ち上がり、岸和田の家内でございます、と丁寧に挨拶をした。

「お加減はいかがですか？」

「まだ入院しておりますが、おかげさまで容態は安定しております。お医者さまからは、もっと早く入院させるべきだったと叱られましたが」

「糖尿病なんですよね？」

高虎が訊く。

「はい。悪化しているのは本人も自覚していたようですが、仕事が忙しくて、なかなか休むこともできなかったようで……」

それによると、岸和田康光の家は成田西二丁目にあり、仕事で帰りが遅くなり、バスに乗れないときには駅から自宅まで歩くしかなかったが、本人には、それがかなり辛かったらしく、三年坂を上ったところで息が切れ、電信柱に手をついて呼吸を整えるのが常だったという。

「なるほど、そういうことだったのか……」

高虎がうなずく。立ち小便や覗きと勘違いされたのは、実は、疲れ切って休んでいる姿だったのだ。何度もお礼を述べ、菓子折を置いて、岸和田康光の妻は帰っていった。

「いつわかったんですか、あの男が病気だって？」

高虎が訊く。

「いろいろな可能性を排除していっただけのことです。どこか具合が悪いのか、あるいは、立ち小便や覗きなどより、もっと凶悪な犯罪を企んでいるかのどちらかだと推理したんです。だから、張り込んでみただけですよ」

冬彦が答える。

「ふうん、謙虚だねえ、大したもんだ……」

高虎がちらりと冬彦を見る。からかっているのではなく、本当に感心しているらしい。

エピローグ

八月二日（日曜日）

高虎が不機嫌そうな顔で「何でも相談室」に入る。

「お疲れ様です」

樋村が声をかける。目が笑っている。高虎にじろりと睨まれて、慌てて笑いを消す。

「ある意味、空振りでよかったじゃないですか」

理沙子が慰めるように言う。

「そうだよ、殺人鬼が近くをうろうろしてるなんて嫌だもん。怖いじゃない」

靖子がうなずく。

「悪いけどな、おれに話しかけないでくれ」

高虎は椅子に坐ると、タバコを口にくわえる。

こんな事情である。

先週末、逃亡中の連続殺人犯・近藤房子に似た女を新高円寺駅の近くで見かけたという目撃情報が寄せられた。その情報をもとに、冬彦は目撃現場に出かけ、どういう推理をしたものか、

「間違いありません。近藤房子は杉並に潜伏しています」

と断言した。

亀山係長を通じて、冬彦はローラー作戦の実施を上層部に進言した。それに谷本副署長が飛びついたのは、生活安全課の杉内課長が捜査情報を暴力団に流していたことが明らかとなり、杉並中央署の威信が傷ついた直後だったからだ。名誉挽回のチャンスと考えたわけである。

週末返上で、一大ローラー作戦を実施した。人手を確保するために近隣の警察署にも応援を頼み、本庁の捜査一課の捜査員たちが大勢乗り込んでくるという物々しさだった。二日がかりの捜索の末、阿佐ケ谷駅近くのコミックカフェで当該人物を確保することに成功した。

が……。

冬彦の推理では、顔をだらしなく変形させ、だぶだぶの服を着て体形も変え、メイクで疲れ切った表情を演出しているという話だったが、確保された中年女は、本当に顔がたるんでおり、本当に太っているからだぶだぶの服を着ていただけのことであり、生活苦で本当に疲れ切っていた。近藤房子ではなく、ただの太ったおばちゃんに過ぎなかった。

一課の捜査員たちは捨て台詞を残して帰り、近隣から駆けつけた警察官たちも不機嫌そうな顔で帰って行った。

谷本副署長は面目丸潰れだ。副署長室に亀山係長、高虎、冬彦の三人を呼びつけ、火を噴くほどの勢いで怒鳴りまくった。

「係長はトイレなんだろうけど、小早川君はどこに行ったの？」

靖子が訊く。

「知らねえ。知りたくもねえ」

高虎が、ふーっとドーナツ形の煙を吐く。


冬彦はズボンを下ろして便座に腰を下ろすと、

「係長、申し訳ありませんでした」

「いいんだよ、慣れてるから大丈夫」

隣のボックスから亀山係長の声が聞こえた。

「不登校になるまで、学校で嫌なことがあると、よくトイレに籠もってました。ぼくにとって、唯一の避難所でした」

「よくわかるよ。ここが一番落ち着くっていうか、何とも言えず、安心できるんだよねえ
……」

「ぼくもです」

しばらくすると、

「そろそろ行きます」

「あ、もう少しここにいるから、三浦さんに、そう言っておいて」

「わかりました」

冬彦は水を流すと、トイレから出て行った。

解　説　空気が読めないのに他人の心は読める秘密

メンタリスト　Ｄａ・ｉＧｏ

本書『生活安全課０係　ファイヤーボール』を読んで、まずはじめに思ったことは、主人公の小早川冬彦《こばやかわふゆひこ》が捜査にメンタリズムの手法を使っていることと、彼自身のキャラクターがとても面白いということだ。

今まで警察小説で、こういったタイプはあまりいなかったのではないかと思う。オタクで空気が読めなくてマイペース。それなのに、相手の考えていることやバックグラウンドを言い当てる。これは一見矛盾しているように思われるかもしれない。だけど、私にはすんなり理解ができた。なぜなら私自身が彼にとてもよく似ているからだ。もっとも彼も私も周囲にどう思われるかを気にしていないと言ったほうが近いのだが。

ここで主人公のプロフィールを紹介しておこう。小早川冬彦は二〇代半ばにして警部、科警研勤務のキャリア警察官だったが、とある事情で所轄に異動になった異色の刑事だ。異動先は杉並《すぎなみ》中央署の生活安全課「何でも相談室」通称０係《ゼロがかり》。なぜ０係と呼ばれているかというと、そこに集められたメンバーは署内の「使えない」人材を集めた島流し部署だからだ。ゼロはいくつ掛けてもゼロ、というわけだ。無神経に上司や同僚に失礼なことを言ってしまう彼だが、観察力はピカイチ。科警研時代に犯罪学を心理学的側面から研究していた経歴や知識を生かし、人の仕草や表情、動きからヒントを得て、「何でも相談室」に持ち込まれた相談や事件の真相に近づいていく。

私は「メンタリズム」という心理学や統計学を応用して人の心を誘導するパフォーマンスをテレビなどで披露《ひろう》してきた。ご覧になったことがある方は、よく人の考えていることを当てているじゃないかと思われるかもしれない。だけどあれは、相手の心を理解しているのではなくて、自分が施《ほどこ》した仕掛けによって表れる反応がどういった感情を示しているのか、知識として知っているというだけなのだ。だから空気は読めないのに、人の心は分かるということが成立するのである。

先ほど私も彼も周囲にどう思われるか気にしていないと書いたけれども、それはオタクで研究者肌で、興味のあること以外に注意を払っていないからだろう。引きこもりの少年の凶行を未然に防いだ次の日も、朝早くから働く彼は自分の考察が現場で役に立ったかどうかということが重要なのであって、警察組織における手柄をあげたこと自体には興味がないのである。だから彼にとっては連続放火事件も認知症のおばあさんの秘密を解き明かすのも、謎を解くという意味では同等の扱いなのだと思う。もし、私も今の仕事ではなくて警察に就職していたら、きっと彼のようになっていたのではないかと思うくらい共感できる。

相手の仕草や動きを見て感情を読む、プロファイリングを用いて連続放火犯の人物像を描いて見せる、ヤクザのいるところに乗り込んでいってカマを掛けて手がかりを得る。こういった方法がいつも私がやっているメンタリズムの手法によく似ている。

仕草や動きのことで言うと、実際にはそれだけではなく言動やそのほかの情報も参考にしてはいる。そして「プロファイリング」というのはどちらかというと統計に基づいて確立された科学なので、実は「カマをかける」、言いかえれば挑発する、という行動が一番メンタリズムっぽい。本当は冬彦はほぼ何の情報も持っていなかったはずなのに、相手が反応してしまうことによって、図らずも彼に手がかりを提供してしまっているのだ。クライマックスの「ミスターX」を暴く過程なんかはいい例だ。あれは「『ミスターX』が誰かは明日言う」と言ってしまうことで、真犯人を挑発している。犯人はまんまとそれに引っかかってしまったわけだが。冬彦に何も知られたくなければ、極力何の反応もしないことが最大の防御だ。

その他にはコールドリーディングと呼ばれる手法も使っているようだ。「コールド」とは「即興」という意味でその場で気付いた特徴や特定の話術で得た情報から相手のことを言い当てるという方法だ。たとえば、冬彦が警視庁監察官室の石嶺三郎《いしみねさぶろう》警部補を「常に相手を威圧するような高飛車で強気な態度を取ることで、何らかの後ろめたさを感じている人に揺さぶりをかけることを狙《ねら》っている」と言って反応を窺《うかが》っているのがそれに当たるだろう。

その逆がホットリーディング。これは事前に得た情報をもとに相手のことを言い当てているように見せるという手法だ。麻田《あさだ》さやかという迷子の女の子が落とし物と言って冬彦に渡したキーホルダーが実はさやか自身のものだと言い当てる場面があるが、実はキーホルダーの裏に書かれていた名前がその前に見えていた、というのがこれに当たる。

そしてフォーキング。フォークとは分岐という意味で、選択肢があるような質問を投げかけて反応を窺い、正解を当てていくというものだ。冬彦は三浦靖子《みうらやすこ》に「お子さんもいますよね」と投げかけて反応を窺い、子どもがいることを当てている。

実は本書で用いられている手法はシンプルなものが多いのだが、シンプルなものこそ最強で使える、という面もある。たとえば、一番よく出てくる「爪先の向き」だが、これは合コンなんかに使える。少し遅れていって、テーブルを見渡すと女の子たちの爪先が誰に向かっているかを観察することができる。どの子がどういったタイプに興味があるかが分かれば、その人に似たタイプを演じれば仲良くなれる可能性は高まるというわけだ。冬彦自身も言っている、「顔を観察するくらいなら胴体を観察する方がまし」というのは正しい。なぜなら、人は首から上をコントロールするのには慣れているが、体には注意を払っていないことが多いので、思っていることが出やすいのである。

私は企業コンサルタントとしても活動しているので、この小説の中の人間関係も興味深かった。論理的で知識も豊富、それでいてどこか感情的ではない冬彦の相棒が感情的で人間くさい巡査長の寺田高虎《てらだたかとら》。実はこういう正反対の関係のほうがうまくいくのである。「0係」というチームも理想的だ。これまでは組織に順応しないとされてきた人たちが集まり、その上個性派ぞろい。これではうまくいかないと思われてしまいそうだが、これこそうまくいくチームなのだ。まず、組織の中で評価されるというのは、上司に可愛がられる、あるいは言葉を選ばずに言ってしまうと使いやすいと思われるという側面がある。しかし、彼らはそこからはみ出してきたという意味では、上司に手の負えない能力がある、ともとれる。また、それぞれが違った性格と能力を持っているというのもいい。よく私はパズルにたとえるのだけど、みんなが同じかたちのピースだったら、永遠にパズルは完成しない。それぞれが違った形のピースだからこそ、ひとたび相手の長所と短所を把握し認めあえれば、ぴたっとはまって一つの大きな絵となるのだ。そういった意味でも、ある意味比類なき存在の小早川冬彦、そして彼が図らずも（?）率いる「0係」の今後が楽しみな小説である。

（この作品『生活安全課0係　ファイヤーボール』は、平成二十五年七月、小社から四六判で刊行されたものです。また本書はフィクションであり、登場する人物、および団体名は、実在するものといっさい関係ありません。）

生活安全課0係　ファイヤーボール

一〇〇字書評

切・り・取・り・線

購買動機（新聞、雑誌名を記入するか、あるいは○をつけてください）

□（　　　　　　　　）の広告を見て	
□（　　　　　　　　）の書評を見て	
□ 知人のすすめで	□ タイトルに惹かれて
□ カバーが良かったから	□ 内容が面白そうだから
□ 好きな作家だから	□ 好きな分野の本だから

・最近、最も感銘を受けた作品名をお書き下さい

・あなたのお好きな作家名をお書き下さい

・その他、ご要望がありましたらお書き下さい

住所	〒				
氏名		職業		年齢	
Eメール	※携帯には配信できません	新刊情報等のメール配信を　希望する・しない			

この本の感想を、編集部までお寄せいただけたらありがたく存じます。今後の企画の参考にさせていただきます。Eメールでも結構です。

いただいた「一〇〇字書評」は、新聞・雑誌等に紹介させていただくことがあります。その場合はお礼として特製図書カードを差し上げます。

前ページの原稿用紙に書評をお書きの上、切り取り、左記までお送り下さい。宛先の住所は不要です。

なお、ご記入いただいたお名前、ご住所等は、書評紹介の事前了解、謝礼のお届けのためだけに利用し、そのほかの目的のために利用することはありません。

〒一〇一－八七〇一
祥伝社文庫編集長　坂口芳和
電話　〇三（三二六五）二〇八〇

祥伝社ホームページの「ブックレビュー」からも、書き込めます。
http://www.shodensha.co.jp/bookreview/

祥伝社文庫

生活安全《せいかつあんぜん》課《か》0係《ゼロがかり》　ファイヤーボール

平成28年1月20日　初版第1刷発行

著　者　富樫倫太郎《とがしりんたろう》
発行者　辻浩明
発行所　祥伝社《しょうでんしゃ》
東京都千代田区神田神保町3-3
〒101-8701
電話　03（3265）2081（販売部）
電話　03（3265）2080（編集部）
電話　03（3265）3622（業務部）
http://www.shodensha.co.jp/

印刷所　堀内印刷
製本所　ナショナル製本
カバーフォーマットデザイン　芥 陽子

造本には十分注意しておりますが、万一、落丁・乱丁などの不良品がありましたら、「業務部」あてにお送り下さい。送料小社負担にてお取り替えいたします。ただし、古書店で購入されたものについてはお取り替え出来ません。

Printed in Japan ©2016, Rintaro Togashi　ISBN978-4-396-340173-2 C0193

祥伝社文庫の好評既刊

祥伝社文庫の好評既刊

安達瑶　悪漢刑事《わるデカ》、再び

女教師の淫行事件を再捜査する佐脇《さわき》。だが署では彼の放逐が画策されて……。最強最悪の刑事に危機迫る！

安達瑶　警官《サツ》狩り　悪漢刑事《わるデカ》

鳴海署の悪漢刑事・佐脇は連続警官殺しの担当を命じられる。が、当の佐脇にも「死刑宣告」が届く！

安達瑶　禁断の報酬　悪漢刑事《わるデカ》

ヤクザとの癒着は必要悪であると嘯《うそぶ》く佐脇。マスコミの悪質警官追放キャンペーンの矢面に立たされて……。

安達瑶　美女消失　悪漢刑事《わるデカ》

美しすぎる漁師・律子《りつこ》を偶然救った佐脇。しかし彼女は事故で行方不明に。背後に何が？　そして律子はどこに？

安達瑶　消された過去　悪漢刑事《わるデカ》

過去に接点が？　人気絶頂の若きカリスマ代議士・細島《ほそじま》vs佐脇の仁義なき戦いが始まった！

安達瑶　隠蔽の代償　悪漢刑事《わるデカ》

地元大企業の元社長秘書室長が殺された。そこから暴かれる偽装工作、恫喝、責任転嫁……。小賢しい悪に鉄槌を！